Basta!

Jet van Vuuren

Basta!

Karakter Uitgevers B.V.

Opmaak binnenwerk: ZetSpiegel, Best
Omslagontwerp: Villa Grafica
Omslagbeeld: Shutterstock

ISBN 978 90 452 1726 0
NUR 332

MIX
Papier van verantwoorde herkomst
FSC® C004472

Drenthe, jaren tachtig

Het heuveltje naast het bospad, waar wandelaars zich regelmatig tussen de begroeiing neervlijen om van het uitzicht over de plas te genieten, wordt vandaag omgeven door politie, marechaussee en militairen met speurhonden. De anders zo rulle zandgrond is drassig van de aanhoudende regen en bemoeilijkt het lopen. Geblaf in de verte overstijgt het geluid van de politiehelikopter die al uren als een laagvliegende bommenwerper boven het heidegebied rondcirkelt.

Sinds vanochtend wordt het Drentse natuurgebied millimeter voor millimeter uitgekamd in een poging Kelly te vinden. Twee dagen geleden werd het dertienjarige meisje door de leiding van een jeugdkamp als vermist opgegeven. Aanvankelijk kon de politie niets doen. Het gebeurde wel vaker dat meisjes van die leeftijd de benen namen tijdens een zomerkamp. Misschien had ze stiekem een vriendje, of misschien hield ze zich ergens schuil voor de leiding omdat ze geen zin had in het scoutingprogramma? Vaak kwam alles gewoon weer op zijn pootjes terecht, vond men.

De familie van het meisje deelde die mening niet. Samen met vrienden en dorpsbewoners besloten zij affiches te verspreiden en zelf op zoek te gaan naar de verdwenen Kelly. Toen pas kwam ook de politie in actie.

Op de plek van het geblaf wordt nu geschreeuwd. Iemand wijst op het struikgewas bij de plas. Een aantal mannen dat voor de groep met speurhonden uit liep, draait zich om en haast zich terug.

Deels in het water, deels op de oever ligt het lichaam van een meisje. Haar benen klotsen zachtjes heen en weer. Om één voet zit een schoen, om de andere een witte sok met zwarte strepen. Ter hoogte van haar billen kleeft een zwart T-shirt aan haar katoenen broek. Net als de broek zit het onder de moddervegen, en alsof iemand heeft geprobeerd het lichaam van het meisje aan het oog te onttrekken, is haar rug bedekt met bladeren en takken.

Het korte blonde haar lijkt ongevoelig voor het water. Als bij een stekelvarken steken de punten scherp af tegen het mossige groen van de oever. Hoewel het meisje met haar gezicht naar de grond ligt en je daardoor voornamelijk een blik op haar achterhoofd krijgt, is de huid van haar nek goed te zien. Tot bloedens toe lopen er striemen en krassen overheen.

Een aantal politiemensen houdt de naderende groep tegen. Terwijl hun collega's zich over het slachtoffer ontfermen, wordt een rood-wit lint uitgerold rondom de plaats delict. Niemand van de groep mag eronderdoor. Dan ineens wordt de stilte doorkliefd door een ijselijke gil en maakt iemand zich los uit de groep. Het is een vrouw. Als de politie haar probeert tegen te houden, slaat ze wild van zich af en stormt naar voren. Huilend rent ze naar de oever en werpt zich op haar knieën naast het meisje.

'Nee, nee, niet mijn kindje,' murmelt ze. Haar blik verstart als ze beseft dat haar dochter dood is. In shock staart ze naar de opengesperde ogen van het meisje, wier huid rondom de neus paarsblauw is en de lippen wijken. Er hangt iets uit haar mond. Het is de punt van een sjaal; een groene sjaal met een fijn oranje streepje.

Een van de politiemensen pakt de vrouw zachtjes bij haar arm om haar mee te nemen. Apathisch schudt de vrouw met haar hoofd, lamgeslagen laat ze zich meevoeren naar haar familie achter het lint. Hoewel de spanning van de gezichten is af te lezen, is ook het gevoel van opluchting bijna voelbaar: hun vermiste Kelly is gevonden.

Nu de dader nog.

I

'Eey!' Vanaf de achterbank klinkt een oorverdovende kreet. Het is Noa. Het zal Noa niet zijn. Ik kijk in de achteruitkijkspiegel naar het rossig blonde meisje dat naast haar grote zus Amber zit. Rode wangen en weerbarstig haar dat als het voor haar ogen valt met een driftig gebaar wordt weggeveegd. Een openstaande beugelmond waaruit de ene verbaasde uitroep na de andere volgt.

'Hoe kunnen ze?! Ze hebben me uit de chatgroep gegooid!' De hand waarin het telefoontje ligt, trilt. In haar stem klinken tranen door.

Ik heb geen zin in een drammende puber die alleen maar communiceert via haar telefoon en schakel haar grote zus in.

'Amber?' zeg ik streng. 'Amber, kalmeer je zusje eens!'

Amber, die zoals altijd wanneer ik haar iets vraag heel diep moet zuchten, hoor ik daarop een kort commando geven over instellingen op de telefoon. Als ik daarna opnieuw in mijn spiegel kijk, zie ik beide dames gespannen op hun displays staren. Een paar minuten is het stil. Dan wordt er druk gesmoesd en gegiecheld.

'*O my god*, dit is zó *awkward*,' roept Amber. 'Moet je kijken: wat een loser...'

Hard lachen gaat over in de slappe lach. Ik zucht vermoeid.

'Ontvolg hem dan!' hikt Noa als Amber uitroept dat ze helemaal stuk gaat.

Ik probeer me los te maken van het gegiechel door me te concentreren op het drukke verkeer van de ringweg rond Rotterdam. Ik werp een korte blik op het klokje in het dasboard en vink de agenda voor de rest van de dag af. Eerst Noa bij hockey afzetten, dan Amber naar de manege rijden, vervolgens boodschappen doen voor het etentje van vanavond met golfvrienden van Matthew – waarom ben ik zo stom geweest om voor te stellen te zullen koken? – om daarna Noa weer op te pikken, naar huis te rijden, boodschappen op te ruimen en vervolgens Amber…

'Cool!' Noa gilt ineens vlak naast mijn oor. Het keiharde geluid van een muziekvideo volgt en vult de kleine ruimte.

'Geef mijn telli terug…' Amber maakt zich los uit de veiligheidsriem en grijpt naar haar telefoon die door Noa is afgepakt. Achter mij volgt een worsteling. Ik krijg een trap in mijn rug, een hand veegt door mijn haar.

'Genoeg!' roep ik, terwijl ik naar mijn hoofd grijp en me half omdraai. In een poging de twee vechtende meiden uit elkaar te halen tast ik achter mij. Het heeft geen effect. Ik hoor de klik van de veiligheidsriem van Noa; ook zij is nu los. Vanuit mijn ooghoek zie ik hoe ze op haar hurken op de bank gaat zitten en zich als een boomklever tegen de achterruit drukt. Ik verlies het zicht in mijn achteruitkijkspiegel en rem af. Links en rechts word ik ingehaald door voortjakkerend verkeer. Ik kijk in mijn buitenspiegel en op goed geluk maak ik een slinger naar de rechterbaan. Amber heeft zich intussen met één hand vastgegrepen aan de hoofdsteun van de stoel naast me. De stoel kraakt als ze zich afzet om op Noa te duiken.

'Au, bitch, laat me los!'

'Geef hier dan, geef mijn telli terug!'

'Stoppen jullie! Ophouden, nu!'

Boven de afslag die ik moet nemen licht het signaal op van een naderende file. Ik rem iets af en zie in mijn achteruitkijkspiegel het verhitte gezicht van Noa. Haar lichte ogen, die vanaf het moment dat ik haar leerde kennen iets pesterigs uitstralen, kijken me brutaal aan. Ik kijk snel weg. Een gevoel van afkeer trekt door me heen. Niet doen, zeg ik in mezelf. Niet doen, het is je dochter…

Het is helemaal niet je dochter en je kunt haar wel wurgen.

'Meiden, afgelopen nu,' probeer ik opnieuw. Dit keer met een geforceerde kalmte in mijn stem. 'Amber, laat Noa los. Noa, geef Amber haar mobiel terug.'

'Waar bemoei jij je mee?' snauwt Noa.

Mijn hartslag versnelt; ik knijp zo hard in het stuur dat mijn knokkels wit worden. Ik slik de hatelijke woorden die op mijn tong liggen weg. Kwaad worden heeft geen zin. Rustig blijven en wachten tot het juiste moment komt om te corrigeren. Ik heb het geleerd; Matthew heeft het me geleerd. 'Heb geduld, Lynn, het zijn lieve meiden, ze hebben het al moeilijk genoeg gehad na de scheiding,' zegt hij telkens als ik de wanhoop nabij ben. Ik doe een poging aan zijn woorden te denken.

Adem in, adem uit, bewaar je kalmte.

'Au! Ga van me af!' Gekrijs gaat over in luide snikken. Noa ligt huilend onder Amber.

Ik kook. In een flits draai ik me nogmaals om en grijp naar de trui van Amber. Dan klinkt er ineens een oorverdovende knal en word ik in mijn stoel geperst. Mijn achterhoofd slaat hard tegen de hoofdsteun, ik schiet naar voren en krijg een stomp in mijn gezicht van de airbag. Het voelt alsof ik in brand sta. Weer een knal. Amber vliegt door de auto en belandt tussen mij en de passagiersstoel. In een reflex probeer ik haar op te vangen. Haar hoofd raakt de pook van de versnellingsbak, gillend glijdt ze weg tussen mijn benen.

Als in een botsauto worden we keer op keer geramd. Ik wil iets roepen maar ben stemloos. Mijn hart zit in mijn keel, ik gloei en beef over mijn hele lichaam, machteloos wachtend op de volgende knal.

Dan ineens is het voorbij en wordt alles stil. Zelfs Noa zwijgt. Het duurt maar kort, autodeuren slaan dicht, een alarm begint te loeien. Verstijfd van schrik zit ik in mijn stoel, mijn handen liggen om Ambers hoofd. Haar tengere lichaam dat opgevouwen onder het stuur ligt schudt hevig. Een straaltje bloed loopt langs haar wenkbrauwen. Met grote angstogen kijkt ze me aan. Haar onderlip trilt. Ik kom in beweging en gil om hulp.

Iemand opent mijn portier. Het is een man; hij draagt een grote zonnebril en heeft een baardje. Even legt hij zijn hand op mijn schouder. Als hij daarop zijn armen naar Amber uitstrekt vraagt hij of ik in staat ben om uit te stappen. Ik schokschouder en laat me meevoeren. Het enige waaraan ik kan denken is Matthew. Aan zijn gezicht met die frons van de laatste tijd. Hoe zal hij reageren als hij hoort dat zijn kinderen een auto-ongeluk hebben gehad?

2

Matthew zit aan het bed van Amber. Zijn lippen bewegen en zo nu en dan drukt hij een kus in haar handpalm. Ik hoef niet te kunnen liplezen om vanaf deze afstand te begrijpen dat hij haar moed inspreekt. Hij veegt over haar wang, waar een opgedroogd bloedspoor is achtergebleven, en kijkt ondertussen gespannen op zijn horloge. Het duurt hem te lang. Matthew is niet een man die gewend is om lang te wachten.

Ik daarentegen ben blij met deze gedwongen wachttijd. Geen race tegen de klok om de meiden weg te brengen en op te halen, geen berg aan boodschappen, maar een afgelast etentje. Ja, als ik niet zo geschrokken was van de aanrijding zou ik het liefst hier even onderuitzakken voor een dutje op deze stoel bij de Eerste Hulp.

Vrijwel meteen na de kettingbotsing waren er politieauto's en ambulances ter plekke. Ik kreeg nauwelijks de tijd om te beseffen wat er gebeurd was. Mijn auto werd afgevoerd naar onze vaste garage en over de verzekering hoefde ik me geen zorgen te maken, zei Matthew, nadat ik hem meteen vanuit de ambulance gebeld had. Zelfs vandaag, op zijn vrije zaterdag, moest hij nog zaken regelen op kantoor.

Hoewel ze na het ongeval klaagde over pijn in haar schouder, lijkt Noa alweer helemaal hersteld. Volgens de arts heeft ze slechts een lichte kneuzing aan haar elleboog. Haar duimen tikken alweer appjes naar vriendinnen van hockey. Bij Noa draait alles om hockey en anders wel om kleren, haar gewicht, haar beginnende borsten die ze haat, of de bril die ze sinds een halfjaar moet dragen maar weigert op te zetten.

Ik moest aan de politie uitleggen hoe het kwam dat de meisjes hun veiligheidsgordels niet om hadden. Mijn uitleg over geruzie op de achterbank en mijn pogingen ze tot de orde te roepen, werden in de wind geslagen; het was levensgevaarlijk. Ik kreeg een fikse boete en mocht blij zijn dat het niet veel slechter was afgelopen.

Af en toe kijkt Noa me aan, ze vraagt dan of het nog lang duurt en als ik dan vertwijfeld mijn schouders ophaal, gaat ze meteen weer verder op haar telefoon. Mijn blik dwaalt opnieuw naar Amber en Matthew. Hij heeft zich niet geschoren. Hij draagt zijn sportkleren waarin hij doorgaans hardloopt, en hoewel zijn kantoor aan de andere kant van de stad ligt, was hij binnen een halfuur in het ziekenhuis. Hij moet als een gek gereden hebben.

Zijn dochters zijn alles voor hem. Ik vind dat hij ze veel te veel verwent, maar na onze laatste aanvaring daarover heb ik besloten er niets meer over te zeggen.

Alle zorg draait nu om Amber, zijn oudste en oogappel. Ze had een fikse hoofdwond en was tijdelijk buiten westen; de hele weg naar het ziekenhuis probeerde de ambulancemedewerker contact met haar te krijgen. Amber hield haar lippen stijf op elkaar. Pas toen ze de afdeling Radiologie werd binnengereden reageerde ze weer op vragen. Het wachten is op de uitslag van de foto's.

Het is mijn schuld. Ik had beter moeten opletten en me niet moeten laten opfokken door het geschreeuw van die twee. Maar de afgelopen nacht heb ik nauwelijks geslapen.

Het overkomt me de laatste tijd steeds vaker. Rond de klok van twee word ik wakker en begint het lange waken. Ik lig dan te piekeren over afspraken die ik heb, dingen die ik moet regelen voor mijn werk, voor de kinderen, voor verjaardagen, voor het huis, vriendinnen, mijn moeder... stapelgek word ik ervan, van al die gedachten die van de hak op de tak springen en voorvallen die worden uitvergroot. Draaiend van de ene op de andere zij, luisterend naar de rustige ademhaling van mijn man naast me, zie ik op de wekker dat de tijd verstrijkt en dat ik opnieuw bekaf aan mijn dag zal beginnen.

'Lynn? Lynn!'

Ik schrik op. Ik moet zijn ingedommeld; mijn kin ligt op mijn borst en als ik opkijk merk ik dat Matthew met Amber op zijn schoot naast me is gaan zitten. Ik lees in zijn ogen die bekende mix van ongeduld en verbazing waarmee hij me opneemt.

'Sorry, ik...'

'Kun jij mijn auto uit de parkeergarage halen en voorrijden?'

Matthew klinkt gestrest. Hij veegt het donkere haar van Amber uit haar gezicht. Er zit een pleister vlak boven haar wenkbrauw. Haar hoofd rust tegen de borst van Matthew. Als een klein meisje heeft ze haar duim in haar mond gestopt; slaperig kijkt ze me aan. Ze lijkt op Matthew. Even donker, even mooi. Ik voel vertedering en leg mijn hand even op de slungelige tienerbenen in de skinny spijkerbroek. Ik zeg dat alles goed komt.

Matthew duwt dwingend zijn autosleutel in mijn andere hand. Als ik hem aanpak haalt hij een ticket van de parkeergarage uit zijn zak.

'Hij staat op de tweede etage, meteen om de hoek naast het trappenhuis,' zegt hij.

'Gaat het goed met Amber?' vraag ik. 'Was er iets op de foto's te zien?'

'Alles is goed,' antwoordt Matthew kort. 'Ze heeft een hersenschudding en gekneusde ribben.'

Ik merk aan de toon in zijn stem dat hij geërgerd is. Niet door Amber, maar door mij. Hij heeft zijn werk moeten onderbreken en een belangrijke afspraak met golfvrienden moeten afzeggen. Alles loopt in de soep door mijn gestuntel.

Ik slik; ik wil iets zeggen ter verontschuldiging. Het lukt niet. Niet omdat ik haast moet maken voor Amber of omdat Noa het gesprek overneemt door te zeggen dat ze niet mee wil naar de auto – alsof ik haar dat gevraagd heb – maar omdat ik me ineens heel erg verloren voel.

Vanaf het moment dat ik hier op de Spoedeisende Hulp zit, heeft Matthew niet één keer gevraagd hoe het met mij gaat na de aanrijding.

3

Nog voordat we aan elkaar werden voorgesteld kende ik Matthew al. Het was op de nieuwjaarsborrel van mijn uitgeverij dat we elkaar voor het eerst zagen.

Ruim een maand voor de borrel was ik op dieet gegaan om in mijn strakke, rode jurkje te passen. Het werd voor mijn moeder de meest ongezellige kerst ooit. Juist ik, die haar kookkunst zo wist te waarderen – in mijn familie draait alles om eten – sloeg alles af.

Als eindredacteur had ik Matthew regelmatig aan de telefoon gehad. Hij was een van de auteurs die managementboeken schreven. Meestal ging zo'n gesprek dan over correcties die ik moest doorvoeren.

Ik weet nog goed dat ik voor de eerste keer zijn stem hoorde. Die omfloerste sexy stem pakte me volledig in. Ik staarde naar zijn foto op de achterflap van het boek en verbeeldde me dat hij alleen zo tegen mij sprak. Matthew Smith, de man met het donkere, golvende haar dat iets over de boord van zijn overhemd viel, had mijn hart veroverd.

Hoewel de auteursfoto van jaren terug was en je de oprukkende haargrens en het beginnende buikje niet moest meerekenen, bleek hij tijdens onze ontmoeting in geen enkel opzicht veranderd. Nog steeds was er die peilende blik onder de wenkbrauwen die in de hoeken iets afbogen naar beneden. Het gaf hem een ernstige uitstraling. Dat hij op de kop af tweeëntwintig jaar ouder was dan ik maakte hem alleen maar interessanter.

Matthew en ik werden aan elkaar voorgesteld door mijn collega van de marketingafdeling. Een vrouw als een bulldozer die er niet voor terugdeinst door roeien en ruiten te gaan om zaken te regelen. Ik ben altijd jaloers geweest op dat soort vrouwen. Zelf ben ik nogal introvert, volgens Matthew op het schuwe af. 'Mijn mysterieuze denkhoofdje,' noemt hij me vaak plagerig als ik weer eens diep in gedachten verzonken ben.

Terwijl ik me naar de lift van de parkeergarage haast, herinner ik me weer dat moment van onze kennismaking en voel ik opnieuw de nagels van mijn collega tussen mijn blote schouderbladen prikken.

'Vooruit, eropaf, jij! Ik heb je wel zien zwijmelen bij zijn foto,' siste ze in mijn oor.

Ik zie nog hoe Matthew zich omdraaide en nauwelijks verrast reageerde op mijn verlegen verschijning. Alsof hij verwachtte dat ik op hem zou vallen. Waarover we daarna spraken is me niet bijgebleven. Het enige wat ik me kan herinneren is dat hij na een tijdje vroeg of we het gesprek elders nog eens konden voortzetten.

Ik geloof dat ik hem nog net niet omhelsde.

Hij maakte een hoffelijke buiging, pakte mijn hand en gaf er een vluchtige kus op. 'Ik bel je morgen,' zei hij omfloerst met die mooie tongval.

Mijn lichaam trilde. De spanning die dat met zich meebracht was zo hevig en maakte me zo misselijk dat ik bijna moest overgeven van geluk.

De dag erop belde hij en diezelfde avond aten we in een van de mooiste restaurants aan de Maas met een fabuleus uitzicht op de Erasmusbrug.

Matthew vertelde over zijn werk als ondernemer, zijn schrijflust, zijn huwelijken en de liefde voor zijn dochters. Twee meiden van tien en elf. Pittige dames, zoals hij ze vol trots noemde. De kinderen waren na de tweede scheiding aan hem toegewezen; hun moeder woonde in Florida. Volgens Matthew een draak van een vrouw die nooit kinderen had moeten krijgen. Zelf had hij geen contact meer met zijn exen. Tijdens de zomervakantie zochten de meiden hun moeder in Amerika nog wel eens op. Maar meestal werd dat geen groot succes.

Afwisselend schudde ik mijn hoofd of knikte begripvol en droomde weg bij die stem. Ik verdronk in de glimlach om zijn mond en fantaseerde dat die me zou kussen.

Twee weken later vlogen we naar Parijs, volgens Matthew de stad voor verliefden. Het werd het mooiste weekend van mijn leven. Dus toen Matthew me de week daarop ten huwelijk vroeg, zei ik volmondig 'ja'.

'Dit keer liever geen feest en geen familie voor mij,' had Matthew verontschuldigend gezegd. Hij vertelde dat hij uit een steenrijke familie kwam die, als het om geld ging, zich overal mee bemoeide. Een verre neef met een kasteel in België, een stokoude suikertante in Amerika... zelfs nadat hij had aangegeven hun geld niet per se te hoeven erven, bleef hij erfgenaam. Voor Matthew genoeg reden om in gemeenschap van goederen te trouwen.

'Straks, als ik er niet meer ben, moet mijn bezit automatisch naar jou en de meiden gaan,' had hij resoluut gezegd.

Aanvankelijk stribbelde ik nog tegen, maar nadat Matthew een doosje met een prachtige, gladgouden ring en een diamantje voor me opende, liet ik hem de ring plechtig aan mijn vinger schuiven. Wat kon me gebeuren? Ik trouwde in het geheim met de knapste en liefste man ter wereld; een mooier sprookje was niet denkbaar.

Alweer had hij zich verontschuldigd; de vorige echtgenotes hadden hem financieel uitgekleed en of ik voorlopig genoegen wilde nemen met een eenvoudig onderkomen, zoals hij zijn prachtige jarendertighuis in Hillegersberg noemde. Hij stelde me gerust door te zeggen dat er over niet al te lange tijd een som geld vrij zou komen. 'Dan koop ik een nieuw nestje voor ons,' zei hij.

Ik pakte hem verontwaardigd bij zijn arm. Was dit huis niet

al een droomhuis voor iemand die tot nu toe alleen in een studentenflat had gewoond? Matthew had me toen even van zich af geduwd en me met een ernstig gezicht aangekeken.

'Denk goed na, Lynn,' zei hij. 'Je trekt in bij een ouwe zak van bijna vijftig met twee dochters die gaan puberen; kun je dat aan?'

Mijn ogen glansden van het traanvocht toen ik hem aankeek. Ik kon alleen maar knikken. Met Matthew zou ik de hele wereld aankunnen, dus ook twee pubers. Ik voelde me sterk en gelukkig. Ik had opeens alles wat een jonge vrouw van mijn leeftijd zich kon wensen: een fijne baan, een sexy man, een prachtig huis en twee schatten van dochters.

Hoe kan het dan dat ik nu, na amper drie jaar, voortdurend moe ben en me zo bedrukt voel?

4

'De tweede etage en net om de hoek van de trap,' had Matthew gezegd toen hij mij naar de parkeergarage stuurde. In plaats van de trap heb ik de lift genomen. Mijn benen voelen als elastiek, terwijl de rest van mijn lichaam verstijfd is. De laatste keer dat ik me zo geradbraakt voelde was op een winterportvakantie nadat ik uren achtereen en tegen mijn zin had gelanglauft.

Na een korte check in het ziekenhuis bleek ik niets te mankeren. 'U zult morgen hooguit wat spierpijn hebben,' had de arts gezegd die me vroeg of ik alle ledematen goed kon bewegen. 'Niets om u zorgen over te maken, en dat schrijnende gevoel in uw gezicht van de airbag kunt u vergelijken met zonnebrand; het trekt vanzelf weg.'

De lift ligt tegenover het trappenhuis en aan de andere kant van de parkeerplaats. Ik loop langs de rijen met auto's, pak mijn telefoon en tik op de app van de auto. De alarmlichten floepen aan en het slot wordt ontgrendeld.

Tot nu toe heb ik nog maar één keer in de Tesla gereden. Ik vind het een spuuglelijke auto, maar Matthew is er zeer verguld mee. Hij heeft de auto nu ruim een jaar en kan nergens anders over praten. Andere weggebruikers noemt hij sindsdien *petrolheads*. Niet alleen het elektronische vernuft van de auto spreekt hem aan, ook vindt hij het zijn manier om iets bij te dragen aan het milieu.

Onwillekeurig moet ik glimlachen bij die gedachte – Matthew en duurzaam... Als zijn dochters er indertijd geen spreekbeurt over hadden gehouden, at hij nog steeds kiloknallers en werd het plastic gewoon bij al het andere afval gedumpt. Ik ben er inmiddels allang achter dat Matthew van geld houdt en van de status die daarbij hoort. Een Tesla mag daar niet aan ontbreken.

Zodra ik achter het stuur plaatsneem, zoek ik naar het mechanisme waarmee je de stoel kunt aanpassen. Matthew is atletisch gebouwd met lange benen, ik daarentegen ben kort. En hoewel ik mijn lengte nooit als iets negatiefs heb ervaren, moet ik altijd oppassen met eten; voordat ik het weet verander ik in een propje.

Tot nu toe heeft Matthew daar geen opmerkingen over gemaakt, maar ik ken inmiddels zijn afkeer van dikke mensen. Ooit heeft hij na een heerlijk etentje bij mijn ouders opgemerkt dat hij het jammer vond van mijn moeder.

'Je lijkt op haar, Lynn, je hebt datzelfde prachtige haar en die diepblauwe ogen, maar je moeder heeft één zwakte...'

'Zwakte?!' had ik verbaasd lachend uitgeroepen.

'Ja, zwakte,' herhaalde Matthew standvastig. 'Een zwakte voor eten.'

Ik had stomverbaasd gereageerd; ik kon niet geloven dat hij het meende. Totdat ik de afkeer, ja, bijna walging, in zijn ogen las, die me vervulde met pijn. Het is me altijd bijgebleven, en soms schaam ik me ervoor. Niet voor mijn volslanke moeder maar voor die opmerking van Matthew. Het was de eerste keer dat ik hem door een andere bril zag, minder onbevangen, eerder als iemand die ik nog maar half kende.

Op het moment dat ik de stoel in de juiste positie heb gezet, voel ik mijn telefoon trillen in mijn jaszak. Dat moet Matthew zijn; hij vraagt zich natuurlijk af waar ik blijf. Ik twijfel even of ik zijn ongeduld zal belonen, maar mijn hand zit al in mijn zak. Een onbekend nummer verschijnt op het display.

'Met Lynn van Waasdorp.'

'Met De Knecht; één momentje.'

Verbaasd luister ik naar iemand die met veel kabaal een deur sluit en iets onverstaanbaars roept. Ik hoor een hond blaffen en voetstappen die klinken als klompen op een stenen vloer.

'Hallo? Met wie spreek ik?'

Ik kijk op mijn horloge, steek het parkeerticket tussen mijn lippen en start alvast de auto. Het grote beeldscherm naast het stuur laat zien waar ik geparkeerd sta en hoe ik moet uitrijden. Zonder daarop te letten zet ik de auto handmatig in zijn achteruit en rij vervolgens in de richting van de uitgang. Amber moet zo snel mogelijk naar huis, ik heb al genoeg getreuzeld, daar kan nu geen telefoontje met een onbekende bij. Ik zet de telefoon op de luidspreker en leg hem op de stoel naast me.

'Mevrouw Van Waasdorp?'

De man is terug, hij praat met een zwaar accent. Geen snelle jongen die me een verzekering of een nieuw telefoonabonnement wil verkopen. Hij klinkt kortademig, alsof hij heeft hardgelopen.

'Ja?'

'Ik bel u vanuit Drenthe.'

Aha, Drenthe dus.

'Het gaat om het chalet van Bella Blok. Uw tante, nietwaar?'

Annabelle, of Bella, zoals het jongere zusje van mijn moeder zich na haar huwelijk met Giovanni noemde, was het nakomertje dat achttien jaar na mijn moeder kwam en waar mijn opa en oma nooit op gerekend hadden.

Ik slik even voordat ik antwoord. Bella is vier jaar geleden van de ene op de andere dag verdwenen. Mijn moeder, die de eerste maanden na de vermissing alles op alles zette om haar zusje te vinden, heeft dat inmiddels opgegeven.

'Wat is er met haar chalet?' vraag ik. Mijn stem is schor; ik kuch even als de man zegt dat hij me niet kan verstaan, en herhaal de vraag.

'Het wordt nu al vier jaar niet gebruikt, mevrouw. Ik heb begrepen dat u de contactpersoon bent van de familie? Klopt dat?'

'Ja, ja,' antwoord ik aarzelend.

Nog niet zo lang geleden heb ik me opgeworpen als degene die Bella's zaken afhandelt. Eerlijk gezegd viel dat reuze mee. Het huis in Wassenaar is Bella's eigendom, de vaste lasten daarvan worden automatisch afgeschreven en voor zover ik weet hoefde Bella dankzij haar tv-shows en de verkoop van haar kookboeken zich geen zorgen te maken over haar financiën. Na haar scheiding van Giovanni is ze nooit hertrouwd.

'Dan zou ik graag willen weten wat u van plan bent te doen met het chalet: verhuren of verkopen?'

Terwijl ik afrem voor de slagboom en het zijraam open om het parkeerticket in de gleuf te steken, probeer ik een antwoord te verzinnen. Blijkbaar duurt de stilte te lang en de man vraagt nogmaals wat ik met het chalet ga doen. Hij voegt eraan toe dat een verlaten chalet op zijn park als een rotte kies is in een gaaf gebit.

'Ik wil niet dat de boel verpaupert, snap-u-wel?'

'Ik... eh... ja, dat begrijp ik,' antwoord ik. 'Maar momenteel sta ik bij een ziekenhuis, een van mijn kinderen is... mijn man wacht en...'

'O, zo, maar natuurlijk. Zal ik u op een ander tijdstip terugbellen? Zeg-u-maar wanneer het schikt,' zegt de man. Hij klinkt opeens heel betrokken nu ik het over een man en kinderen heb.

'Graag,' antwoord ik. 'Ik heb uw nummer. De Knecht, hè? Ik bel u zo snel mogelijk terug,' antwoord ik. De man mompelt nog iets en verbreekt dan de verbinding.

Ik rij de auto voor de ingang van het ziekenhuis en terwijl ik Matthew via een appje laat weten dat ik klaarsta, open ik het dashboardkastje om het betaalbewijs van de parkeerkosten erin te leggen. Meteen wordt mijn aandacht getrokken door een bruine lap stof. Als ik die tevoorschijn haal en uitvouw, zie ik dat het om een sjaal gaat. Hij heeft blauwe strepen en gerafelde randen, en hoewel hij wat ouderwets aandoet, misschien wel vintage is, komt er een warm gevoel naar boven bij het idee dat

Matthew de sjaal voor mij heeft gekocht. Hij weet hoe graag ik sjaals draag en hij kent mijn voorkeur voor een retrostijl.

Ik laat mijn vingers over de zachte stof glijden en stel me daarbij voor hoe hij in mijn garderobe zou passen. Lang kan ik er niet bij stilstaan; vanuit mijn ooghoek zie ik Noa aankomen. Nog net op tijd leg ik de sjaal terug in het kastje.

Ik draai me naar het zijraam en zie vlak achter Noa ook Matthew met Amber aankomen. Als een bruidegom die zijn bruid over de drempel tilt, zo draagt Matthew zijn dochter. Slapjes bungelen Ambers benen over haar vaders arm. Matthews ongeschoren hoofd ligt vlak boven haar krullenbos; het beeld vertedert me.

Ik steek mijn hand op en glimlach naar ze. Matthew lacht niet terug; hij roept iets naar Noa, die meteen daarop het achterportier voor haar vader opent. Als Matthew vervolgens Amber op de achterbank zet, zegt hij dat Noa voorin moet gaan zitten.

Zodra Noa naast me heeft plaatsgenomen, strijk ik even door haar haar en vraag of alles goed gaat. Ze reageert geïrriteerd, en terwijl ze met een woest gebaar aan de veiligheidsriem trekt, werpt ze me een boze blik toe. Achter me hoor ik Matthew zachtjes tegen Amber praten. 'Even meewerken, lieverd,' zegt hij als hij haar insnoert.

Deuren klappen dicht, Matthew gaat zitten. Zwijgend draai ik de auto in een halve cirkel en geruisloos zoeven we richting de uitgang. Net als ik ons huisadres wil intikken in het navigatiesysteem, legt Noa haar hand op de mijne. Haar kleine, warme vingers zetten mijn hand klem.

'Het is allemaal jouw schuld,' sist ze met een verbeten trek om haar mond.

Nu ze een beugel draagt slist ze een beetje. Een druppeltje spuug valt op mijn hand.

'Ik heb dat ook tegen papa gezegd, dat het ongeluk door jou komt,' gaat ze verder. 'Als jij je niet zo met ons bemoeid had en wij niet naar jou hadden geluisterd, dan waren we gewoon blijven zitten met onze veiligheidsriemen om en was Amber nooit door de auto geslingerd.'

5

De rest van de middag verloopt in een gelaten sfeer. Matthew brengt meteen na thuiskomst Amber naar bed, ik vul een bad voor Noa, kleed me om en zet daarna de wasmachine aan.

Wat later – ik heb een eenvoudige pasta gemaakt met wat sla voor het avondeten – roep ik Noa, die in haar pyjama op de bank Netflix zit te kijken. Natte haren, telefoon in de hand; append met vriendinnen. Als ik haar vraag om de tafel te dekken reageert ze niet.

'Noa, we gaan zo aan tafel, hoor je me? Dek jij even voor drie?' herhaal ik.

Geen antwoord.

'Noa?'

'Jaaaaaha.'

'Dek jij even de tafel? We gaan zo eten.'

'Ja, zo.'

Geërgerd loop ik naar de wandkast waarin de placemats liggen en werp een blik op Noa, die duidelijk niet van plan is in beweging te komen. Ik open de la van de kast en haal er een handvol messen en vorken uit.

'Noa?'

'Ik zei toch: zó!'

Terwijl ik me omdraai naar de tafel knijp ik in het bestek. Mijn bloed kookt en de opgekropte woede die ik al voel vanaf het moment dat we van het ziekenhuis terugreden naar huis, ontlaadt zich. Vloekend zwaai ik met het bestek door de lucht en smijt het van me af op tafel. Een deel klettert op het parket.

Noa kijkt verschrikt op.

'Lynn! Wat doe je?!' gilt ze op overdreven toon.

De kinderen hebben me altijd bij mijn voornaam genoemd. Uiteraard, ik ben niet hun biologische moeder. En ik weet niet of het komt door het auto-ongeluk dat meer met me gedaan heeft dan ik dacht, of door die valse beschuldiging van Noa over hun losse veiligheidsriemen, maar de arrogante toon in haar stem maakt dat ik nog woedender word.

Ik draai me om, stap op haar af en net als ik mijn hand hef om haar een klap te verkopen, doet Matthew boven een deur dicht. Haastig komt hij de trap af. Noa glimlacht als ik abrupt mijn hand laat zakken en trekt een wenkbrauw op.

'Je gaat me toch niet slaan, Lynn?' zegt ze met een klein stemmetje.

'Wat gebeurt hier?' Matthew komt op een drafje de kamer binnen. Hij kijkt naar het bestek dat op de grond ligt en richt zich dan tot mij. 'Lynn?'

'Ik liet het bestek vallen,' zeg ik vlak.

Hij fronst zijn wenkbrauwen en knijpt zijn ogen tot spleetjes. Er valt een stilte. Ik hoor mijn eigen opgewonden ademhaling en voel dat ik ieder moment in huilen kan uitbarsten.

Om een scène te vermijden kucht Matthew en seint met zijn ogen naar Noa. Ik ken dat soort blikken inmiddels. Nooit ruziemaken in het bijzijn van de kinderen. Hou je in, Lynn, is de boodschap. Je krijgt het later allemaal dubbel en dwars van ze terug.

Kinderen, meiden; ik wist niet dat het zo erg kon zijn. Ieder verlangen naar een kind van mezelf ben ik door hun wangedrag kwijtgeraakt.

Ik herpak mezelf door rustig uit te ademen en Matthew een geforceerd glimlachje te schenken. Langzaam bukt hij zich naar de grond, raapt doodkalm een voor een de messen en vorken op en loopt ermee naar de keuken. Noa heeft intussen de tv uitgezet en terwijl ze langs me heen sloft op haar pantoffels en ik haar zo typische pas-gewassen-meisjes-geur ruik, opent ze de kast om de placemats te pakken.

'Lynn?'

Matthew roept me vanuit de keuken. Automatisch wend ik me naar de keukendeur en stap om Noa heen.

'Zo irri,' snauwt ze als ik wegloop. 'Altijd ik die de tafel moet dekken. Stomme bitch.'

Matthew giet de pan met pasta boven een vergiet leeg. Door de damp van het hete water beslaan de glazen van zijn leesbril; hierdoor kan ik de uitdrukking in zijn ogen niet zien. Maar uit zijn strakke mond maak ik op dat hij ook op springen staat.

'Matthew,' begin ik verontschuldigend. 'Het lag niet aan mij.'

Geen reactie.

'Ik weet niet wat Noa allemaal gezegd heeft, maar...'

'Nu niet, Lynn, straks. Neem jij de sla mee?'

Behendig schudt Matthew de pasta in een schaal. Afwachtend blijf ik staan en volg zijn handelingen. Matthew is overal goed in. Hoewel hij al jaren een vaste werkster heeft, is hij degene die als eerste de rommel opruimt, nog even tussendoor stofzuigt en eten kookt. Hij moet wel, zei hij toen we elkaar net leerden kennen. Met een zware baan en de zorg voor twee kinderen kom je niet aan lanterfanten toe.

Lanterfanten... Ik heb steeds meer het gevoel dat hij dat van me denkt. Dat ik maar wat doe, niet goed genoeg ben voor zijn kinderen en geen idee heb hoe hard hij werkt.

'Ik lijd aan slaapgebrek,' zeg ik zacht, maar nog net hard genoeg zodat Matthew mij kan verstaan.

Zonder aandacht te schenken aan mijn opmerking mengt hij de gehakt-tomatensaus door de pasta en steekt er een lepel in. Alsof ik opeens overvallen word door een extreme kou, voel ik hoe mijn lichaam begint te trillen.

Matthew zucht en schudt meewarig zijn hoofd. 'Wat is er toch met jou?'

Ik schokschouder. Ik wil niet gaan huilen, niet nu, ik moet het volhouden tot na het eten.

Het lukt niet. Snikkend laat ik me tegen Matthew aan vallen.

'Lynn, pas op!'

Matthew heft in een reflex zijn armen en houdt de schaal met pasta boven mijn hoofd. Onhandig manoeuvrerend blijft hij staan.

'Matthew, ik ben zo moe, zo vreselijk moe... ik...' Huilend steek ik mijn neus in de stof van zijn sweater. Ik ruik de geur van het ziekenhuis en realiseer me dat hij zich nog niet heeft omgekleed. Hij is al die tijd in touw geweest. Voor Amber, voor Noa en voor mij. Beschaamd maak ik me van hem los. Ik veeg langs mijn gezicht.

Matthew zet de pastaschaal op het aanrecht.

'Gaat het weer?' vraagt hij. Zijn stem klinkt korzelig.

Ik voel hoe hij zijn best doet om zijn ongenoegen niet te laten blijken. Hij moet ook doodop zijn. Ik knik.

'Sorry,' zeg ik. Ik lik langs mijn lippen en staar naar de grond.

Als Matthew niet antwoordt, hef ik mijn hoofd. Vertwijfeld kijk ik hem aan, verwachtend dat hij me zal troosten. Maar het enige wat ik zie is een koele blik vanachter brillenglazen; een blik die ik niet kan plaatsen.

6

We eten zwijgend onze maaltijd. Het auto-ongeluk wordt niet meer besproken. Zelfs Noa houdt even haar brutale mond nadat haar vader haar tot de orde heeft geroepen.

'Ik heb gezegd: geen telefoon aan tafel,' zegt Matthew als Noa voortdurend naar haar schoot zit te staren.

'Ja, maar pap, ik moet...'

'Je moet eten. Niks anders. Geef die telefoon hier.'

Matthew legt zijn vork neer en steekt zijn hand uit naar Noa. Met een pruillip kijkt ze naar mij.

'Lynn? Van jou mag het altijd,' zegt ze.

'Noa!'

Matthew schuift met kracht zijn stoel achteruit en trekt Noa uit haar stoel. Noa begint te krijsen. Haar telefoon rolt op de grond. Ik neem een slokje water en onderga in stilte het gevecht aan de overkant van de tafel. Mijn ogen voelen zwaar, mijn ademhaling gaat traag en het liefst zou ik meteen mijn bed opzoeken om eindelijk eens heel, heel lang te slapen.

Maar de avond is het enige moment dat Matthew en ik even samen zijn. Zodra de meiden op bed liggen, kunnen wij praten over dingen die ons bezighouden of dwarszitten.

Dingen die ons dwarszitten... Twee jaar geleden zou zoiets nooit in me zijn opgekomen. Toen verlangde ik naar de avonden met Matthew. Geen kinderen, een glaasje wijn, een haardvuurtje, diepe gesprekken en daarna seks. Ik herinner me die eerste periode als goddelijk.

Nu hebben we al in geen maanden gevreeën. Matthew is vaak

laat thuis en ik ben dan te moe om op hem te wachten. Het is zelfs een paar keer voorgekomen dat hij in de logeerkamer ging slapen om mij niet wakker te maken. De laatste keer dat hij voor zijn werk naar Brussel moest, besloot hij daar te overnachten. Twee jaar geleden zou hij zijn hand er niet voor omgedraaid hebben om nog naar huis te rijden.

Ik weet nog dat ik die bewuste avond dat hij in Brussel bleef om acht uur in bed stapte en de volgende dag voor het eerst sinds tijden uitgerust wakker werd. Ik leek herboren, een ander mens. Ik kon het zelfs opbrengen aardig te zijn tegen Noa.

Nu kan ik niets meer opbrengen.

Ik zet mijn ellebogen op tafel en leg mijn handen tegen mijn oren om het gekrijs van Noa niet te horen. Matthew heeft haar naar boven gestuurd. Als een speenvarken schreeuwt ze daar de hele boel bij elkaar.

'Hou op! Hou op!' hoor ik Matthew roepen vanaf de trap. 'Amber wordt wakker.'

De nijdige toon in Matthews stem doet me huiveren. Ik weet dat hij een goed mens is en van me houdt, maar nu ik zo opgebrand ben klinkt alles anders – harder, scherper – en zie ik de dingen niet meer in de juiste proportie. Er moet iets gebeuren, iets, iets... Ik sluit mijn ogen.

Als ik langzaam mijn handen laat zakken hoor ik Matthew op gedempte toon tegen Noa praten. De wc wordt doorgespoeld, de badkamerdeur gaat dicht. Matthews voetstappen dringen van de overloop door naar beneden. Hij heeft een zware tred en het huis is gehorig. Alweer iets waaraan ik me de laatste tijd erger.

Wat is er toch mis met mij? Waarom voelt het alsof ik voortdurend tegen een spiegelgladde ijsschots opklim?

'Lynn?'

Ik schrik en voel twee handen op mijn schouders. Matthew staat vlak achter me. Ik heb hem niet horen binnenkomen. Mijn hoofd ligt op tafel naast mijn bord, mijn armen gestrekt ernaast. Slaap ik?

'Lynn, je moet naar bed.'

Ik schud mijn hoofd, zet me af tegen de tafel en sta op. Mijn benen voelen zwaar, ik zak door mijn knieën, mijn voeten tintelen, ik kan ieder moment omvallen. Matthew slaat een arm om me heen. Dit keer houdt hij me stevig vast als hij me naar zich toe trekt. Ik geef me over, zoek zijn mond, druk er een kus op en open mijn lippen om zijn tong te proeven.

Maar Matthew duwt me zachtjes van zich af. Hij pakt mijn handen, zijn gezicht staat ernstig.

'Je bent overspannen,' zegt hij. 'Ik wil dat je stopt met je werk. Je moet je ziek melden, naar een arts gaan, voor mijn part naar een psycholoog, maar Lynn, zo gaat het niet langer.'

Ik laat mijn hoofd hangen en knik.

Terwijl de tranen beginnen te stromen zeg ik dat ik morgen weer beter ben, dat ik van hem hou, dat het vandaag allemaal mijn schuld was omdat ik niet geslapen had en dat ik niet gemist kan worden op mijn werk.

'Niet nu, het is najaar, er verschijnen zoveel nieuwe titels... ik kan niet stoppen... niet nu...'

'Je kunt altijd stoppen,' onderbreekt Matthew mijn zenuwachtige gemompel. Hij strijkt door mijn haar. Mijn lange, volle haar waarvan hij ooit zei daarop te zijn gevallen.

Hij is bezorgd, zie je wel; hoe kon ik twijfelen aan zijn liefde?

Zwijgend neemt hij me mee aan zijn arm. We lopen de trap op, steken de overloop over en zonder mijn tanden te poetsen of mezelf te wassen laat ik me meevoeren naar de slaapkamer.

Ik kleed me uit, snel en bedreven. En alsof ik niet wil dat Matthew me naakt ziet, hou ik dit keer mijn ondergoed aan onder mijn pyjama en ga direct in bed liggen. Ik knip het lampje naast het bed aan. Het zwakke schijnsel verlicht alleen de onderkant van Matthews gezicht waardoor de rest van zijn hoofd verandert in een schaduw. Het heeft iets sinisters. Ik ril. 'Vannacht slaap ik in de logeerkamer,' zegt Matthew. 'Morgen zorg ik voor de meiden.'

'Nee, nee, dat hoeft niet. Jij hebt morgen de golfclub en...'

'Ik doe de meiden, Lynn,' onderbreekt Matthew mij. 'Het zijn mijn kinderen, ik zorg voor ze. Dat doe ik al jaren zo, lang voordat jij in beeld kwam. De golfclub weet inmiddels van de aanrijding en dat ik Amber niet alleen kan laten. Ga nu slapen. Maandag meld je je ziek.'

Matthew wendt zich van me af en loopt naar de deur. Ik kijk naar zijn rijzige gestalte die nog langer lijkt vanuit mijn positie. Hij is een reus. In de deuropening blijft hij even staan, en alsof hem iets te binnen schiet keert hij zich om en haalt iets uit zijn zak.

Hij loopt terug naar het bed en legt het voorwerp dat hij heeft gepakt naast me op het nachtkastje. Het is mijn telefoon.

'Je kunt me altijd appen als er iets is,' zegt hij.

'Maar... ik kan je toch ook gewoon roepen?' zeg ik.

Zonder te antwoorden draait Matthew zich om, drukt op de schakelaar van het bedlampje en beent naar de deur. Als hij de deur achter zich dichttrekt wordt alles in één keer donker.

Even bekruipt me een soort angstgevoel, iets wat ik niet kan duiden. Het duurt niet lang; zodra ik mijn ogen sluit val ik in slaap.

Italië, Montepulciano, jaren tachtig

Tot ver in de omgeving zijn ze te horen: de beierende klokken van de Santa Maria Assunta. Hier boven op de heuvel en vanaf de eeuwenoude stadsmuren heb je het mooiste uitzicht over de wijnvelden rondom Montepulciano.

'Daar ligt Umbrië en daar Zuid-Toscane,' wijst een van de bruiloftsgasten.

Van alle kanten komen ze aan. Mooi gekleed en vaak te voet. Sommigen laten zich rijden op een scooter of hebben voor de gelegenheid de kleinste Fiat gehuurd. Hoe ze ook komen, alle feestgangers moeten via de steile trappen of nauwe straatjes naar het Piazza Grande. Daar waar vandaag het bruiloftsfeest plaatsvindt.

De dag is warm, de daken glimmen. Duiven fladderen heen en weer tussen de huizen en lagergelegen pijnbomen. Het strijklicht van de namiddagzon streelt de muren en zet ze in een gouden gloed. Langzaamaan vult het plein zich, er klinkt gelach. Gespannen wacht men af: hoe zal de bruid eruitzien?

Dan wordt eindelijk het wachten beloond. Omringd door benzinedampen zoekt een witte Vespa brommend zijn weg naar boven. Tony's tengere verschijning lijkt op te lossen in het waas van kant dat hij meevoert op zijn bagagedrager. De uitlaat van de scooter knettert als Tony afremt bij de kerk.

De sigaret die standaard uit zijn mond hangt gooit hij op de grond. Beverig steekt hij zijn hand uit naar zijn passagier. Iemand begint spontaan te klappen als Annabelle haar witte hakken naast de scooter zet.

Twee bruidsmeisjes – kleuters nog – worden naar voren geduwd en tillen bijna tegelijk de zoom van de meterslange sleep op. Ja, zo gaat het goed. Daarheen moet de bruid, richting de loper, richting de open deuren van de kerk, waarbinnen nu het orgel begint te spelen.

Een golf aan gefluister slaat over de kerkbanken. Genodigden wijzen opgewonden naar de bruid die door haar aanstaande schoonvader naar het altaar wordt geleid.

Ze is mooi, ze is lang, veel langer dan ze hier gewend zijn. Ze komt uit Holland en ze is dun. Te dun, maar dat verandert wel, wacht maar. Als ze eenmaal aan de Italiaanse keuken is gewend, komt er vanzelf vlees op die heupen.

Bijna is de bruid bij het altaar, waar haar bruidegom op haar wacht. Giovanni draagt een lichtblauw pak en slangenleren schoenen. Zie hem daar stralen naast de priester. Donkere ogen onder ravenzwart haar in een kuif vol vet. Klaar voor het jawoord. In niets lijkt hij zenuwachtig, integendeel. Hij recht zijn schouders, waardoor het verschil in lengte tussen hem en zijn bruid even niet lijkt te bestaan. Hij lacht zijn typische scheve lachje naar haar.

Onder haar sluier slikt Annabelle moeizaam als ze vanuit haar ooghoek haar moeder, haar grote zus Hester en haar kleine nichtje Lynn ziet staan. Ze geeft een kort knikje bij wijze van begroeting.

Dan is het eindelijk zover; het orgel zwijgt en de priester schraapt zijn keel. Annabelle knielt naast Giovanni en sluit haar ogen. Dit wordt een dag om nooit te vergeten.

Net als die andere dag, een paar maanden geleden nog maar. Toen ze de leiding had op het zomerkamp. Nee, niet doen, niet aan denken... niet vandaag, op de dag die de mooiste van haar leven zou moeten zijn.

Ze moet naar haar aanstaande man kijken, ze moet luisteren naar de woorden van de priester. Woorden die ze maar half begrijpt, ze dwarrelen langs haar heen. Weer denkt ze aan dat ene moment op het zomerkamp met dat meisje, met die Kelly.

Hoe heeft het zo uit de hand kunnen lopen?

7

De zachte zoemer van mijn telefoon wekt me. Buiten slaat de regen tegen de ramen, de wind giert om het huis. Ik open mijn ogen; daglicht valt door de kier van de overgordijnen en verschrikt richt ik me op. Ik grijp naar mijn telefoon en zie op het wekkertje dat ernaast staat dat het halfnegen is. Dat moet een collega zijn.

Zonder te kijken wie er belt neem ik op.

'Met De Knecht,' zegt een stem die ik eerder gehoord heb maar niet zo snel kan thuisbrengen.

'Knecht?'

Ik sla het dekbed van me af, schuif het losse haar dat voor mijn ogen valt achter mijn oor en sta op. Ik loop naar de deur en terwijl ik hem open roep ik Matthew.

Geen antwoord.

'Neem me niet kwalijk dat ik u op zondag bel, maar u zou gisteren terugbellen; misschien bent u dat vergeten?' zegt de man die zijn woorden steeds afbreekt.

'Terugbellen? Zondag... was het gisteren dan zaterdag? O, ja, tuurlijk, ik weet het weer... gelukkig,' verzucht ik.

Aan de andere kant van de lijn wordt het stil. Ik zet de telefoon op de luidspreker en aarzel of ik meteen bij Amber ga kijken of eerst sokken zal aantrekken. De parketvloer is ijskoud onder mijn blote voeten. Huiverend wacht ik op een reactie van de man aan de telefoon en werp ondertussen een blik in het trapgat. Ik kijk of ik Matthew zie lopen; hij moet me gehoord hebben en anders Noa wel.

'Matthew?' roep ik nogmaals, dit keer met stemverheffing.

'Nee, mevrouw, u spreekt met De Knecht, van het Heidepark in Drenthe.'

Ik knipper met mijn ogen nadat ik beter focus. Matthews jas en de jassen van de kinderen hangen niet op hun vaste plek in de hal. Ook de laarzen die ze altijd met dit weer aanhebben, staan niet onder de kapstok.

De man praat verder; hij heeft het over het chalet van mijn tante. Ik reageer niet, integendeel, in blinde paniek ren ik de trap af.

'Bella Blok kwam hier meestal voor dat kookprogramma, maar nu zij...'

Stomverbaasd staar ik naar de halflege kapstok. De kou van de plavuizen glijdt onder mijn pyjamabroek en trekt langs mijn benen. Rillend draai ik me om. Ik steek de hal over en open de deur naar de woonkamer. Ook hier is het steenkoud.

Waar is iedereen?

'Mevrouw Van Waasdorp, bent u daar nog?'

Ik kijk op mijn telefoon.

'Ja, ja, ik hoor u,' zeg ik.

'Wanneer schikt het?'

'Schikt het? Hoezo? Wat wilt u toch van mij?! Ik heb toch gezegd dat ik u zal bellen?'

Stilte.

'Het spijt me,' vervolg ik snel. 'Maar op dit moment...'

'Prima, dan stuur ik u de rekening voor de huur van het perceel. De vaste lasten voor gas, water en licht zitten daar nog niet bij. Wat betreft de forensenbelasting: daar zorgt de gemeente voor, die kunt u ook een dezer dagen verwachten. Nogmaals, ik ken een makelaar die bereid is om het chalet voor u te verhuren of te verkopen. Denk er even over na. Goeiendag.'

De verbinding wordt verbroken. Vertwijfeld schud ik mijn hoofd. Als ik nogmaals tegen beter weten in Matthew roep, ren ik met twee treden tegelijk terug naar boven. Ik hou mijn adem in als ik de deur naar Ambers kamer open. Het beddengoed is strakgetrokken, de gordijnen zijn opengeschoven. Haar weekendtas is weg. Is er vannacht iets met haar gebeurd? Zijn ze naar het ziekenhuis?

Meteen loop ik door naar Noa's kamer. Daar tref ik dezelfde situatie met een onbeslapen bed aan. Onwillekeurig wordt mijn aandacht door de kledingkast getrokken. Achter de opengeschoven deuren licht een serie lege kleerhangertjes op, en als ik in de la kijk, zie ik dat het ondergoed en de sokken zijn weggehaald.

Het is volkomen onzinnig om naar de logeerkamer te gaan en te kijken of Matthew daar is. Toch leg ik tegen beter weten in mijn hand op de deurknop; vrijwel tegelijkertijd gaat mijn telefoon over.

'Matthew,' zeg ik bijna stemloos tegen het display als ik zie dat hij het is. 'Matthew, waar zijn jullie? Waarom heb je me niet wakker gemaakt?!'

8

Nog geen halfuur later, na het telefoontje met Matthew waarin hij me liet weten met de kinderen bij zijn moeder in Leiden te logeren, besef ik dat ik voorlopig alleen thuis ben. Aanvankelijk begreep ik niet waarom Matthew was weggegaan zonder het te laten weten, maar hij verzekerde me dat het beter voor me was om dit weekend zonder hem en de kinderen door te brengen.

'Lynn, je hebt rust nodig,' zei hij. En toen hij na een korte stilte daaraan toevoegde dat hij daar eigenlijk ook hard aan toe was en daarom de rest van de week de meiden bij zijn moeder achterliet, dacht ik dat hij een grap maakte en vanavond weer thuis zou zijn.

'Het is komende week herfstvakantie, Lynn, ben je dat vergeten?'

Ik hoorde een beschuldiging in Matthews stem doorklinken en hoewel ik deed alsof ik van de vakantie op de hoogte was, merkte ik aan hem dat hij wist dat ik loog. Met een zekere tegenzin somde hij vervolgens een aantal dingen op die ik in zijn afwezigheid moest doen: een afspraak maken met de huisarts, de uitgeverij bellen, me ziek melden en daarna een van mijn vriendinnen inseinen dat ik een burn-out had.

'Hester heeft genoeg aan zichzelf, Lynn, je kunt haar nu niet lastigvallen,' zei hij toen ik over mijn moeder begon.

Matthew doelde op de dood van mijn vader – nu bijna een jaar geleden – waar mijn moeder nog steeds om rouwde. Komende week zou Matthew alleen woensdagavond kunnen langskomen. De eerste dagen van de week zat hij voor een belangrijke bespreking in Brussel en daarna reisde hij door naar Berlijn, waar hij een aantal lezingen gaf. Ik hoorde aan zijn stem dat hij liever meteen doorging zonder tussenstop in Rotterdam.

Ik wilde geen blok aan zijn been zijn en stelde hem gerust. 'Ik red het wel, ga jij maar meteen door naar Berlijn,' zei ik, vechtend tegen de tranen.

'Tja, dingen vallen altijd samen,' antwoordde hij met een zucht.

Alsof mijn burn-out iets 'dingmatigs' is.

Hij voegde eraan toe dat ik me om de kinderen geen zorgen hoefde te maken nu ze bij oma waren. Amber was in goede handen bij zijn moeder. Beter dan bij mij, had ik willen zeggen, maar ik hield me nog net op tijd in.

Zijn moeder van tachtig, die hij te pas en te onpas vergelijkt met Neelie Kroes en die als een grande dame in haar even grande huis in Leiden zit; hoe zou ik ooit aan haar kunnen tippen? In de paar jaar dat Matthew en ik nu samen zijn, heb ik haar hooguit driemaal ontmoet tijdens een verjaardagsfeest. Al die keren hebben we weinig woorden gewisseld met elkaar; ze heeft nooit echt moeite gedaan mij te leren kennen.

Ik luisterde naar Matthew, en nadat ik hem gegarandeerd had dat alles goed met me ging en ik zijn raad zou opvolgen, beloofde hij later op de dag nogmaals te bellen. Hij noemde een tijdstip en daarna namen we afscheid.

Nog steeds in pyjama loop ik de woonkamer in. De eettafel die doorgaans vol met schoolspullen van de kinderen ligt, is nagenoeg leeg. Het boeket bloemen dat Matthew vorige week voor me meebracht, is verlept. Ik leg mijn telefoon op tafel. Over een van de designstoelen hangt het zwarte leren jasje van Amber. Ze heeft het nog maar pas en alsof het haar enige kledingstuk is, kan ik haar daar de laatste dagen in uittekenen. Matthew moet er niet aan gedacht hebben. Een rilling loopt langs mijn rug als ik naar buiten kijk; de regen is overgegaan in plensbuien. Met dit herfstweer trek je geen kort leren jasje aan.

Ik vraag me af hoe het met Amber is. Met haar heb ik altijd een warm contact gehad. Zodra we samen zijn, zonder Noa of Matthew erbij, zou ik rustig durven beweren dat we van elkaar houden zoals moeders en dochters van elkaar kunnen houden. Onwillekeurig moet ik aan mijn eigen moeder denken en mijn band met haar. Zonder dat we elkaar vaak zien weten we dat we op elkaar kunnen rekenen.

Ik kijk om me heen. Ik kan me niet herinneren hier ooit een week alleen in huis te zijn geweest. Het voelt vreemd; alsof ik hier een gast ben in plaats van een van de bewoners. Bij die gedachte voel ik een drukkende pijn op mijn borst, mijn adem stokt, mijn hartslag versnelt. Een blinde paniek maakt zich van me meester. Ik grijp me vast aan een van de stoelen, laat me erop vallen en trek de telefoon naar me toe.

Ik moet iemand bellen, iemand zien. Hoe kan Matthew me hier alleen achterlaten? Hij begrijpt niet hoe erg het met me is. Ik open de lijst met contacten en telefoongesprekken en staar naar een voor mij onbekend nummer dat mij recent gebeld heeft. Shit, die man uit Drenthe. Wat heb ik met hem afgesproken?

Het lijkt of er iets mis is met mijn denkvermogen. En alsof mijn hersens in een snelkookpan zitten die ieder moment kan overkoken voel ik mijn hoofd kloppen.

Matthew bellen, ik moet Matthew bellen, nee, ik moet mijn moeder bellen, nee, ik moet een vriendin bellen, nee, niet die, die ander, nee, Matthew, nee, beter van niet, ik moet…

Ik druk mijn vingers tegen mijn slapen.

Adem in, adem uit. Blijf kalm.

Een ping van een binnenkomend appje doet me opschrikken. Als ik zie dat het WhatsApp-berichtje van mijn moeder komt, pak ik de telefoon en zonder het appje te lezen bel ik haar.

'Ha Lynn, hoe is het, kind? Ben je druk?'

Mijn moeders stem; betrokken, lief, zacht; ik kan niet antwoorden. Mijn keel zit dicht. Ik zou willen gillen.

'Lynn? Ben je daar? Gaat het?'
Je moeder heeft het veel moeilijker dan jij. Jij hebt een man, zij niet.
'Lynn, schat, wat is er? Waarom moet je zo huilen?'

9

Een paar uur later, als ik me net heb gedoucht en aangekleed, gaat de bel. Als een verzopen kat in een kanariegeel regenpak staat mijn moeder voor de deur. Ze mag dan bijna zeventig zijn, het weerhoudt haar er niet van om op een oude stadsfiets kriskras door Rotterdam te fietsen.

Mijn moeder, rond en stevig, met zilvergrijs haar en een ernstig kijkend gezicht, zou met gemak voor mijn oudere zus kunnen doorgaan. Ondanks die uiterlijke kenmerken delen we qua karakter weinig met elkaar. Ik bewonder haar moed en zou wel iets meer van haar onbeschaamdheid willen hebben.

'Lynn, waar kan ik dit natte pak ophangen?' Ze wijst op de kapstok waaraan twee wollen colberts van Matthew hangen. 'Niet hier, lijkt me?' Ze grinnikt kort; ze mag Matthew niet.

'Mam, ik zei toch dat het goed met me gaat, dat ik misschien even een dipje had, maar dat ik de laatste weken heel hard gewerkt heb en dat Matthew...'

'Waarom is hij er niet?' vraagt ze vinnig.

Terwijl ze me indringend aankijkt schopt ze haar laarzen uit. Daarop laat ze de regenbroek langs haar volle heupen glijden en schudt de kleddernatte broek boven de tegelvloer uit. Waterspetters vliegen in het rond. Om haar sokken vormt zich een plasje.

Op ieder ander moment zou ik allang met een handdoek of een dweil zijn komen aanlopen. Maar door die lamlendige moeheid kom ik nu niet in beweging. We lopen de woonkamer in, mijn moeder voorop. Als ik haar volg en naar haar mollige lichaam in de te krappe trainingsbroek kijk, moet ik onwillekeurig in mezelf lachen. Ik constateer dat ik de lengte van mijn vader heb. Ik besef dat ik door mijn drukke gezinsleven met Matthew en de kinderen nog maar nauwelijks bij het verlies van mijn vader heb kunnen stilstaan.

Vermoeid laat ik me op de rode hoekbank vallen die als een eyecatcher de voorkamer domineert. Het huis mag dan niet al te breed zijn, de meubels die Matthew – nou ja, zijn stylist – heeft uitgekozen, zijn zonder meer smaakvol en prachtig op de ruimte afgestemd. Dat was de reden dat het teakhouten bureautje van mijn vader meteen doorging naar zolder; het zou volledig uit de toon vallen in dit strakke samenspel van lijnen en kleuren.

'Waar is papa's bureau?' vraagt mijn moeder alsof ze mijn gedachten kan lezen.

Ik antwoord niet.

Mijn moeder schudt haar haren los. Met een kambeweging strijkt ze de natte haarpieken die voor haar ogen hangen uit haar gezicht. Ik denk opnieuw aan een handdoek, maar doe niets.

'Volgens Matthew heb ik een burn-out,' zeg ik zonder mijn moeder aan te kijken. Ik heb haar net verteld over de aanrijding en dat de kinderen de komende week bij hun oma logeren.

Ik wacht even op mijn moeders reactie, maar als die uitblijft ga ik aarzelend verder.

'Ik denk dat hij gelijk heeft. Ik ben de laatste tijd voortdurend moe en prikkelbaar; bovendien lijd ik aan een chronisch slaapgebrek.'

'Ik heb hem nooit gemogen, hij is te oud voor jou, en dan die draken van dochters, vooral die jongste; wat zie je toch in hem?'

Kwade ogen op me gericht, een mond als een streep in een gezicht dat door tientallen fijne rimpels wordt gekenmerkt. De sporen van een jarenlange kettingrookster.

'Ik ken je afkeer van Matthew, mam, hij mag jou ook niet, en weet je, op dit moment kan ik jullie oorlogvoering er helemaal niet bij hebben.'

Ik voel hoe ik begin te trillen; het liefst zou ik willen roepen dat ze moet weggaan en me met rust moet laten. In plaats daarvan laat ik mijn hoofd hangen.

Mijn moeder gaat naast me zitten, slaat een arm om me heen en geeft een kus in mijn haar. Ze pakt mijn hand.

'Lieve schat, je hebt gewoon veel te veel hooi op je vork genomen. In alles zo serieus, terwijl je nog zo jong bent.'

Koude vingers op mijn warme huid. Er valt een stilte.

Ik voel me nog ongelukkiger worden onder die goedbedoelde aandacht en baal van mezelf. Waarom zeg ik niet wat ik denk? Dat de relatie met Matthew niet lekker loopt en dat zijn kinderen mij dag in dag uit gek maken.

'Waarom neem je geen sabbatical?' vraagt mijn moeder.

'Een sabbatical?'

'Ja, een tijdje vrijaf van je werk. Onbetaald verlof. Dan laat je mij de maanden dat je geen salaris ontvangt voor je betalen. Eerst meld je je ziek en daarna, als het wat beter gaat, neem je vrij. Maar wel op één voorwaarde.'

Mijn gezicht wordt één groot vraagteken.

'Dat je die periode zonder Matthew en zijn kinderen doorbrengt.'

'Hè?! Onmogelijk!' roep ik. 'Ik kan toch niet zomaar... Hoe moeten de kinderen...?'

'Het zijn niet jouw kinderen, Lynn. Ik geloof dat ze je dat vaak genoeg hebben laten merken, is het niet?'

Ik schokschouder en geef me over. 'Misschien heb je gelijk, mam. Zeg maar wat ik moet doen.'

'Heel goed. Dan ga ik nu vertellen wat ik al veel eerder had willen zeggen en waar ik dat appje voor stuurde,' zegt ze haastig terwijl ze opstaat. 'Luister, er is een man in Drenthe; een zekere Bob de Knecht. Hij heeft een bungalowpark waarop een chalet van je tante staat. Je weet dat ik het heel moeilijk heb gehad na Bella's verdwijning, maar inmiddels, zeker na dat korte ziekbed van je vader, heb ik het een plaats kunnen geven. Ik moest wel.'

Er valt een stilte. Mijn moeder slikt even voordat ze verdergaat.

'Die man van dat park belde me vanochtend op. Hij wil weten wat wij met dat chalet gaan doen. Hij zei dat hij jou ook had benaderd, maar dat jij nogal vaag reageerde – ik begrijp nu wat hij bedoelde – en daarom vind ik dat jij daarnaartoe moet...'

'O, nee... ik?!'

Mijn moeder reageert niet op mijn paniek, onverstoorbaar gaat ze verder.

'Zoals je weet heeft Bella een hele berg spullen. Haar laatste tv-shows werden opgenomen in dat chalet. Er moeten allemaal video's liggen en schriften vol recepten; ze was een chaotische creatieveling die niet kon opruimen. Gelukkig maar, denk ik nu.'

Ik zie een peinzende blik in mijn moeders ogen ontstaan. Ze heeft wel eens gezegd dat ze Bella nooit begreep; volgens haar was Bella veel te jong en veel te snel getrouwd met een Italiaan. Ik heb die Giovanni maar een paar keer in mijn leven ontmoet. Ik was nog een kind toen mijn tante zich van hem liet scheiden. Eigenlijk weet ik niets van hem en haar.

'Lieve Lynn,' vervolgt mijn moeder. 'Jij hebt letterkunde gestudeerd, je bent een kei in het ontrafelen van teksten en je zit de hele dag op zo'n uitgeverij andermans rotzooi te corrigeren; ik wil dat je daarmee stopt!'

'Ho, ho, mam, nu ga je écht te ver... Je begrijpt het niet,' zeg ik zacht. 'Ik vind mijn werk leuk, heus, het is alleen zoveel. De prestatiedruk ligt hoog en ik weet niet of...'

'Maar Lynn, je kunt zoveel meer,' onderbreekt mijn moeder me fel.

Ik schud vertwijfeld mijn hoofd, veeg een traan weg en zeg dat ik juist niets meer kan. Dat ik helemaal op ben. 'Opgebrand!' schreeuw ik in een poging mijn moeder daarvan te overtuigen.

'Ja, daarom juist,' gaat ze kalm verder. 'Ik wil dat je afstand neemt van alles. In Drenthe kun je bijkomen, wandelen en je hoofd leegmaken. En wat nog veel belangrijker is – en wat volgens mij beter is dan welke pillenkuur dan ook – je gaat je met iets bezighouden. Je gaat die rotzooi van Bella uitmesten... Ik vind dat je een biografie over haar moet schrijven. Nou, wat denk je daarvan? Zie het maar als een soort therapie.'

'Wat?!' Ik stoot een harde lach uit en kijk naar mijn moeder. Ze weet dat ik van puzzelen hou, van knip- en plakwerk en van taal. Ze zag me vroeger urenlang boekjes maken over de gekste onderwerpen. Een biografie schrijven over Bella; ik zou het kunnen. Maar wil ik dat?

'Ik help je,' zegt mijn moeder als ze de angst in mijn ogen ziet. 'Vertrouw op me, ik wil je werkgever wel inlichten of met je meegaan naar je huisarts als je dat fijn vindt; Matthew zal het plan toejuichen, denk je niet?' Ze gniffelt besmuikt. 'Hij heeft je niet voor niets hier alleen achtergelaten... de zak.'

'Mam! Dat heeft hij juist voor mijn welzijn gedaan,' hoor ik mezelf bibberig zeggen.

Mijn moeder trekt een wenkbrauw op.

Een diep en verwarrend gevoel dat ik niet kan duiden en te maken moet hebben met het verliezen van grip, steekt ineens de kop op.

'Mam, ik doe wat je zegt, als jij me dan belooft er niets over te zeggen tegen Matthew. Ik heb tijd nodig om na te denken. Matthew regelt al zoveel, ik wil hem niet nog meer belasten. Snap je dat?'

'Je bent veel te aardig voor hem. En als jij dit niet had voorgesteld, had ik het wel gedaan. Het gaat hem niks aan wat jij in zijn afwezigheid doet. Ik lees geen theeblaadjes, Lynn, maar ik voorspel je dat er iets met hem is; iets wat niet deugt.'

10

De middag gaat over in de avond en al die tijd regelt mijn moeder dingen voor me. Ze heeft mijn koffer gepakt, een uitgebreide mail aan mijn werkgever opgesteld die ik volgens haar alleen nog maar hoef te versturen en zojuist gevraagd wat ik wil eten.

Hoewel ik me bezwaard voel dat zij zo de touwtjes in handen neemt, laat ik het desondanks over me heen komen. Apathisch hang ik, net zoals Noa dat altijd doet, op de bank. Even verveeld volg ik een serie op Netflix.

Matthew belt me op het afgesproken tijdstip. Zijn kalme stem praat bemoedigend op me in.

'Je weet dat ik haar niet mag, maar nu ben ik blij dat je moeder er voor je is,' zegt hij nadat ik heb uitgelegd dat ik de komende week bij haar logeer. 'Alles voor jouw welzijn, Lynn, je weet toch dat ik van je hou?'

Ik antwoord niet. Al die onzekerheid over Matthew; hoe kan ik aan zijn goedheid twijfelen? Terwijl ik naar woorden zoek is mijn moeder voor me gaan staan. Ze gebaart dat ik het gesprek moet afbreken. Ik knik geërgerd en steek afwerend mijn hand naar voren om haar op afstand te houden.

'Ja, ja, ik ook van jou,' zeg ik, terwijl ik wegkijk van mijn moeder.

Matthew praat verder. Mijn oren sluiten zich af. Ik zit in mijn eigen gedachten. Ik moet vragen naar de kinderen en of ze mij willen spreken. Ik moet vragen of zijn moeder nog extra informatie nodig heeft. Noa eet glutenvrij, Amber lust geen witlof. Bovendien is Amber heel gevoelig voor prikkels. Nu ze een hersenschudding heeft, lijkt tv-kijken me niet goed voor haar. Net als ik op het punt sta dat tegen Matthew te zeggen, maakt mijn moeder korte, snelle kapbewegingen; woest kijkt ze me aan.

'Stoppen nu!' sist ze.

'Ik...'

'Lynn, zul je me bellen als er iets is? Ik ga nu pakken voor Brussel, schat. Pas je goed op jezelf? En maak je alsjeblieft geen zorgen om de meiden, ze doen je hun groeten. Amber slaapt en Noa kijkt met oma een film. Rust maar lekker uit bij je moeder. Dag, schat, kus, kus.'

Matthew wacht mijn antwoord niet af. Ik luister naar de ingesprektoon als de verbinding is verbroken. Mijn moeder slaakt een opgeluchte zucht en loopt weg.

'Goddank,' zegt ze, terwijl ze in de keuken verdwijnt. 'Daar ben je voorlopig van af.'

Ik sta op, volg haar en herhaal in mijn hoofd de woorden die Matthew net tegen me zei. 'Rust maar lekker uit bij je moeder...' Kan ik mijn man wel zo voor de gek houden? Stel dat hij erachter komt dat ik ergens in Drenthe zit. We hebben ooit afgesproken altijd eerlijk tegen elkaar te zijn, elkaar niet voor te liegen.

'Mam, had ik Matthew toch niet beter kunnen vertellen waar ik verblijf?'

Geconcentreerd strooit mijn moeder wat zout in de hapjespan. De afzuigkap boven haar hoofd raast op volle toeren, ze neuriet zachtjes. Om haar mond ligt een tevreden lach.

Als ik vlak naast haar ga staan en de afzuigkap op een lagere stand zet, kijkt ze me verrast aan.

'Lynn, je laat me schrikken.'

'Mam, zal ik Matthew maar gewoon zeggen waar ik naartoe ga?'

'Nee, hoezo...? Je hebt het volste recht. Bella heeft mij... Zeg, het eten is bijna klaar. Wat ruikt het lekker, hè?'

Conflictvermijdend gedrag. Ik ken dat van mijn moeder. Vroeger stak ze een sigaret op als het gesprek tussen haar en mij niet wilde vlotten.

'Mam, wat wilde je over Bella zeggen? Is er iets wat ik niet weet?'

Stilte. De hapjespan wordt van het vuur gehaald.

'Mam?! Zeg iets! Ik kan Matthew gewoon terugbellen of appen en hem het adres van Bella's chalet doorgeven...'

'Nee, dat doe je niet!'

De pan wordt abrupt teruggezet. Ruw grijpt mijn moeder me bij mijn hand waarin de telefoon ligt. De glimlach is weg, haar lippen trekken zich strak. Een stukje tomaat zit vastgekleefd aan haar mondhoek, waardoor het lijkt alsof ze is uitgeschoten met haar lipstick.

'Sorry,' zegt ze. Ze wacht even, laat mijn hand los en ontspant langzaam. De uitdrukking op haar gezicht verzacht.

'Je moet me geloven, Lynn. Liever nu geen vragen meer. Het is voor je eigen bestwil en ik weet hoe onzinnig dit klinkt, maar ik denk echt dat het beter is om Matthew niets over Bella's chalet te vertellen. Zie het als jouw toevluchtsoord om bij te tanken. Het is de plek waar mijn zusje voor het laatst is gezien; je weet hoe moeilijk dat voor mij is geweest. Nadat de politie de zaak sloot, moest ik me noodgedwongen daarbij neerleggen. Ik wil er geen vreemde pottenkijkers bij hebben. Begrijp je dat?'

Ik geef een aarzelend knikje.

Ik kan me niet herinneren ooit met Matthew te hebben gepraat over Bella. Toen hij en ik elkaar leerden kennen was zij al zoek; bovendien leek het me op dat moment niet zo verstandig om meteen over lopende politiezaken te beginnen met hem. In dat opzicht kan ik hem beter in het ongewisse laten over mijn verblijfplaats. Hij zou zich misschien zorgen gaan maken. Tenslotte is het maar tijdelijk en zie ik hem de komende week sowieso niet. Eén week ziekteverlof lijkt me meer dan genoeg.

'Lynn?'

Ik lach geruststellend naar mijn moeder.

'Kom,' zeg ik. 'Ik heb trek, jij niet?'
Ze fronst.
Als ik haar blijf aankijken verbreekt ze vlug het oogcontact. Haar onafgemaakte woorden over Bella, en Matthew als vreemde pottenkijker, zitten weer in mijn hoofd. Ze zetten zich vast en ik vraag me af wat mijn moeder voor me verzwijgt.

11

Het grootste deel van de nacht lig ik wakker.

Toen ik rond halfelf aangaf naar bed te willen, raadpleegde mijn moeder Buienradar. Ze wilde niet nog eens doornat regenen en bleef wachten tot het droog werd. En terwijl zij nog eens een nieuwe fles wijn uit Matthews wijnvoorraad haalde, ging ik naar boven. De slaap kwam snel maar duurde niet lang. Rond halftwee werd ik wakker en kon niet meer in slaap komen.

Ik kijk voor de zoveelste keer op de wekker. Het is inmiddels halfvier en ik word het draaien zat. Ik sta op, sla een warm vest om me heen en loop naar beneden.

Net als de nachten hiervoor is de stilte in huis zowel mijn vriend als mijn vijand geworden. Het zachte tikken van de klok, dat ik overdag door het drukke gezinsleven niet opmerk, maakt me op dit tijdstip rustig. En hoewel het behoorlijk fris is nu de verwarming op de nachtstand staat, drijft juist die kou me naar de bank, waar standaard een plaid ligt voor momenten als deze.

Ik knip de lichtschakelaar aan, loop mijn vaste route in het halfdonker naar de keuken en zie dan in het voorbijgaan mijn moeders regenbroek over een van de stoelen hangen. Ik kan een zucht niet onderdrukken en onwillekeurig moet ik aan haar opmerking over Bella's slordigheid denken; blijkbaar is dat een familietrekje. Roept Matthew niet regelmatig dat ik de grootste sloddervos ter wereld ben en daarom nooit een goed voorbeeld zal zijn voor zijn kinderen? Ik laat de broek voor wat hij is, kook melk, giet er honing in en kruip even later met opgetrokken benen onder de warme fleeceplaid op de bank. Uiteindelijk zal de langverwachte slaap waarvoor ik mijn bed heb verlaten dan vanzelf komen.

Ik sluit mijn ogen en nip van de melk, en terwijl de zoete, warme massa door mijn keel glijdt voel ik hoe mijn lichaam ontspant tegen de kussens van de bank. Al snel zet ik de lege beker op de grond, leg mijn handen op mijn borst en voel daar een regelmatige hartslag. Langzaam geef ik me over aan een kalme rust.

Bella, mijn moeder, Amber en daarna weer Matthew dwarrelen als gedachtevlokjes door mijn hoofd. Morgenochtend bel ik als eerste Ben, mijn werkgever. Dat mailtje van mijn moeder wordt niet verstuurd; ik ga zelf uitleggen wat er met mij aan de hand is. Daarna maak ik een afspraak met de huisarts. Ik ga ervan uit dat dit hele gedoe een week duurt. Precies de tijd die ik nodig heb om wat te rommelen in het chalet van Bella.

Het chalet van Bella... waar Matthew niets van mag weten. Waarom eigenlijk niet? Mijn moeder heeft het nooit met zoveel woorden gezegd, maar ik weet zeker dat ze het me indertijd kwalijk nam dat ik Matthew niet vóór mijn huwelijk aan haar had voorgesteld. Hoewel ik dat kan begrijpen, vind ik haar wantrouwen jegens hem ongegrond. Ik zal haar daar binnenkort eens op aanspreken.

Naarmate de slaap zich meer en meer aandient, strek ik mijn benen onder de plaid. Hierdoor stuit ik met mijn voet op iets wat tussen de kussens van de bank ligt. Hoewel het me hindert schenk ik daar aanvankelijk geen aandacht aan. Ik vermoed dat het om een schoolboek, etui of een ander voorwerp van de kinderen gaat. Pas als ik me in mijn slaap omdraai en de plaid van me af glijdt, voel ik opnieuw het voorwerp tegen mijn tenen drukken.

Het ergert me. Net nu de slaap me te pakken krijgt, word ik weer lastiggevallen door iets van Matthews kinderen.

Ik krom mijn rug, steek mijn hand tussen de kussens van de bank en haal een schrift tevoorschijn. Terwijl ik het naar me toe trek zie ik dat het de agenda van Matthew is. Naast zijn digitale agenda houdt hij er steevast zo'n ouderwetse papieren op na. Hij maakt graag aantekeningen en vindt dat hij makkelijk moet kunnen terugbladeren. Hierom noemde ik hem ooit '*my old-fashioned man*'. Ik weet nog dat ik het lief bedoelde en vond zijn reactie – waar ik me mee bemoeide? – in geen enkele verhouding staan tot de opmerking.

Ik staar naar het zwarte boekje in mijn hand. Het heeft een harde kaft en er zit een elastiek omheen. Zou Matthew ernaar gezocht hebben? Waarschijnlijk niet, anders zou hij het wel in ons telefoongesprek genoemd hebben. Ik leg de agenda op de salontafel en pak daarna de plaid van de grond. Terwijl ik hem om me heen sla en weer ga liggen, twijfel ik.

Doorgaans zou geen haar op mijn hoofd erover piekeren om in Matthews spullen te neuzen. Het moet de herinnering aan die uitbarsting van toen zijn die me ertoe aanzet om de agenda weer op te pakken, het elastiek los te trekken en hem te openen.

In zwarte blokletters staan de persoonsgegevens van Matthew op de eerste bladzijde. Mijn ogen dwalen over ons adres en onze telefoonnummers, die van de kinderen en zijn moeder. Ik lees de data van verjaardagen, zijn businessadres, zijn bloedgroep, de naam van zijn huisarts en het antibioticum waar hij allergisch voor is. Ik herken een aantal cardnummers van bankpasjes en rekeningnummers. Dan valt mijn oog op een telefoonnummer dat niet met een zwarte, maar met een blauwe balpen is geschreven. Alsof het er kortgeleden aan is toegevoegd. Het nummer is ook nog eens rood omcirkeld. Naast het nummer staat de hoofdletter G genoteerd.

Ik druk het gevoel van argwaan dat bij me opkomt weg, door te denken dat dit nummer van iedereen kan zijn. Een collega, een vriend, een docent van school, iemand van de golfclub, een oude kennis die opnieuw contact heeft gelegd, misschien een vriendin...

Ken ik een G?!

Terwijl ik de paar namen uit onze gezamenlijke vriendenkring laat passeren, blader ik verder door de agenda. *Vanavond thuis*, staat er, of alleen het woord *Kids*. Waarmee Matthew bedoelt dat hij die dag voor de kinderen zorgt. *Lynn weg*, lees ik ook vaak als het gaat om mijn absentie.

Tussen zijn priegelige handschrift, dat wordt afgewisseld met droedels en diverse berekeningen, staan opmerkingen als: *Bloemen kopen voor Lynn. Parfum meenemen voor Lynn...* Ik smelt. Op slag is al mijn argwaan weg. Ik veer op van de bank en besluit weer naar bed te gaan. Maar op het moment dat ik de agenda wil dichtklappen, wordt mijn aandacht opnieuw door een van de pagina's getrokken. Het telefoonnummer en de letter G staan genoteerd bij een dinsdag, ruim twee weken geleden. *Lynn weg*, staat erbij. Dat klopt, dinsdag is mijn vaste yoga-avond.

Even staar ik naar het telefoonnummer en die hoofdletter G. Dan doe ik wat iedereen zou doen: ik blader terug in de tijd en sla driftig pagina na pagina om. Als een magneet wordt al mijn aandacht opgezogen door het papier. Ik trek zo hard aan de bladzijden dat ze ervan scheuren. Het vlijmscherpe papier snijdt dwars door mijn vingers. Ik negeer het bloed dat hier en daar aan de pagina's kleeft. Opgejaagd ga ik verder. Maand na maand, week na week, en keer op keer ontdek ik dat telefoonnummer met die hoofdletter G.

Roerloos sta ik met de agenda in mijn hand; mijn hoofd tolt. Ik kan er niet bij. Wie is G? Wat doet Matthew op de avond dat ik naar yoga ben met die G?

12

Ik lig nog op bed als ik rond halfnegen mijn huisarts bel om een afspraak te maken. Daarna bel ik de uitgeverij. Starend naar het plafond zie ik het torenhoge gebouw aan de Maas voor me. De telefoon gaat een paar keer over; ik verwacht dat een van de stagiaires zal opnemen, zij zijn meestal op tijd. 'Met Lynn,' zeg ik, als ik inderdaad een stagiaire aan de lijn krijg. Ik vraag naar mijn baas Ben – een gladde dertiger in een maatpak – en verneem, precies zoals ik al verwachtte, dat hij nog niet op kantoor is.

'Misschien werkt hij vandaag thuis?' zegt het meisje, wier naam ik alweer ben vergeten. Haar stem klinkt vermoeid. Weet zij nog wie ik ben?

'Oké,' antwoord ik, en ik doe opgewekt. Zij hoeft niet te weten hoe slecht het met me gaat. 'Dan probeer ik hem daar te bereiken,' zeg ik.

Met een zucht druk ik de telefoon uit en leg hem op mijn buik. Een gevoel van radeloosheid overvalt me; het spookbeeld van Matthew en zijn dinsdagafspraken doemt voor me op. Zou hij daar nu zijn? Bij die G?

Nee, het is maandag. Doe niet zo idioot, bel die G gewoon op, je hebt haar nummer.

Eerst Ben bellen. Er wordt meteen opgenomen.

'Hi, Lynn, ik ben onderweg, alles ligt plat met dit kutweer. Chaos!'

Ik hoor verkeer op de achtergrond, een claxon en een vette diskjockeystem van Sky Radio.

'Ik ben ziek, Ben,' zeg ik.

'Fuck, griepje?'

Ik hoor Ben zuchten; ik weet dat hij zo gaat vragen hoe lang ik denk dat het gaat duren en of ik in staat ben tussen de niesbuien door thuis te werken.

'Nee, het is geen griepje, het is iets anders, ik...'

Kan ik tegen Ben zeggen dat ik een burn-out heb? Heb ik dat? Hoe vertel ik iemand die het niet schuwt om zestig uur per week te werken en de beste deals sluit voor ons kantoor, dat ik overwerkt ben? Dat mijn hoofd overstroomt van emoties.

Is het wel een zij? Wat ga ik zeggen als er een vrouw opneemt – ik weet dat je een verhouding hebt met mijn man?

'Migraine?' Ben gaapt hardop.

'Nee, ik...'

Adem in, adem uit, je kunt het; zeg gewoon wat er speelt. Dat je het niet meer aankunt. Dat je man iets heeft met ene G, en dat je dag in dag uit zonder pauzes werkt, dat ieder nieuw manuscript je verstikt... dat je Noa haat en...

'Ik heb dit weekend een aanrijding gehad en een lichte whiplash opgelopen.'

Mijn stem klinkt kalm. Ben ik dat?

'Fuck, Lynn! Had dat meteen gezegd. Hoe lang gaat het duren?'

Zie je wel, ik kon erop wachten. Een aanrijding; dát is de taal van Ben. Hier kan hij wat mee, dit kan hem ook overkomen. Een andere auto die hem van achteren ramt terwijl hij aan het appen is. Eén seconde niet opletten en: *bam*!

'Ik moet het de komende week even rustig aan doen, geen inspanningen, zowel fysiek als mentaal... ik hoop dat je begrijpt dat ik daarom...'

'Uiteraard, meid, geen punt, wij redden het wel. Ik zet de stagiaires op die twee nieuwe titels en wat betreft...'

Mijn oren sluiten zich af voor de auteursnamen die volgen.

Gabi, Gabrielle, Georgina, Greta, Gea... wie is G, verdomme?!

'Nou, Lynn, meid, sterkte dan maar. Bel je me even in de loop van de week om te zeggen hoe het gaat? Zullen we afspreken...' Ben wacht even. Ik hoor hem mopperen omdat hij moet schakelen.

Blond, brunette, roodharig, krullen, lang, kort, dik, dun, sexy...

'Woensdagmiddag?'

'Prima, Ben. Dank je wel.'

Stilte. Ben is weg. Ik moet iets doen, in beweging komen, opstaan, douchen en over een uurtje naar de huisarts. Mijn man is op reis voor zijn werk, de kinderen logeren bij hun oma, mijn werkgever denkt dat ik een whiplash heb, mijn moeder heeft mijn koffer gepakt om naar het chalet van haar verdwenen zusje te gaan... Waarom gaat de wereld om mij heen gewoon door terwijl ik me zo ongelooflijk moe voel?

Bijna automatisch scrol ik door het menu van mijn telefooncontacten. Mijn warme, trillende duimen hangen boven het toestel en het nummer dat ik daar vannacht aan heb toegevoegd. Ik hoef er alleen maar op te drukken.

G. Matthew heeft iets met een G.

Doe het dan, druk dan...

Lafaard!

13

'U hebt alle symptomen van een beginnende burn-out,' constateert de huisarts. 'Cognitieve therapie kan helpen, slaap, maar ook joggen; doet u aan sport?'

Ik kijk de pezige, afgetrainde vrouw met het gemillimeterde haar tegenover me aan en voel me ineens heel vadsig. Zij doet in ieder geval aan sport. Het is de eerste keer dat ik bij haar ben; ik kan haar van alles wijsmaken.

'Nee, ik doe aan yoga,' antwoord ik naar waarheid.

Achter haar professionele vriendelijkheid bespeur ik iets van ongeduld. Toen ik een minuut geleden spontaan in huilen uitbarstte, zette ze haar bril af, pakte een doos Kleenex en zei dat het vanzelf weer goed zou komen. Dat ik niet de enige ben die aan slaapgebrek lijdt en overwerkt is. Ik vermoed dat het toen alweer over haarzelf ging.

Na een korte stilte begint ze over hardlopen of een andere duursport. Als ik dat niet kan opbrengen, dan moet ik maar gaan wandelen, vindt ze. Veel naar buiten en wandelen.

'Hebt u een hond?'

Ik schud mijn hoofd. 'Een van de kinderen is allergisch voor hondenharen,' antwoord ik.

'Hm, misschien kent u iemand die een hond heeft? Bouw een ritme in,' gaat ze onverstoorbaar verder. 'Onderneem iets wat niet met uw werk te maken heeft maar wel om inspanning vraagt. Ga uitgebreid koken, volg een schildercursus, of sla bijvoorbeeld aan het puzzelen; een legpuzzel?' voegt ze er met een ernstig gezicht aan toe als ik mijn voorhoofd frons.

Ze schrijft me slaaptabletten voor en als ik over antidepressiva begin, schudt ze resoluut haar hoofd.

'Ik blijf bij mijn standpunt: u bent gewoon oververmoeid en hebt te veel bordjes tegelijk in de lucht moeten houden. Ik denk dat u afleiding nodig hebt,' zegt ze, terwijl ze haar bureaustoel achteruit rolt. Peilend nemen haar lichte ogen achter de brillenglazen mij op. 'Nogmaals: laat u niet opjutten door de druk van uw werk en het gezinsleven. Kunt u tijdelijk bij iemand logeren?'

Ik schokschouder.

Ze schrijft het telefoonnummer van een eerstelijnspsycholoog op en zegt dat ik over twee weken terug moet komen om verslag te doen. Dan staat ze op en geeft me een hand.

Het volgende moment sta ik weer buiten. Ik werp een blik op het recept en besluit de slaappillen te gaan halen, maar laat de psycholoog voor wat hij is. Als ik dan toch moet gaan wandelen, dan maar meteen.

Het is gestopt met regenen en hoewel ik deze buurt voornamelijk vanuit de auto ken, lijkt ze me nu heel geschikt om te voet te verkennen. Ik steek een drukke verkeersweg over en loop doelloos langs fraaie, vrijstaande huizen met diepe voortuinen in de richting van een park.

'Ga iets doen wat afleidt.' De woorden van de huisarts klinken weer in mijn hoofd. Bij het woord 'afleiding' voel ik mijn hartslag versnellen en denk ik onwillekeurig aan vakantie en aan Matthew. Ik mis hem. Ik trek mijn tas naar me toe en zoek mijn telefoon; ik moet hem bellen.

Bij een ommuurde tuin leun ik tegen een hek, maar ik laat de telefoon in mijn tas zitten. Wiebelig en als een stokoude vrouw probeer ik me staande te houden. Ik kijk om me heen. Aan de overkant van de straat is een koffietentje, met daartegenover een tramhalte. Voor de deur van het tentje staan wat mensen te roken. Ik zie ze op hun rug; zelfs vanaf deze afstand kan ik ze horen lachen.

Wanneer heb ik voor het laatst zo gelachen?

Adem in, adem uit.

Ik besluit de tram te nemen en thuis Matthew te bellen. Terwijl ik me losmaak van het hek en in de richting van de tramhalte loop, zie ik hoe het rokersgroepje afscheid van elkaar neemt. Ze schudden handen en twee van hen, een man en een vrouw, lopen naar de achtergelegen parkeerplaats.

Mijn mond valt open, mijn adem stokt. Ik knipper met mijn ogen. Is dat Matthew? Mijn Matthew die daar samen met een vrouw loopt?

De man heeft hetzelfde postuur. Ook hij heeft donker, golvend haar dat in de nek iets over zijn kraag valt. Net als Matthew heeft hij een ietwat gebogen rug en lichte O-benen die extra opvallen door de nauwsluitende, grijze pantalon onder de beige regenjas. De regenjas is voor mij onbekend. Maar doordeweeks draagt Matthew altijd het liefst een grijze pantalon met een los colbertje dat hij dan later in het weekend weer casual combineert met een spijkerbroek.

Ik focus me nu wat beter op de vrouw. Ze is langer dan ik, even blond en stukken slanker. Ze draagt hoge pumps, een gele jurk en heeft een grijze gebreide poncho om haar schouders. Ze lacht diezelfde lach die ik zojuist ook hoorde. Nu slaat ze haar armen over elkaar, en alsof ze het koud heeft trekt ze daarbij de poncho wat strakker om haar lichaam. Dat is blijkbaar een teken voor de man om zijn hand in haar rug te leggen en haar een duwtje te geven in de richting van een auto die ik niet kan zien omdat er op datzelfde moment een tram aankomt.

Ik schud vertwijfeld mijn hoofd; als dat Matthew is, wie is dan die vrouw? Is dat een collega met wie hij naar Brussel rijdt? Heeft hij haar net opgepikt of hadden ze hier een afspraak voor koffie en een rookpauze? Maar Matthew rookt helemaal niet.

Ik zet het op een rennen.

Meteen heb ik de aandacht van de trambestuurder; hij is zo aardig om op me te wachten. Hoewel ik het liefst achter de man en de vrouw aan zou willen rennen, weet ik me nog net op tijd in te houden. Hijgend stap ik in de tram. Ik neem plaats bij het raam. De tram trekt op, mijn gezicht begint te gloeien als ik een blik werp op een verlaten parkeerplaats. Tegen mijn verwachting in zie ik geen Matthew met een slanke vrouw in een gele jurk lopen. Ongemakkelijk keer ik me af van het raam en besef dat ik het me verbeeld moet hebben.

14

Meteen na thuiskomst neem ik een paar slaaptabletten in en ga naar bed. Ik bel niet naar Matthew, zoals ik me had voorgenomen, en ook reageer ik niet op mijn moeders appje waarin ze vraagt of ik al onderweg ben naar Drenthe. Hoe moet ik naar Drenthe zonder auto? Sinds de aanrijding staat hij bij de garage.

Ik voel weer een lichte paniek opkomen en prent mezelf in daar niet aan toe te geven. Ik trek mijn benen op en ga in de foetushouding liggen. Niet veel later val ik in slaap. Een langverwachte en diepe slaap waaruit ik uren later ontwaak door het zachte zoemen van mijn telefoon.

Om me heen schijnt een zacht licht. Ik draai mijn hoofd in de richting van het nachtkastje en rol op mijn zij. Iemand stuurt een appje. Als het licht van het display weer dooft, wordt het meteen donker in de kamer; ik schat in hoe laat het is en vermoed dat ik de hele middag heb liggen slapen.

De telefoon zoemt opnieuw. Ik reik naar het toestel en zie in een flits een hele rij berichten.

'Nee, alsjeblieft, mam,' mompel ik verstoord als ik zie dat ze van mijn moeder komen. Met een zucht richt ik me op. Ik schrik. Het is vier uur in de ochtend. Ik heb meer dan twaalf uur geslapen.

Het laatste bericht is een automatische herinnering van de voicemail dat ik niet-beluisterde berichten heb. Ik bel de voicemail, zet de luidspreker aan, sta op en loop naar beneden.

De auto staat klaar bij de garage, mijn moeder belt om te vragen waar ik uithang en waarom ik niet opneem, een collega van mijn werk wenst me beterschap, en ook Matthews moeder heeft gebeld. Op bekakte toon zegt ze dat het met Amber goed gaat. Over Noa wordt niets meegedeeld; ik vermoed omdat die niet naar mij gevraagd heeft. En alsof ze niet weet dat ik ziek thuiszit, vraagt ze doodleuk hoe het op mijn werk is... Heeft Matthew dan helemaal niets over mijn situatie uitgelegd?

De laatste keer dat mijn moeder iets inspreekt is rond elf uur 's avonds – ze zegt dat ze ervan uitgaat dat ik bewust niet reageer, maar verwacht wel dat ik haar in de ochtend terugbel.

Matthew belt slechts één keer. Hij verwijst daarin naar een appje dat ik meteen lees en waarin staat in welk hotel in Brussel hij zit. Mocht ik hem mobiel niet kunnen bereiken, dan kan ik altijd bij de receptie van het hotel een boodschap achterlaten, schrijft hij.

Ik trek mijn wenkbrauwen op; waarom zou ik hem mobiel niet kunnen bereiken? Geërgerd over de nonchalance waarmee hij me behandelt, toets ik ongeacht het nachtelijke uur zijn nummer in.

De telefoon gaat vier keer over en springt dan op de voicemail. De kalme, warme stem van Matthew galmt door het stille huis. '... laat alstublieft een bericht achter, dan neem ik zo spoedig mogelijk contact met u op.'

Ik wacht op de pieptoon, kijk naar het toestel, schraap mijn keel, maar zeg niets.

'Verdomme ook!' roep ik als ik de woonkamer in loop.

Ik ontsteek het licht en werp de telefoon op tafel. Bijna automatisch ga ik naar de keuken voor mijn nachtelijke ritueel, als mijn aandacht wordt getrokken door de sidetable waarop dure whisky's en cognacs van Matthew staan. De flessen glinsteren in de weerspiegeling van het glazen blad. Ik loop ernaartoe en moet denken aan de keer dat Matthew me probeerde te verleiden een glas van zijn nieuwe cognac te proeven.

'Je bent altijd zo braaf,' zei hij toen ik bleef weigeren.

Ik drink liever geen sterkedrank, ik drink sowieso weinig alcoholische dranken; een glas wijn bij het eten, een koel biertje in de zomer, maar veelal blijft het daarbij. Ik trek de bewuste fles nu naar voren, pak een bijpassend glas en schenk een flinke bel in. Als ik in Matthews stoel ga zitten proost ik op hem. De eerste slok doet me kokhalzen. Ik nip iets voorzichtiger bij de tweede slok en tegen de tijd dat ik het glas bijna heb leeggedronken, begin ik te gloeien en voel ik me duizelig worden.

Vanaf de tafel klinkt de zoemtoon van mijn telefoon. De kamer draait als ik opsta. Ik grijp me vast aan een stoel en trek de telefoon naar me toe. Hikkend neem ik op.

'Lynn? Lynn, heb jij me net gebeld?'

Matthew. Zijn stem klinkt slaperig.

Ik zet de telefoon op de luidspreker en hou hem als een microfoon vlak voor mijn mond. Ik sluit mijn ogen tegen het draaien, lik langs mijn lippen en proef cognac.

'Ja... *hik*.'

Stilte. Ik open mijn ogen. De grond onder mijn voeten lijkt te splijten. Ik wil niet vallen en grijp in het luchtledige. Het lijkt ineens alsof ik vlieg. In mijn oren klinken duizenden belletjes; van die belletjes die je doorgaans in kerstliedjes hoort. *Jingle bells, jingle bells*... ik hoor mezelf zingen. Hoog en vals klinkt het; het doet pijn aan mijn oren.

'Lynn?!'

'Matthew? *Hik*.'

Stilte.

Ik hap naar adem, ik zit inmiddels op de grond. Op mijn knieën kruip ik naar het kleed dat voor de bank ligt.

'Met wie was je? *Hik*...'

Mijn stem klinkt vreemd, alsof ik mezelf in een echo hoor. 'Ben je nu met haar? Hebben jullie geneukt? *Hik*... Ik weet het... je wil mij niet meer. Ik ben braaf en saai en... *hik*...'

'Lynn? Wat bazel je?! Ben je dronken, wat is er gebeurd? Heeft je moeder...'

'*Hik*.'

'Lynn, luister. Hoewel je weet dat ik onmogelijk dit congres kan laten schieten, weet je ook dat ik alles voor je doe, je niet bedrieg – hoe kom je op dat idiote idee – en meteen naar je toe kom als het niet goed met je gaat. Maar lieverd, je bent bij je moeder. Jullie hebben zitten drinken, wat ik begrijp, maar gezien jouw conditie nogal stom vind van haar. Nu ben je wakker geworden en mis je mij, ook heel begrijpelijk. Ik mis jou ook. Maar zullen we morgenochtend als jij weer nuchter bent opnieuw bellen?'

Als de kamer niet zo draaide, zou ik kunnen opstaan en tegen Matthew zeggen dat ik gedronken heb van zijn dure cognac. Dat het mijn eigen schuld is dat ik dronken ben en dat mijn moeder hier niets mee te maken heeft. Om de opkomende misselijkheid te bezweren hou ik de telefoon even tegen mijn borst.

Adem in, adem uit...

Matthews stem klinkt opeens vervormd. Alsof ik met mijn hoofd onder water zit en hij vanaf de kant tegen me praat. Zoals die keer toen we op vakantie waren op Bonaire en ik voor het eerst ging snorkelen. Dat was geweldig, een vakantie zonder kinderen. Zonder Noa... Alleen Matthew en ik...

'*Hik...*' Mijn middenrif trekt samen, ik grijp naar mijn maag. Mijn lichaam trilt zo hevig dat ik de telefoon laat vallen. Klappertandend zoek ik steun bij de bank. Juist als ik me daaraan wil optrekken, drijft een vloedgolf mijn mond uit naar buiten. Ik hoest en spuug over het wollen vloerkleed. Rillend zak ik in elkaar. Onder de bank klinkt de ingesprektoon van mijn telefoon. Matthew heeft opgehangen.

Drenthe, jaren tachtig

Een paar maanden voor de bruiloft van Bella

Vanavond wordt er gezamenlijk gekookt. Koken vindt Annabelle leuk; zelfs voor een grote groep draait ze haar hand niet om en zet ze de lekkerste gerechten op tafel. Koken ontspant haar. Zodra ze met haar hoofd boven een hapjespan hangt, voelt ze zich één worden met haar gerecht. Koken heeft iets magisch; van bijna niets iets lekkers maken. Iets wat je smaakpapillen beroert, iets wat je daarna bijna een orgastisch genot verschaft.

Ze moet daarbij aan Giovanni denken; met hem deelde ze tot nu toe niet alleen de passie voor de Italiaanse keuken, maar meer. Een jaar geleden raakte het aan tussen hen, en dat hij in Drenthe woont en zij in Rotterdam, maakt geen enkel verschil. Ze bellen elkaar dagelijks.

Soms komt Giovanni naar Rotterdam. Dan logeert hij bij haar grote zus Hester omdat haar ouders zogenaamd niet genoeg slaapruimte hebben. Iedereen weet dat dat onzin is. Annabelle weet zeker dat haar ouders zo willen voorkomen dat ze seks heeft met Giovanni.

Maar seks kun je overal hebben. Dat zouden haar ouders toch moeten weten. Een outdoormeisje als zij dat niet bang is voor kriebelbeestjes vrijt rustig met Giovanni op de rulle grond in het bos of nog spannender: in het maanlicht op de oever bij de spartelvijver. Daar waar je 's avonds alleen de geluiden van de nachtdieren en de kikkerkoren hoort.

Een diep schuldgevoel heeft haar sinds een paar dagen in zijn greep. Het komt allemaal door hem, die jongen van de andere scoutingclub met wie ze dit jaar een uitwisseling hebben. Die bloedmooie jongen die haar heeft betoverd en zoveel knapper en spannender is dan Giovanni. Haar droomprins die haar bemint op een manier die haar nieuwsgierigheid heeft gewekt.

Ze voelt haar hart onregelmatig in haar borstkas slaan als ze aan hem denkt. Ze heeft er echt alles aan gedaan om er niet aan toe te geven. Maar vanaf het moment dat hij uit de scoutingbus stapte en zich aan haar voorstelde, was het mis. Alsof ze onder stroom stond, zo heftig deed de vluchtige aanraking van zijn hand haar sidderen. En dat was nog maar het begin. Daarna werd het alleen maar erger…

15

Als ik wakker word dringen er geluiden van de straat tot me door. Auto's rijden af en aan, knetterende brommers scheuren langs, er klinkt een fietsbel. Maar heel even is het tussendoor stil. Ik lig op de bank in de woonkamer en zie de kale boomtakken aan de rand van de voortuin zachtjes heen en weer bewegen op de wind. De herinnering aan de afgelopen nacht waarin ik ziek werd van Matthews cognac, proef ik op mijn tong en ruik ik in mijn kleren.

Ik leg mijn handen even boven mijn ogen. Zachtjes beweeg ik met mijn vingertoppen langs mijn oogkassen, zoals de schoonheidsspecialiste dat doet wanneer ik mezelf trakteer op een gezichtsmassage. Bij haar raak ik ontspannen, nu lijkt het alsof iemand met vlijmscherpe naalden dwars door mijn huid prikt.

Voorzichtig richt ik me op; langs het raam lijkt iets te bewegen. Ik heb het tuinhekje niet gehoord, net zomin als de deurbel. Zou Matthew terug zijn? Ik veer nog verder op, strijk mijn kleren glad en juist als ik bij het raam ben en over de matglazen rand kijk, licht er een bos zilvergrijs haar op en zie ik mijn moeder zwaaien.

'Mijn god, wat zie jij eruit!'

'Dank, mam, ik ben ziek, weet je nog?' zeg ik als ik haar even later binnenlaat.

Langzaam verplaats ik me naar de woonkamer. Iedere stap die ik zet herinnert me opnieuw aan de cognac van Matthew. Mijn moeder volgt me op de voet. Als ik me kreunend op een stoel bij de eettafel laat vallen, trekt zij haar jas uit en begint over een ontbijt.

Ik schud voorzichtig mijn hoofd en mompel dat ik absoluut niet aan eten moet denken.

Mijn moeder verdwijnt in de keuken. Niet veel later vult de ruimte zich met de geur van gebakken eieren en verandert het weeïge gevoel in mijn maag van misselijk in hongerig.

'Zo!' zegt mijn moeder als ze de kamer binnenkomt met een dienblad waarop brood, twee koppen zwarte koffie, een paar ontbijtbordjes en een schaal met roerei staan. 'Een kater verjaag je het beste met een biertje, maar in jouw geval lijkt me dat niet verstandig.'

Grinnikend zet ze het blad op tafel, likt haar vingers af en steekt van wal.

'Matthew belde me vanochtend; hij is nog steeds in de veronderstelling dat jij bij mij bent, en dat houden we zo. Die idioot denkt dat ik je dronken heb gevoerd.' Mijn moeder snuift minachtend. 'Hij maakte zich zorgen. Volgens hem heb je wartaal uitgekraamd. Is dat zo?'

Gespannen kijkt ze me aan. Haar diepblauwe ogen zijn tot spleetjes geknepen, haar mond staat op een kiertje, haar tanden glinsteren. Ondanks het feit dat ze een kettingrookster was, heeft mijn moeder nog steeds een mooi gebit.

'Je hebt toch niks over het chalet van Bella gezegd?'

Ik haal mijn schouders op.

'Hij had het erover dat je hem miste, dat je bang was dat er iets met de kinderen zou gebeuren; je voelde je eenzaam en was heel verdrietig. Hij nam het mij kwalijk dat ik niet beter op je paste.'

Ik trek mijn wenkbrauwen op, en net als ik over mijn ontdekking van hem met die andere vrouw wil beginnen, wendt mijn moeder zich abrupt van me af en begint weer over het ontbijt. Ze schept roerei op een sneetje brood en vraagt of ik er zout op wil.

Ik schokschouder vertwijfeld, wijzend op mijn maag, maar als mijn moeder aandringt pak ik het volle ontbijtbordje toch maar aan. Nadenkend staar ik naar de boterham met ei; het lijkt alsof de alcohol een gat in mijn geheugen heeft geslagen en dat ik ben vergeten wat ik precies tegen Matthew heb gezegd.

'Heeft Matthew het nog ergens anders over gehad?' vraag ik.

Ik durf ineens niet meer tegen mijn moeder te zeggen dat ik hem ervan verdenk vreemd te gaan. Ze is al niet zo gecharmeerd van Matthew. Stel dat het achteraf een collega blijkt te zijn met wie ik hem meende te zien, en stel dat die afspraken met een zekere G ook betrekking hebben op zijn werk?

Alsof mijn moeder mijn gedachten kan raden zegt ze dat het geen zin meer heeft om over vannacht en over Matthew te praten. Ze wijst op het bordje en zegt dat ik moet eten.

'Vandaag ga jij naar Drenthe,' gaat ze verder. 'Je moet weg uit dit huis, een andere omgeving zal je goed doen. Desnoods breng ik je,' vervolgt ze als ik over mijn kapotte auto begin. 'Heb je al contact gehad met de garage?'

Ik schud vertwijfeld mijn hoofd, neem een hapje brood, spoel het weg met koffie en pak mijn telefoon. Als ik bij mijn berichten kijk, dringen langzaam flarden van herinneringen van voor mijn dronkenschap tot me door.

Weer neemt mijn moeder de regie als ik zeg dat mijn auto klaarstaat. Ze tikt demonstratief op haar horloge en zegt dat ik moet voortmaken.

'Ik ga jouw auto halen, jij gaat je douchen en aankleden. Je koffer staat al klaar, neem je laptop mee, een paar boeken, films, of iets anders ter afleiding, dan bel ik die man van het bungalowpark dat je eraan komt.'

'Maar ik...'

'Niks "maar"... Je bent mijn dochter, Lynn, en Lynn is altijd een sterke meid geweest. Dat die Matthew jou zo heeft gehersenspoeld...' Mijn moeder verschiet van kleur. Ze vloekt. 'Ik wil geen wig drijven tussen jullie, maar dat hij zo halsoverkop met jou moest trouwen zonder familie erbij, blijf ik vreemd vinden. Je kent me; binnenkort kom ik erachter wat deze man drijft.'

'Hè toe, mam, we waren verliefd. Bovendien is Matthew al

twee keer eerder getrouwd geweest. Waarom vertrouw je hem niet?'

'Omdat ik hem een griezel vind. Ik kan het nog niet bewijzen, maar ik weet vrijwel zeker dat hij jou voorliegt, alleen...' Mijn moeder wacht even en kijkt me onderzoekend aan. Ik zie aan haar blik dat ze me niet wil kwetsen.

'Alleen?' vraag ik.

'Nee, laat maar, voor nu genoeg over Matthew, of, zoals Bella zou zeggen: basta!'

Mijn moeder draait zich om. Haastig trekt ze haar jas aan en even vlug als ze gekomen is verdwijnt ze weer door de voordeur. Verbaasd kijk ik haar na. Aan de ene kant steekt het me dat ze zo tekeergaat over Matthew, aan de andere kant is er dat knagende gevoel omdat ik hem meende te zien met die vrouw. Zou mijn moeder dáárvan afweten? Kent zij misschien die G?

16

Tegen de tijd dat mijn moeder terug is met de auto heb ik me gedoucht, aangekleed en de braakselsporen uit het vloerkleed verwijderd. Om mezelf niet gek te laten maken door spookbeelden van Matthew en vrouwen in gele jurken, herhaal ik in gedachten de woorden van mijn moeder toen ze me een sterke meid noemde.

Ik ben een sterke meid, een sterke meid... pfff...

Het kost me op dit moment moeite daarin te geloven. Zonder meteen Matthew en zijn kinderen de schuld te geven, realiseer ik me dat ik vroeger, voordat ik hem leerde kennen, zeker geen stresskip was. Laat staan overspannen, zoals Matthew dat noemt.

Mijn moeder noemde me gehersenspoeld. Dat gaat me te ver. Misschien moet ik dat maar tegen haar zeggen, dat ik me door niemand laat hersenspoelen.

Inmiddels heb ik contact gelegd met het bungalowpark in Drenthe. Op goed geluk heb ik een boodschap achtergelaten op het antwoordapparaat van de eigenaar van het park. Ik heb een tijdstip genoemd waarop ik vanmiddag verwacht te arriveren – volgens mijn moeder heeft deze man een sleutel van Bella's chalet – en gevraagd of hij dan thuis is.

Dit eenvoudige telefoontje waar ik doorgaans mijn hand niet voor zou omdraaien, kost me nu zoveel energie dat ik geneigd ben om af te bellen en thuis te blijven. Een binnenkomend appje van mijn moeder weerhoudt me daarvan: BEN OVER EEN PAAR MINUTEN BIJ JE, ZORG DAT JE KLAARSTAAT.

Nadat ik mijn spullen heb gepakt en de lamellen heb gesloten werp ik nog een laatste blik op de woonkamer. Ik check de thermostaat, zet de tijdklok van de leeslamp aan en sluit de voordeur af op de dievensloten.

Mijn moeder zit nog achter het stuur van mijn auto als ik met mijn koffer het pad afloop. Ze kijkt op haar telefoon; de uitdrukking op haar gezicht verraadt spanning. Omdat ik bang ben dat ze straks gaat voorstellen mee te gaan naar Drenthe, recht ik mijn schouders, omklem het handvat van mijn koffer en neem mijn meest zelfverzekerde houding aan.

Ik ben een sterke meid.

'Hi mam, fijn dat je mijn auto hebt opgepikt.'

Ik open het achterportier, schuif mijn koffer naar binnen en vraag met evenveel daadkracht in mijn stem of ik haar bij haar thuis moet afzetten.

Verrast kijkt ze me aan. Om haar strakke mond verschijnt een glimlach. En alsof ze doorheeft dat ik mijn uiterste best doe om me groot te houden, knikt ze liefjes naar me.

'Nee, schat, bedankt, ik ga lopen. Mijn dagelijkse wandeling. Dat is goed voor het oude lijf. Ga jij dat ook doen, daar? Wandelen? Drenthe is mooi, de natuur is...'

Ze wacht even. En alsof ze aan iets herinnerd wordt, staart ze ineens weer met die strenge, niet te peilen blik in haar ogen voor zich uit.

Ik heb geen zin om te vragen of ze vaak in Drenthe is geweest bij Bella. Straks begint ze weer over Bella's vermissing.

'Mam, ik beloof je dat ik alles van tante Bella netjes zal archiveren en niets zal weggooien zonder jouw toestemming. Of het tot een boek komt, dat weet ik nog niet. Daarvoor moet ik eerst zien wat er in dat chalet ligt,' hoor ik mezelf zakelijk zeggen. Nog even en ik spat uit elkaar van dit toneelstukje.

Mijn moeder kijkt me opnieuw met een zekere bewondering aan. Ze stapt uit de auto en geeft me een bemoedigend klopje op mijn schouder; ze zegt dat ze trots op me is.

Ik voel me allesbehalve iemand op wie je trots kunt zijn. Om mijn zenuwen niet te tonen ga ik vlug op haar plek zitten. Zodra ik mijn handen op het stuur leg, zie ik ineens Amber weer voor me en hoe ze vlak na de aanrijding bloedend tussen mijn benen lag. Haar spierwitte gezicht met de opengesperde ogen kijkt me opnieuw aan. Mijn schuld, vond Noa; alles was mijn schuld.

Mijn moeder buigt zich naar het raampje en legt haar hand op het dak. Ik voel haar haren tegen mijn voorhoofd kriebelen als ze zich nog iets verder bukt; aan haar adem ruik ik dat ze gerookt heeft. Wat me weer aan Matthew en die vrouw doet denken. Bijna wil ik erover beginnen, maar ik slik de woorden in. Wat heeft het voor zin? Matthew kan zich niet verdedigen.

'Bel je me als je daar bent?' vraagt mijn moeder. 'Je moet van hem af,' voegt ze eraan toe.

Ik kijk haar niet-begrijpend aan. Ik voel dat ik begin te trillen.

'Sorry, mam, ik ben niet gehersenspoeld en alleen als je kunt bewijzen dat Matthew niet eerlijk tegen me is, wil ik daar met je over praten. Zo niet, dan...'

Mijn moeder maakt zich los van de auto en draait zich een halve slag. Dan werpt ze een blik op het huis, waardoor ik maar half versta wat ze mompelt. Stomverbaasd blijf ik haar aanstaren als ik haar hoor zeggen: '... heb zojuist naar zijn werk gebeld, hij komt er niet mee weg...'

17

De hele reis naar Drenthe blijft het droog. Regenwolken trekken als carnavaleske figuren met lange neuzen en dikke buiken langs de staalblauwe lucht. Ze worden afgewisseld door een flinterdun streepje zon. Ik hou van dit jaargetijde, als de avonden langer worden en het onstuimig kan waaien.

Nog nadenkend over mijn moeders laatste woorden werp ik een blik op mijn navigatiesysteem en neem daarop de eerstvolgende afslag die me van de snelweg voert. Of het aan mijn burnout ligt of niet, het lijkt alsof de mensen om mij heen ineens in raadselen spreken. Mijn moeder, Matthews moeder, Matthew... Ik besluit om daar later en op een rustiger moment bij mijn moeder op terug te komen. Nu focus ik me op de lommerrijke route die me naar het hart van Drenthe leidt. Links en rechts van de smalle en bochtige binnenwegen doemen vennetjes, heidevelden en weilanden op.

Hoewel het herfstachtig weer is en Rotterdam al dagen onder een grauwsluier gebukt gaat, oogt deze omgeving fris en groen. Ondanks mijn moeders vreemde gedrag ben ik haar nu dankbaar dat ze me zo gepusht heeft om weg te gaan van huis.

Uit de minuscule beschrijving op de website bleek dat het om een rustig vakantiepark gaat zonder enig vertier. Geen zwemparadijs voor kinderen, geen speeltuin of karaoke-avonden, maar louter chalets midden in de natuur. Ik vraag me af hoe druk het is tijdens de herfstvakantie en of er momenteel veel vakantiegangers zijn.

Het navigatiesysteem geeft aan dat ik bij een T-splitsing

linksaf moet. Ik draai mijn auto een onverharde weg met dennenbomen op en zie in de verte een slagboom bij een bord waarop de naam Heidepark staat.

Op de naastgelegen kleine parkeerplaats staan twee verkeersborden: honden aan de lijn, en een bord waarop een maximumsnelheid van vijf kilometer per uur wordt aangegeven. De borden zijn deels overwoekerd met mos.

Ik rij mijn auto tot aan de slagboom. Als de oplichtende sensor niet op mijn auto reageert, vermoed ik dat je een pasje moet hebben om hem te openen.

Ik parkeer de auto en haal mijn telefoon tevoorschijn. Als ik het nummer van de eigenaar bel, krijg ik zijn krakende stem op de voicemail. Een lichte huivering gaat door me heen; wat als ik hier niemand aantref?

'Met Lynn van Waasdorp,' zeg ik. Uit mijn mond komt slechts een schorre klank. 'Ik sta voor de slagboom bij de ingang van uw park, en eh...' Ik haper. 'We hebben elkaar eerder gesproken... U hebt ook mijn moeder... Hester Blok...'

De verbinding wordt abrupt verbroken. Als ik nogmaals bel krijg ik een ingesprektoon.

Ik verstijf en kijk om me heen; wat moet ik hier in deze desolate omgeving? Waarom rij ik niet terug? Ik wacht nog even, herpak mezelf en stap uit.

Het is zachtjes gaan regenen.

Ik sla de capuchon van mijn jas over mijn hoofd, buk me onder de slagboom door en vervolg mijn weg over een drassig grindpad. Het terrein dat voor me ligt bestaat uit diverse smalle paden die zijn afgezet met coniferen, haagbeukjes en rododendrons. Het oogt als een doolhof. Overal staan diepe plassen doordat het zoveel geregend heeft.

Tussen het groen gaan donkere chalets met geblindeerde ramen schuil. Ik loop nog een stukje verder en terwijl ik me probeer te oriënteren en de motregen overgaat in een plensbui, zie ik een huis opdoemen. Achter een van de ramen brandt licht en als ik me nog wat beter focus zie ik de vlammen van een houtkachel oplichten. Vrijwel tegelijkertijd ruik ik de rook die uit de schoorsteen waait.

Goddank, daar is iemand thuis. Automatisch versnel ik mijn pas. Ik loop een tegelpad op dat naar twee garagedeuren leidt en probeer de ingang van het huis te vinden.

Om het huis staan hoge dennen, nergens ontdek ik een voordeur. Pas als ik dichterbij kom, springt er een lamp aan die praktisch het hele terrein in één keer in een koud, wit licht zet.

Achter het raam beweegt iets. Een donkere schim verplaatst zich naar een zijdeur waarachter een gordijn wordt opengeschoven. De deur gaat op een kier.

Ik zie een gedrongen gestalte staan en hoor een hond blaffen. Ik hou niet van honden; alles in mij zoekt direct een uitweg. Toch blijf ik staan, inmiddels doorweekt van de regen.

'Wie is daar?!' Een krakende mannenstem; nors en geïrriteerd.

Als ik niet meteen antwoord geef, gaat het geblaf van de hond over in grommen. Onwillekeurig doe ik een stap achteruit.

'Ik ben het,' roep ik. Alsof de man een bekende van me is en al uren met het eten op me heeft zitten wachten. 'Lynn van Waasdorp!'

Geen reactie. De hond slaat weer aan. Nog feller klinkt zijn geblaf. De regen komt nu met bakken uit de lucht. Een lichtflits verlicht de dennen, een donderslag volgt. Gespannen staar ik naar de deur waarachter een woeste hond het op mij gemunt heeft.

'Koest!' Diezelfde kraakstem.

De hond jankt en gromt nog wat, maar stopt gelukkig met blaffen.

'Ik kom voor het chalet van mijn tante, Bella... Bella Blok,' roep ik. Ik probeer boven het geluid van de regen en een nieuwe donderslag uit te komen. 'Ik ben op zoek naar meneer De Knecht. Bent u dat?'

Geen reactie. Even ben ik bang dat de deur gewoon weer zal

dichtgaan. Een seconde gebeurt er niets. Dan zwaait de deur open. Een man met grijs haar en een baard staat in de deuropening. Hij draagt een grof gebreide wollen coltrui op een ribfluwelen broek waarvan hij de pijpen heeft omgeslagen. Hij loopt op sokken en wenkt me. En alsof hij nu pas doorheeft dat het giet van de regen en dat ik doodsbang ben voor zijn hond, roept hij dat ik haast moet maken.

'De hond zit vast, kom op, waar wacht u op? Binnen is het droog,' roept hij.

Aarzelend kom ik in beweging, rillend in mijn kletsnatte jas. Ik werp een blik achterom naar het grindpad met de diepe plassen dat terug naar mijn auto leidt. Wat kan ik anders doen dan de man op zijn woord te geloven?

18

Niet veel later zit ik aan een keukentafel waarop een versleten plastic tafelkleed ligt. Een beker dampende koffie staat voor mijn neus. Vanachter een zijdeur klinkt gejank. Zo nu en dan gaat het handvat van de deur naar beneden of wordt er driftig aan de deur gekrabd.

'Wees maar niet bang, Wodan doet geen vlieg kwaad,' zegt de man die zich zojuist heeft voorgesteld als Bob de Knecht.

Bob ziet er ongewassen uit, zijn ongekamde grijze haar staat alle kanten op en om zijn lichaam hangt een zure zweetlucht. Hij heeft een paar afgetrapte plastic slippers aangetrokken en de rits van zijn coltrui opengezet. Een vuil T-shirt dat ooit wit geweest moet zijn steekt erboven uit.

'Hij schrikt voornamelijk mensen af. Dat heb je hier wel nodig...' zegt Bob met een grijns in zijn baard, en hij wijst naar de zijdeur.

Ik zeg dat ik sowieso niet van honden hou; zelfs als ze geen vlieg kwaad doen. Bob is duidelijk de kwaadste niet, hij sloft naar de deur, draait hem voor de zekerheid op slot en zegt dat ik nu rustig mijn jas kan uittrekken. Hoewel ik heb aangegeven meteen door te willen naar het chalet, neemt Bob alle tijd om me uit te vragen en in te lichten over de regels van het park.

'Zoveel bezoek krijg ik hier niet, ik ben de enige die nog over is van mijn familie. Dit jaar word ik drieënzeventig. Zou je niet zeggen, hè?' Weer die grijns, nu met ontblote, bruine tanden.

Tegen mijn zin overhandig ik hem dan toch maar mijn natte jas. Mijn sjaal hou ik om. Terwijl Bob de jas uitschudt en meeneemt naar een donker halletje, vraagt hij of ik melk in de koffie wil. Ik besef dat mijn telefoon nog in mijn jaszak zit, maar besluit dat het alleen maar meer tijd kost als ik daar nu over begin.

Ik kijk opzij naar de deur, waarachter de nagels van de hond over het gladde oppervlak krassen. Het bezorgt me kippenvel.

'Aha, daar heb ik 'm,' zegt Bob als hij het donkere halletje uitkomt en een sleutelbos omhooghoudt.

Hij praat met zo'n accent waarbij sommige woorden maar voor een deel worden uitgesproken. Ik doe mijn best hem te volgen als hij haastig vertelt over het chalet van mijn tante en dat hij blij is dat er nu eindelijk iets mee gedaan wordt. Ik vraag me meteen af wat mijn moeder hem daarover heeft wijsgemaakt, maar iedere vraag die bij me opkomt hou ik voor me, zodat ik hier zo snel mogelijk weer weg kan.

'Je wilde net toch koffie?' onderbreekt Bob zichzelf en hij wijst verongelijkt op de beker die ik onaangeraakt op tafel heb laten staan. 'Blief je melk, suiker?'

Ik schud mijn hoofd en kijk naar de koffie die even hiervoor door Bob is opgewarmd in de magnetron. Een geur van rottend vlees verspreidt zich boven de beker. Mijn maag, die nog steeds niet helemaal in orde is, protesteert onmiddellijk als ik uit beleefdheid een klein slokje van het bruine brouwsel neem.

Hoestend schud ik opnieuw mijn hoofd.

'Sorry, ik wil graag naar het chalet... ik ben eh... wat, eh... grieperig en...' Ik wijs met een van pijn vertrokken gezicht op mijn buik alsof ik spontaan ongesteld ben geworden of buikloop heb.

Bob fronst. Ik zie hem denken: vrouwen; altijd wat. Zonder aandacht te besteden aan mijn afkeer van zijn koffie zegt hij dat hij even een plattegrond van het park gaat halen.

'Hoe lang blijf je?' roept hij vanuit de naastgelegen woonkamer. 'Komen je man en kinderen ook?'

Man en kinderen? Hoe weet hij... Dan herinner ik me ons eerste gesprek weer, toen ik met Matthew bij het ziekenhuis was.

'Nee, zij blijven thuis,' zeg ik en sta op.

Waarom zou ik deze man de waarheid vertellen over Matthew en zijn kinderen? Hij zal ze toch nooit te zien krijgen. Vlug spoel ik de koffie door de gootsteen en loop achter Bob aan naar de woonkamer.

Het is er warm, en behalve een klein leeslampje naast een doorgezakte bank is er alleen de roodoranje gloed van het vuur van de houtkachel. Ik neem de kamer nog wat beter in me op en zie een aantal op elkaar gestapelde dozen staan. Verschrikt kijkt Bob me aan. Blijkbaar had hij niet verwacht dat ik uit de keuken zou komen.

'Mijn archief...' zegt hij, ongemakkelijk wijzend op de dozen. Zijn stem breekt. 'Ze hebben de dader nooit gevonden...' voegt hij er spijtig aan toe.

Ik frons mijn voorhoofd. Er valt een stilte waarin Bob me onderzoekend aankijkt. De grijns is weg, hij veegt door zijn baard. Deze plotselinge zwijgzaamheid van Bob en zijn priemende ogen die hij op me gericht houdt – alsof ik de dader ben die nu eindelijk kan worden opgepakt – doen me even naar adem happen. Ik begin gauw over de plattegrond van het park.

'Waar staat het chalet? Ligt het ver van de ingang en kan ik daar ook parkeren?'

Bob draait zich om, rommelt in een kastlade en haalt er een vel papier uit. Als hij ermee op me af loopt, lijkt hij zich weer te bedenken. Hij blijft voor de houtkachel staan. Ik volg zijn blik als hij op de schoorsteenmantel wijst. Een aantal fotolijstjes licht op in het schijnsel van de vlammen.

'Mijn familie,' zegt Bob. 'Ik ben de enige die nog over is...'

Had hij dat niet al gezegd? Ik wil hier weg!

Hij pakt een van de ingelijste foto's en duwt hem in mijn hand. Het glas is stoffig. Beleefdheidshalve bekijk ik de foto van een meisje. Ze heeft kortgeknipt blond haar, een brede lach en vooruit staande tanden. Ik schat haar van Noa's leeftijd. De spot in haar ogen doet me ook aan Noa denken. Ik kan er niet lang naar kijken.

'Mijn nichtje,' zegt Bob. 'Kelly, heette ze.'

Weer kijkt hij me peilend aan.

'Jij bent te jong, hè?'

'Te jong? Waarvoor?' Irritatie klinkt door in mijn stem. Ik geef de foto terug aan Bob.

'Heeft ze het daar nooit over gehad?' vraagt hij. 'Zelfs niet met haar eigen familie?'

Een duistere gloed verschijnt in zijn ogen; indringend kijkt hij me aan.

'Moet ik dat geloven?' vraagt hij op sarcastische toon.

'Sorry? Maar waar gaat dit over...?!' Ik verlies mijn geduld.

'Over je tante, over Bella, die indertijd de leiding had over een zomerkamp; dertig jaar geleden... Hoe oud ben jij? Amper dertig, schat ik?'

'Ik denk dat ik u nog steeds niet kan...'

'Kelly was het dochtertje van mijn broer, die ook niet meer leeft,' onderbreekt Bob me ruw. 'Ze is daar gevonden, onze Kelly, daar verderop bij de speelvijver,' wijst Bob met zijn hoofd naar het raam waar de regen langs gutst.

Ik slik; woorden blijven steken in mijn keel.

'Dood, vermoord... en weet je, toen ik daar ooit tegen je tante over begon, deed ze net alsof ze nog nooit van Kelly gehoord had. Smerige leugenaar. In dat opzicht ben ik blij dat je haar chalet gaat leeghalen om het te verkopen; ik heb Bella nooit gemogen.'

Drenthe, jaren tachtig

Een paar maanden voor de bruiloft van Bella

Er is geen weg terug. Ze weet nog niet hoe, maar Annabelle zal het Giovanni moeten vertellen. Misschien moet dat al morgenavond, tijdens het grote zomerfeest op de langste dag, wanneer Giovanni traditiegetrouw de pizza's verzorgt.

Het moet in ieder geval voordat de andere scouts weer teruggaan. De knoop in haar maag wordt strakker als ze daaraan denkt, aan dat vreselijke vooruitzicht om afscheid te moeten nemen van haar droomprins en haar verkering te moeten verbreken met Giovanni.

Ze had zich misschien niet zo snel moeten laten gaan, en zeker niet nu ze voor het eerst de leiding heeft. Annabelle heeft graag de leiding. Toch hoeft er maar één scout bij de troep te zitten die gaat roddelen of hen verraadt, en zij kan daarna haar rol als roverscout voorgoed vergeten.

Ze wil er niet aan denken. Als ze maar eerlijk is en goed oplet, is er niets aan de hand. Ze moet wat meer zelfvertrouwen hebben. Als ze zich nou maar louter wijdt aan de boodschappen die de welpen hebben gedaan en daarna voor de soep zorgt, dan komt alles goed.

Een aantal scouts verzamelt hout voor het kampvuur, weer anderen zetten een speurtocht uit voor na middernacht. Opnieuw voelt Annabelle haar hartslag versnellen. Vannacht, o, wat lijkt dat nog ver weg. Voor die tijd kan er nog zoveel gebeuren, zoveel misgaan. Nee, er gaat niets mis. Hij heeft het haar gisteren beloofd. Nadat hij haar heel lang en stevig kuste.

'Morgenavond gaan wij ervandoor. Als iedereen in het bos is, gaan jij en ik naar de spartelvijver...' zei hij met die mooie tongval waar ze helemaal slap en trillerig van wordt.

Weer denkt ze aan Giovanni. Arme Giovanni. Wat zal hij zeggen? Zal hij boos worden, verdrietig zijn, huilen?

Hij mag dit nooit te weten komen.

19

Nadat ik Bob heb duidelijk gemaakt niets van zijn vermoorde nichtje Kelly te weten en dat ik mijn tante nooit iets over een moord op een zomerkamp heb horen zeggen, haalt hij zijn schouders op en schudt zijn hoofd. Zijn mondhoeken trekt hij naar beneden; ik zie aan hem dat hij mij ook niet gelooft.

Hij legt de plattegrond van het park op tafel – dat bij nader inzien kleiner is dan ik had verwacht maar wel uit veel weggetjes en ruime kavels bestaat – en zet zijn wijsvinger, waarvan de nagel brokkelig en vuil is, op de plek van mijn tantes chalet.

'We hebben hier geen overlast van seizoenarbeiders, en dat wil ik zo houden. De meeste chalets zijn particulier eigendom, en er is er één die permanent bewoond wordt; dat gedoog ik...' zegt Bob. Hij spreidt zijn hand en houdt hem voor zijn ogen ten teken dat hij het door de vingers ziet. 'Een aantal chalets wordt tijdelijk verhuurd aan mensen die in scheiding liggen of anderszins. Er is woningnood. Maar nogmaals: nooit aan buitenlanders en zeker niet aan criminelen die onder de radar van de politie willen blijven.'

Alweer vraag ik me af wat ik met die informatie moet. Tegelijkertijd is het misschien belangrijk om te weten als ik het chalet wil verkopen. Geen buitenlanders, geen permanente bewoning en geen criminelen...

Bob zegt dat hij met me meegaat naar het chalet. Als ik aarzel – moet ik met deze stinkende kerel die beweert dat mijn tante iets met de dood van zijn nichtje te maken heeft in mijn auto stappen? – overhandigt hij me een pasje waarmee ik de slagboom kan openen en zegt hij dat hij alvast zijn fiets gaat pakken. Goddank, hieruit begrijp ik dat hij niet met me meerijdt.

We lopen terug naar de keuken. De hond houdt zich koest, achter de zijdeur blijft het stil. Bob haalt mijn jas uit het halletje en trekt zelf een regenjack aan. Bij de buitendeur stapt hij in zijn klompen. Zodra hij de deur opent begint de hond opnieuw te blaffen.

'Koest, Wodan!'

Ik krimp opnieuw ineen onder het geschreeuw en geblaf. Vlug trek ik mijn natte jas aan. Rillend werp ik een blik op de zijdeur waarvan het handvat naar beneden gaat. Haastig stop ik de sleutelbos in mijn jaszak en terwijl ik op zoek ga naar de autosleutel in mijn andere zak, stuit ik op mijn telefoon. Ik haal het toestel even tevoorschijn en zie dat er nieuwe berichtjes zijn van Matthew. Zonder ze te lezen stop ik de telefoon terug in mijn zak en stap naar buiten.

Het is gestopt met regenen, maar daarentegen is de wind tot stormkracht aangetrokken. De takken van de bomen zwiepen vervaarlijk langs mijn hoofd als ik naar de parkeerplaats loop. Het portier van de auto vangt wind zodra ik hem open; uit alle macht moet ik het vasthouden en mezelf in de auto trekken.

Terwijl ik het haar uit mijn gezicht veeg, start ik de auto. De slagboom reageert onmiddellijk op het pasje en stapvoets rij ik verder tot ik een donkere gedaante met een fiets aan zijn hand op me zie wachten.

Bob steekt zijn hand op. Hij zwaait met een zaklamp naar links en springt op zijn fiets.

Ik volg hem over de met plassen gevulde grindpaden. Het kapotte achterlicht van zijn fiets reflecteert in het schijnsel van mijn koplampen. De ribfluwelen broek, die als een gereefd zeil om zijn benen wappert, slaat zo nu en dan tussen de spaken.

Bob schenkt er geen aandacht aan; kromgebogen over zijn stuur trapt hij door. Sneller en sneller gaat deze krasse zeventiger, als een wielrenner in de Tour de France die de finish nadert.

Ik denk terug aan zijn woorden, dat niemand van zijn familie nog in leven is, en dat zijn nichtje hier ooit is vermoord tijdens een zomerkamp... Ongelooflijk; als dat waar is en Bella toen... Waarom heeft mijn moeder daar dan nooit iets over gezegd?! Zoiets verschrikkelijks verzwijg je toch niet? Meteen vraag ik me af of dat de reden is dat mijn moeder hier zelf niet naartoe wil en dat ze daarom zo in paniek was indertijd; zou Bella's vermissing met de dood van dat meisje te maken hebben?

Vlug probeer ik mijn gedachten om te buigen naar het hier en nu, en ik kijk om me heen naar de donkere struiken en bomen waarachter verlaten chalets schuilgaan. Eén wordt er dus permanent bewoond, de rest verhuurd... Mijn aandacht wordt afgeleid door mijn trillende telefoon in mijn jaszak. Ik vermoed dat het Matthew is.

Wat ga ik straks tegen hem zeggen? Dat ik eerlijk tegen hem wil zijn en van hem verwacht dat hij dat ook naar mij toe is? Ga ik hem dan meteen vertellen dat ik in Drenthe zit in het chalet van mijn tante waar vlakbij ooit een meisje is vermoord? Matthew zal verbaasd zijn als hij hoort dat Bella familie van me is. Misschien dat hij indertijd vernomen heeft dat een bekende tv-kok werd vermist? Maar dat bericht is hooguit een paar weken in het nieuws geweest, daarna werd er alleen nog in de roddelpers over geschreven. Matthew leest geen roddelbladen, noch kijkt hij naar kookprogramma's. Ik verwacht niet dat hij Bella kent.

Bob is gestopt. Hij schijnt met zijn zaklamp op een parkeerplaatsje en een daarachter gelegen tuin. Als ik het zijraam van de auto laat zakken hoor ik hem tegen de wind in roepen dat ik hier kan parkeren. Ik doe wat hij zegt. Nog voordat ik ben uitgestapt maakt hij alweer aanstalten om te vertrekken.

'Als er morgen nog iets is, laat het me dan voor negenen weten,' roept hij. 'Ik ben een paar dagen weg met de camper: België, West-Franse kust; waar de wielen mij brengen...' Hij hapt even naar adem als een rukwind hem bijna omverblaast.

Ik stap uit de auto en werp een korte blik op een tegelpad dat achter een tuinhek naar het chalet leidt.

'Misschien zien we elkaar niet meer en is het chalet leeg als ik terug ben?' zegt Bob.

In de vraag ligt een antwoord besloten.

'O? Ik... weet niet of...'

Bob schudt zijn hoofd. Hij roept iets terug wat ik niet kan verstaan. Aan de uitdrukking op zijn gezicht te zien heeft hij genoeg van me. Ik wil nog vragen wie hier voor het park zorgt als hij er niet is en of die rothond met hem meegaat, maar ik laat het achterwege. Eigenlijk kan me dat geen snars schelen. Afgezien van het feit dat ik hier hooguit een week verblijf, voel ik me opgelucht bij het vooruitzicht dat deze man straks is opgehoepeld en ik zonder zijn bemoeienis kan doen en laten wat ik wil.

Bob geeft me een slap handje ter afscheid. Zijn vingers voelen warm en vochtig. Hij noemt een makelaar uit het dorp die eventueel het chalet voor me kan verkopen en voegt er dringend aan toe dat hij geen Polen op zijn park wil.

Ik geef een kort knikje.

Als Bob weer op zijn fiets zit, tikt hij even met de zaklamp op het stuur. 'O, ja, en voordat ik het vergeet: daar woont Sjouk.'

Hij wijst met de zaklamp op een chalet schuin aan de overkant van de weg. De grijns in zijn baard is terug. Hij grinnikt even als ik hem vragend aankijk.

'Sjouk houdt wel een oogje in het zeil als ik er niet ben...' zegt hij.

20

Het tegelpad is glad van de regen en de bladeren. Moeizaam balancerend, met in mijn ene hand een koffer en aan mijn andere arm een tas, passeer ik een kleine, vervallen schuur.

De wind blaast door mijn jas en kleren en ontneemt me keer op keer de adem. Als ik halverwege het tuinpad ben, floept er naast mijn voeten een rij lampjes aan. Ik gebruik het moment om mijn koffer neer te zetten en te verwisselen met mijn tas.

Een stenen trappetje leidt naar de veranda van het chalet. Hier is alles donker. De bomen naast de veranda zuchten en kraken. Takken breken als luciferhoutjes en maken een vlucht door de lucht. Bang om geraakt te worden versnel ik mijn pas.

Bij de voordeur is een afdakje. Ik zet mijn koffer neer, en terwijl ik de sleutelbos uit mijn zak tevoorschijn haal, voel ik iets langs mijn voeten wegschieten. Ik slaak een gil en stap opzij. Niemand die me hoort. Mijn stem sterft weg in het geraas van de wind. Met ingehouden adem staar ik bewegingloos naar de grond, waar niets te zien valt.

Rillend en op goed geluk steek ik een van de sleutels in het sleutelgat. Na veel wrikken gaat de deur eindelijk open. Haastig stap ik een klein halletje binnen; ik sluit de deur en ga op zoek naar een lichtschakelaar. Een nieuwe schok gaat door me heen, meteen gevolgd door een zenuwlach als ik in het zwakke lamplicht mezelf als een donkere schim met verwaaid haar en grote angstogen in een spiegel herken.

Langzaam kom ik weer in beweging en net als ik wil doorlopen, trilt opnieuw mijn telefoon in mijn jaszak. Ik neem meteen op.

'Lynn! Waar zit je? Je belt me niet terug, wat is er met je?!'

Matthews stem klinkt zwaar geïrriteerd. De laatste tijd klinkt hij wel vaker zo. Alsof iets aan mij hem is gaan irriteren. Ik vraag me af wat, en of dat aan mijn burn-out ligt of dat mijn burn-out daaruit is voortgekomen.

Doet dat er nu toe?

'Lynn, zeg iets!'

'Ha, ja... eh, ik... lag te slapen. Ik heb veel geslapen vandaag.'

Ik hoor Matthew zuchten.

'De huisarts heeft me iets gegeven om te ontspannen.'

'Dat is mooi, Lynn.'

Hij gelooft me. Kan ik niet beter zeggen waar ik ben?

'Je weet dat ik deze week meteen vanuit Brussel doorga naar Duitsland?'

Ik antwoord niet. Dit had hij toch al kenbaar gemaakt, waarom moet hij dat nu weer herhalen? Waarom vraagt hij niet welke diagnose de huisarts heeft gesteld? Als hij écht zo bezorgd is zou dat geloofwaardiger zijn. Weer moet ik constateren dat Matthew me blijkbaar plichtmatig belt om zich ervan te verzekeren dat hij gewoon kan wegblijven.

'Wie is G?' hoor ik mezelf opeens vragen.

Terwijl ik de vraag stel krijg ik meteen spijt. Ik verwacht een wedervraag van Matthew, ik verwacht nog meer irritatie, misschien wel woede over mijn nieuwsgierigheid; hoe ik erbij kom om in zijn agenda te kijken?

Geen reactie. In plaats daarvan krijg ik een lange pieptoon, alsof de verbinding wegvalt. Het duurt maar kort en het volgende moment is Matthew weer terug.

'Sorry, ik was even aan het stoeien met mijn toestel,' zegt hij. 'Hoor je me nog?'

'Ja, ik hoor je.' Mijn stem klinkt gespannen.

'Wat vroeg je, Lynn?'

'Niets, ik... of het goed gaat met de kinderen; met Amber?'

'Ja, lieverd, het gaat goed met Amber, maak je vooral geen

zorgen. Mijn moeder verpest die twee zo erg dat wij er straks een harde dobber aan hebben om ze te heropvoeden.'

Matthew lacht. Die diepe, mooie lach waar ik ooit op ben gevallen. Ik wil hem niet kwijt, ik voel me schuldig vanwege mijn argwaan jegens hem. Waarom zeg ik dat niet hardop? Het lukt niet. Ik forceer een lachje in mijn stem en met gemaakte luchtigheid zeg ik dat ik heel blij ben met zijn moeder.

'Dank je,' antwoordt Matthew. 'En laat jij je niet meer dronken voeren door de jouwe? Is ze nou helemaal gek geworden?!'

Ik slik een brok uit mijn keel. Het ligt op mijn tong om Matthew de waarheid te vertellen over mijn avontuur van vandaag. Dat ik op aanraden van mijn moeder naar Drenthe ben vertrokken. Dat ik in de stromende regen ben aangekomen op een verlaten bungalowpark van een wildvreemde man wiens nichtje is vermoord. Dat ik heb gelogen, en niet in bed lig, maar in een klein halletje van een donker chalet sta. Waar de wind om het dak giert, waar het steenkoud is en waar ik zojuist van mijn spiegelbeeld ben geschrokken.

'Nee, ik beloof je dat ik me niet meer dronken zal laten voeren door mijn moeder,' hoor ik mezelf zeggen.

21

Nadat we nog wat over koetjes en kalfjes gepraat hebben – over het weer in Brussel en dat het daar gelukkig niet zo stormt als in Nederland – neemt Matthew gapend afscheid van me; hij is moe en tevens opgelucht dat ik weer wat rustiger ben. We spreken af dat we elkaar vrijdag zullen bellen. Als er iets dringends is appen we. Matthew heeft een paar drukke en lange dagen voor de boeg.

Even later baal ik van mijn leugenachtige gedrag, dat voortkomt uit mijn moeders wantrouwen ten opzichte van Matthew, en neem ik me voor om hem morgenochtend tegen alle afspraken in gewoon terug te bellen en eerlijk te zijn over mijn verblijfplaats en waarmee ik worstel. Morgenochtend ben ik uitgerust en moet ik zonder emotioneel te worden hierover met Matthew kunnen praten. Gesterkt door dat voornemen stap ik verder door naar binnen en ontsteek het licht.

Rillend van de kou neem ik de langgerekte ruimte in me op die begint met een open keuken. Ik tel maar liefst tien keukenkastjes rond een fornuis met zes kookplaten en een belachelijk grote oven. Ik besef dat dit de plek was waar Bella haar kookprogramma opnam.

Het toeval lijkt een grote rol te hebben gespeeld bij de keus voor de rest van het interieur. Om een grote, lichthouten tafel staan diverse niet bij elkaar passende stoelen. Er is een zwartleren tweezitsbank en een laag kastje waarop een platenspeler staat. Op het kastje dat tevens dienstdoet als bijzettafel ligt een stapeltje tijdschriften.

Tegen de wand tegenover het raam staat een boekenkast, er is een houtkachel en een grote rieten hangstoel. De stoel is bevestigd aan een metalen buisframe met een beugel. Een typisch jarenzeventigding, onooglijk, maar waarschijnlijk schommelt hij heerlijk. Op de houten vloer liggen diverse kleurrijke kleden; ook hier gaat een zekere nonchalance van uit die naar mijn idee behoorlijk bedacht is. Net als ik me afvraag hoe ik die houtkachel aan de praat krijg, valt mijn oog op de thermostaat van de centrale verwarming.

Niet veel later verspreidt een aangename warmte zich door de ruimte. Ik open kasten en lades, maar vind uitsluitend houdbare producten: conservenblikken, gedroogde pasta en toast. Ik zoek een blik soep uit en terwijl ik de inhoud ervan opwarm, moet ik aan mijn moeders woorden denken; ze omschreef Bella als een chaoot en een sloddervos. Als ik zo om me heen kijk, is daar weinig van te merken. Ik vraag me zelfs af wat ik zou moeten ordenen of opruimen. Behalve de boekenkast, die boordevol kookboeken staat en misschien een wat rommelige indruk maakt, ontdek ik niets wat zou kunnen leiden naar persoonlijke documenten waar mijn moeder het over had. Brieven, video's en foto's.

Peinzend keer ik me om naar een drietal deuren waarachter ik de wc en de slaapvertrekken verwacht. Ik ontdek een eveneens keurig opgeruimde, schone badkamer en wc. Pas als ik de volgende deur open deins ik van schrik achteruit. In tegenstelling tot de andere vertrekken staat deze kamer tot aan de nok toe vol met bananendozen. Ik zie kookboeken, bergen met pannen, bestek en zoveel andere keukenspullen uit de dozen steken dat die op een rommelmarkt goed zouden verkopen.

Ik loop meteen door naar de andere kamer. Weliswaar staan hier ook veel boeken en is er een uitpuilende kledingkast met schuifdeuren ervoor, maar het is er opgeruimd en er staat een tweepersoonsbed. Het bed is keurig opgemaakt en als ik dichterbij kom, ruikt het naar schone lakens. Niet de geur die ik verwacht bij een bed dat vier jaar onbeslapen is geweest.

Zonder daar verder bij stil te staan laat ik me op het bed vallen en strek me uit. Ik adem puffend uit, sluit mijn ogen en luister naar de wind die om het dak giert. Ik voel me kalm en rustig worden. Het duurt niet lang. Een sterke brandgeur bereikt mijn neus. De soep!

Ik spring van het bed en terwijl ik op de deur af ren, wordt mijn aandacht getrokken door een foto die ernaast hangt. Het is te donker om precies te kunnen zien wie of wat er op de foto staat, maar als ik er in het voorbijgaan een vluchtige blik op werp, zie ik dat het om een groepsfoto gaat. Onwillekeurig moet ik aan Bob denken en aan zijn opmerking over een zomerkamp waarbij mijn tante de leiding had en zijn nichtje om het leven kwam.

Nadat ik het gas onder de soeppan heb uitgedraaid loop ik terug naar de slaapkamer en haal de foto van de wand om hem beter te kunnen bekijken.

Ik herken Bella direct. Ze is nog jong – ik schat rond de twintig – dun en lang, met kastanjebruin haar dat ze later vaak in twee staarten droeg. Ze heeft een uniformachtig overhemd aan en om haar hals draagt ze een geknoopt sjaaltje. Vlak naast haar staat een jongen die twee koppen kleiner is dan zij. Hij draagt als enige van de groep geen overhemd of sjaal, maar een gestreept T-shirt en een spijkerbroek. Hij heeft een scheve lach, een zongebruinde huid, zwart haar en even gitzwarte ogen. Hij oogt Zuid-Europees.

Mijn blik dwaalt verder over de foto, die niet bepaald scherp is, en blijft steken bij een lange, dunne jongen die schuin achter mijn tante tussen andere jongens staat. Hij draagt een soortgelijk overhemd en sjaal als zij maar dan in een andere kleur. Ook hij heeft donker haar, waar een slag in zit en dat tot op zijn schouders hangt. Zijn gezicht gaat verscholen achter een grote zonnebril en een donkere baard. Hoewel ik de foto nooit eerder gezien heb roept hij iets van herkenning bij me op. Ik vraag me af of dat door het verhaal van Bob komt en de foto die hij mij van zijn nichtje liet zien. Als dit dat zomerkamp is waar hij het over had, kan ik haar niet zo snel ontdekken tussen de andere kinderen.

Om daarachter te komen pak ik mijn telefoon, maak een foto van de groepsfoto en stuur die vervolgens in een appje naar mijn moeder.

HA MAM, BEN IN HET CHALET VAN BELLA. WAAROM HEB JE ME NOOIT VERTELD OVER DIT ZOMERKAMP WAAR ZIJ DE LEIDING HAD? IS HET WAAR DAT TIJDENS DAT KAMP EEN MEISJE IS VERMOORD?

Drenthe, jaren tachtig

Een paar maanden voor de bruiloft van Bella

De dag was lang en warm. Het avondeten is op, een groepje welpen doet de afwas. Annabelle helpt mee om de schone vaat te verdelen over de lege kratten. Om de minuut kijkt ze op haar horloge. De zenuwen die haar al vanaf het middaguur parten spelen moeten de anderen ook zijn opgevallen. Zojuist maakte een van de welpen een opmerking over haar soep; dat die veel te zout was. Het meisje had gelijk, de soep was ronduit smerig.

Nooit eerder is het haar overkomen dat ze zo verstrooid een maaltijd bereidde en dat ze vergat te proeven. Het komt door hem. Hij is de hele dag in haar gedachten.

Als ze aan hem denkt, voelt ze zijn vingertoppen die haar huid intens en liefdevol strelen. Dan ziet ze zijn donkere dansende haar dat iets krult bij de punten. Dan proeft ze die zachte lippen en fluwelen tong.

'Hi, alles goed?'

Ze schrikt op als hij ineens rechts naast haar staat. Hij vraagt om een extra afwaskwast. Een doodnormale vraag waar ze nu van begint te blozen.

Uit zijn mond klinkt iedere vraag aan haar als een verzoek om seks. Ze kijkt in zijn ogen en leest zijn verlangen. Haar benen kunnen ieder moment bezwijken onder haar gewicht. Ze gloeit, ze beeft en hapt naar adem...

'Ben je ziek?'

Weer schrikt Annabelle. Ze draait zich opnieuw om, nu naar

links, waar een van de scouts staat. Het is een meisje met stekeltjeshaar en een zelfverzekerde brede lach op haar gezicht. Ze heet Kelly.

22

Halverwege de nacht word ik wakker. Het is ijskoud; zo koud dat ik ademwolkjes blaas. In de verte blaft een hond; ik hoor geen verkeersgeluiden en als ik op het kussen naast me tast, ligt daar niemand te slapen. Zodra ik me realiseer waar ik ben, trek ik het dekbed tot ver boven mijn oren. Opstaan heeft geen zin, dit keer geen rituelen met melk en honing.

Ik sluit mijn ogen en verdring alle gedachten aan Bella en zomerkampen. Als ik me maar blijf concentreren op het geluid van de wind, zal ik vanzelf en zonder slaaptabletten in slaap vallen.

Net als ik weer een beetje wegglijd, hoor ik onder het raam iets bonken.

Het geluid lijkt op zware voetstappen. Is dat Bob die daar loopt? Ik open mijn ogen en zit in één keer rechtovereind in bed. Straks heeft hij een reservesleutelbos en komt hij me hier uit wraak op Bella iets aandoen. Een mengeling van woede en angst spoelt als een vloedgolf over me heen.

De voetstappen wachten even, lijken om te draaien, maar komen dan weer dichterbij. Ik hou mijn adem in, als verlamd blijf ik zitten. Seconden gaan voorbij. Dan ineens dreunt de grond onder het chalet en belandt er iets met een daverende klap tegen de houten wand van mijn slaapkamer. Ik veer op, gooi mijn benen naast het bed en sta in twee stappen bij het raam.

Klappertandend open ik het gordijn tot op een kiertje. Vanuit het donker zie ik een forse gestalte in een regencape lopen. Hij moet zich net weer hebben omgedraaid. Kromgebogen en met grote stappen beent hij weg van het raam en verdwijnt achter het groen. Aan de lichaamsbouw te zien was dit niet Bob.

Mijn lichaam schudt; rillend wend ik me naar de stoel waarop mijn kleren liggen. Vliegensvlug kleed ik me aan. Spijkerbroek, trui en sokken. Met evenveel haast grijp ik mijn telefoon en stop hem in mijn broekzak. Ik loop naar de keuken, kijk om me heen en grijp dan een van de messen uit het messenblok. Ik hoor de stem van mijn moeder: 'Doe het niet, Lynn, ga niet onbezonnen de heldin uithangen.'

In het halletje stap ik in mijn regenlaarzen, sla mijn jas om me heen, draai met trillende vingers de deur van het slot en stap naar buiten. Een windvlaag rukt aan mijn nog losse jas en beneemt me de adem als ik de zaklamp van mijn telefoon aanzet. Het gladde trappetje van de veranda glimt in het schijnsel van het lamplicht. Behoedzaam en met het mes in mijn hand sluip ik naar de zijkant van het huis, waar het slaapkamerraam is.

De grond is hier drassig. Ik stap in een kuil en hou nog net een kreet binnen als mijn laars zich vult met water. Mijn oog valt op een afdekzeil vlak onder de vensterbank. Het ligt ergens overheen gedrapeerd. De wind trekt aan de punten, waardoor het bolt en opwaait.

Ik verstevig de greep op het mes en kijk om me heen of ik iemand zie. Alles is verlaten.

Boven mijn hoofd beukt de wind onverminderd door; het is weer gaan regenen. Mijn nieuwsgierigheid wint het van mijn angst en hoewel ik het stervenskoud heb en mijn voet sopt in mijn laars, stap ik verder.

Ik richt de lamp van de telefoon op het zeildoek. Voorzichtig geef ik er een zetje tegen met mijn voet. Als er niets gebeurt, til ik een deel van het zeildoek op. De greep op mijn mes verslapt als ik een berg houtblokken zie liggen. Opgelucht adem ik uit, recht mijn rug en juist als ik terugloop naar de veranda doemt uit het niets de forse persoon in de regencape op. Een verse zak met hout ligt op zijn schouder. Zodra hij mij ziet laat hij de zak los en zet hem onder veel gesteun neer.

'Wat moet je hier?!' roep ik. Mijn stem trilt. Net als mijn hand waarin ik het mes hou.

De man reageert niet.

Ik richt de lamp van de telefoon op hem.

Geen reactie. De man moet net zo geschrokken zijn als ik. Hij ademt snel. En terwijl de regen in alle hevigheid over hem heen spoelt, steekt hij ineens zijn rechterhand uit. In een reflex stap ik naar achteren en vloek.

'Sorry, ik had gehoopt dat ik je niet wakker zou maken,' zegt de man. Door de stromende regen is het onmogelijk om de uitdrukking op zijn gezicht te zien. Bovendien gaat het grootste deel schuil onder een capuchon.

Bevend op mijn benen kijk ik naar de uitgestoken hand die onder de regencape verdwijnt. Als ik besef dat de man zich alleen maar had willen voorstellen, verberg ik schuldbewust het mes achter mijn rug.

'Ik doe je niets... ik ben nou eenmaal een nachtmens,' gaat hij verder. '... kan moeilijk slapen... dit weer...' Hij wijst naar boven. 'Morgen ben ik weg,' vervolgt hij wat luider.

Zijn stem klinkt vrouwelijk. Wat hem ineens minder bedreigend maakt. 'Ze hebben kou voorspeld, Bob vond dat je hout nodig had voor de kachel. Gas is hier duur, propaan...'

'Ik...' Mijn stem sterft weg in een windvlaag.

'Nogmaals, het spijt me.' De man trekt aan zijn capuchon en loopt terug naar het tegelpad. De zak met hout laat hij liggen.

Ik wil hem naroepen dat ik het zonder zijn hulp ook wel red, maar als hij zich omdraait en terugkomt, loop ik snel op de voordeur af.

'Ik ben Sjouk,' roept hij. 'Ik woon hiertegenover. Laat maar weten als je me nodig hebt. Maar morgen niet...'

Ik open de deur en vanuit het halletje kijk ik hem na. Die waggelende houding, die ronde schouders en volle borstomvang. Als hij zich bukt naar het tuinhekje knipper ik even met mijn ogen. Nee, ik zie spoken. Bijna zou ik zweren dat Sjouk een vrouw is.

23

Het loopt tegen tienen. Buiten is het stil, in de slaapkamer is het tropisch warm. Na mijn koude, nachtelijke avontuur met de overbuurman besloot ik overal in huis de radiators open te draaien. Ten slotte nam ik nog een slaappil en eenmaal terug in bed viel ik meteen in slaap.

Ik sla het warme dekbed van me af en wrijf in mijn ogen. Als ik een blik op de boekenplank werp, zie ik een stapel stoffige videobanden liggen. Mijn moeder krijgt gelijk. Waarschijnlijk zullen dat de opnames zijn van Bella's kookprogramma. Meteen vraag ik me af waar ik hier de juiste apparatuur kan vinden om ze op af te spelen.

De gedachten aan Bella's kookkunst worden al snel verdrongen door het verhaal van Bob over zijn vermoorde nichtje. De dader is nog steeds niet gepakt, zei hij. Ik denk aan de groepsfoto met Bella en vraag me af of mijn moeder daar al op gereageerd heeft. Ik kan me niet herinneren dat er ooit thuis over een onopgeloste moordzaak is gesproken waar Bella bij betrokken was. Zoiets ernstigs zal Bella toch niet voor mijn moeder verborgen hebben gehouden, lijkt me. En waarom zou ze dan uitgerekend hier in Drenthe, vlak bij de plek waar de moord is gepleegd, een chalet kopen?

Misschien kletst die Bob maar wat.

Ik reik naar mijn telefoon en als ik zie dat mijn moeder het appje niet heeft gelezen, besluit ik haar straks te bellen.

Met moeite hijs ik mezelf uit bed. Ik verwissel mijn pyjama voor de spijkerbroek en trui die nog naast het bed liggen en zonder me te wassen of mijn haar te borstelen bind ik dat bij elkaar in een staartje. Ik open de gordijnen en als ik naar buiten kijk, zie ik dat de wind is gaan liggen en een waterig zonnetje haar best doet om door te breken. Nu pas zie ik ook hoe groot de tuin is en dat er rieten stoelen op de veranda staan. Midden op het tegelpad ligt een zak met hout.

Ik schud mijn hoofd en als de zak met hout daar niet had gelegen, zou het net zijn alsof ik de gebeurtenis van vannacht gedroomd heb, zo onwerkelijk komt alles op me over. Sjouk dus, die buurman aan de overkant. Wat zei hij ook alweer? Dat hij aan slapeloosheid lijdt en dat hij vandaag niet thuis is. Dat Bob hem gevraagd heeft om hout te brengen. Midden in de nacht; bizar! Alsof ik hier kom overwinteren.

Ik maak me los van het raam, pak mijn telefoon en autosleutel en loop naar de keuken. Als ik hier nog een paar dagen wil blijven zal ik eerst eten moeten inslaan. Ik maak een boodschappenlijstje, zoek op Google Maps naar een dorp in de buurt en zet het adres van een supermarkt in mijn navigatiesysteem.

Niet veel later sta ik buiten bij mijn auto. Aan de overkant van de weg staat een oude, witte Saab geparkeerd. Blijkbaar is Sjouk nog thuis. Even aarzel ik of ik naar hem toe zal lopen. Het zou een mooi moment zijn om me voor te stellen en duidelijk te maken dat ik zonder overleg niemand 's nachts in mijn tuin wil aantreffen. Iets weerhoudt me daarvan. Heb ik gisteren niet genoeg meegemaakt met die Bob? Straks krijg ik de volgende kerel over me heen met verwijten over Bella.

Liever geen contact. Ik ben hier maar kort, laat ik doen waarvoor ik hier gekomen ben: om uit te rusten en na te denken over mijn toekomst met Matthew en zijn kinderen.

Ik stap in mijn auto en start de auto. Ik kijk in mijn achteruitkijkspiegel en zie het hek bij Sjouk opengaan. Een forse vrouw met halflang donkerblond haar en een bril op komt naar buiten. Ze draagt een grijze jas die nog openhangt en waar een gebloemde jurk onder vandaan valt. Ze is hoekig, oogt grimmig en is bepaald niet mooi. De vrouw van Sjouk? Vast. Zou hij daar niet van kunnen slapen? Een lachje kan ik niet onderdrukken.

Zij moet mij nu ook gezien hebben. Met grote stappen beent ze op me af. Ik kan doen alsof ik haar niet zie en gewoon wegrijden, maar zo ga je niet met je buren om. Het beste is om het kort te houden. Ik zal zeggen dat ik haast heb en naar een afspraak moet waar ik al te laat voor ben. Ik draai de auto de weg op en laat het raampje zakken.

De vrouw van Sjouk is nu bijna bij mijn auto.

'Hallo,' zeg ik ter begroeting en ik forceer een glimlachje.

Ze antwoordt niet maar bukt zich naar het raampje. Ik hoor haar kortademige ademhaling. Ze heeft helderblauwe ogen en neemt me belangstellend op. In tegenstelling tot haar voorkomen straalt haar hele gezicht iets warms uit. Dat wordt nog versterkt door de kuiltjes die in haar wangen verschijnen als ze lacht.

Ik word me ineens pijnlijk bewust van mijn zo typisch stadse houding en schaam me een beetje dat ik zojuist nog wilde wegrijden.

'Sorry,' zegt ze. Ze hapt naar adem en drukt haar hand tegen haar borst. 'Het is mijn hart... ik woon hiertegenover, ik ben...'

Met een schok laat ik het stuur los, mijn mond valt open. De vrouw naast mijn auto hoeft niet te zeggen wie ze is; ik herken de stem van vannacht, toen ze in de stromende regen tegenover mij stond en ik dacht dat ze een man was.

'Dus toch!' roep ik met een zekere dankbaarheid uit.

Tenminste één ding dat ik me niet verbeeld heb: Sjouk is een vrouw.

Niet-begrijpend kijkt ze me aan. Ze hijgt al minder, maar haar hand ligt nog steeds tegen haar borst. '... Sjouk,' vervolgt ze.

Ze steekt haar andere hand uit. Die ik dit keer bijna gretig aanpak.

'Lynn,' zeg ik.

'Het spijt me van vannacht,' zegt Sjouk. Keurend en met een ernstig gezicht neemt ze me van top tot teen op. 'Dus jij bent haar nichtje.'

Ik knik.

Ze vraagt of ik na haar tussenkomst vannacht nog goed geslapen heb en vertelt dan dat zij het bed van Bella verschoond heeft voor mijn komst. Ik open mijn mond. Voordat ik iets kan zeggen verschijnen de kuiltjes weer in Sjouks wangen en begint ze te stralen.

'Laat mij het goedmaken,' zegt ze. 'Vanavond samen eten? Ik mocht Bella. We kookten altijd graag voor elkaar...'

Drenthe, jaren tachtig

Een paar maanden voor de bruiloft van Bella

Kelly is een druk en opvallend meisje. Dertien jaar, zwart omrande ogen, een pukkelige huid en een mond met een beugel waardoor ze slist. Ze is beweeglijk en praatgraag. Iemand anders van de leiding vertelde dat Kelly is gediagnostiseerd met ADHD.

'Ik...' Annabelle hapert.

'Je zweet helemaal, wat heb je?' vraagt Kelly. Haar stem klinkt brutaal. Ze wipt van haar ene op haar andere been en kijkt Annabelle spottend aan.

'Niets. Het is de drukkende warmte. Ik ben een beetje moe en...'

Annabelle kijkt opzij naar hem. Hij doet alsof Kelly er niet is en gaat nog iets dichter tegen haar aan staan. Annabelle verroert zich niet als zijn hand per ongeluk expres langs haar rug glijdt. Ze ruikt zijn geur, ze voelt de warmte van zijn lichaam op haar afstralen. Alles in haar trilt van verlangen.

'Ik zie jullie wel, hoor.' Kelly lacht breeduit.

Annabelle doet een stap naar voren en maakt zich van hem los. Haar bloed kookt. Ze vloekt binnensmonds.

'Ik begrijp niet waar je het over hebt,' zegt ze tegen Kelly.

Kelly stopt met wippen. Ze sluit haar mond over de vooruitstekende tanden. Haar ogen vernauwen zich tot spleetjes.

'O, nee?' vraagt ze schaapachtig. 'Jij en hij daar.' Ze wijst met haar hoofd in de richting van Annabelles prins, die zich zojuist met een afwaskwast uit de voeten heeft gemaakt.

'Wat ga je tegen je Italiaanse vriendje zeggen als hij hoort dat jij het met een ander doet?'

Annabelles mond valt open van verbazing.

'Hij is toch jouw vriendje? Giovanni, hè? Ik vind hem leuk. Hij kent heel veel moppen en maakt me voortdurend aan het lachen. Ik wou dat hij mijn vriendje was, dan...'

'Hou je bek!'

Annabelle schrikt van haar eigen felle reactie. Ze zegt nooit dit soort dingen. Ze is beheerst, intelligent en daarom is ze op scouting van explorer meteen gepromoveerd tot roverscout. Omdat ze altijd zo'n voorbeeldig scoutingmeisje is geweest.

Kelly haalt haar schouders op.

'Zelf weten,' zegt ze. 'Maar die Giovanni...'

Kelly begint triomfantelijk te fluiten. Iemand van de welpen komt erbij en vraagt waarom Annabelle niet doorgaat met opruimen. Kelly mompelt iets over verliefdheden en loopt dan op een drafje weg.

Annabelle moet haar uiterste best doen om kalm te blijven en niet toe te geven aan de impuls die zojuist de kop op stak. Dat vreemde gevoel dat iedere redelijkheid wegdrukt. Een bijna dierlijke drift die haar zou kunnen aanzetten om dit kleine kreng bij haar nekvel te grijpen, door elkaar te schudden en dan net zo lang met die lelijke kop tegen de muur te slaan totdat ze...

24

Als ik een tijdje later het dorp in rij en me afvraag of ik wel op de gastvrijheid van Sjouk moet ingaan, betrap ik mezelf op nog meer stadse vervreemding. Een lommerrijke brink die omringd wordt door bomen en boerderijen met rieten daken, doemt voor me op. In de verte zie ik een kerktoren in de vorm van een ui. Dit dorp zou een illustratie uit een oud-Hollands prentenboek kunnen zijn.

Stapvoets rij ik de auto naar een parkeerplaatsje in de buurt van de supermarkt. Sjouk zit opnieuw in mijn hoofd. Zij en mijn tante zouden voor elkaar hebben gekookt? Alweer besef ik dat ik niet veel van Bella afweet en dat andere mensen haar heel goed gekend hebben: mijn moeder, Bob, Sjouk...

Sjouk woont dus permanent op het park. Ze heeft mijn nieuwsgierigheid geprikkeld. Zij zal me vast wel iets over Bella kunnen vertellen. Misschien dat ze meteen iets over dat vermoorde meisje aan me kwijt wil?

Ik voel een zekere opwinding door me heen stromen, alsof ik voor het eerst sinds tijden weer iets heb voor mezelf waar ik me in kan vastbijten. Iets waar Matthew en zijn kinderen niets mee te maken hebben. Moest ik niet gaan puzzelen van de huisarts? Een moord oplossen zou een mooie puzzel zijn. Hoe langer ik erover nadenk, hoe spannender het me lijkt.

Matthew hoeft niets te weten. Integendeel, hij zou het hoogstwaarschijnlijk afdoen als hysterisch gedoe, typisch iets voor zijn overspannen vrouw. Overspannen, ja, ja, en wat houdt hij niet allemaal voor mij verborgen? Die klote-G met wie hij op de dinsdagen afspreekt?

Ik vergeet dat ik bij de supermarkt sta en laat al mijn goede voornemens varen. Ik grijp mijn telefoon, zoek bij mijn contacten en toets zonder na te denken het nummer van G in.

Mijn hart bonkt als een razende in mijn borstkas als de telefoon overgaat. Iemand neemt op maar zegt niets.

'Hallo?' zeg ik schor. Mijn adem stokt.

Doorgaan nu, je bent niet gek en ook niet hysterisch, Matthew belazert je...

Stilte. Ik verwacht dat ik ieder moment een vrouwenstem aan de telefoon krijg die vraagt wie ik ben. Ik spits mijn oren, hoor een ademhaling. Geen reactie.

'Met wie spreek ik?' vraag ik, me realiserend dat dit idioot moet klinken; ben ík niet degene die belt en iets moet zeggen?

Geen reactie.

Tegen beter weten in herhaal ik mijn vraag: 'Hallo?'

De verbinding wordt verbroken.

'Nee!' Met mijn vlakke hand sla ik op het stuur. Kijkend naar mijn telefoon baal ik van mijn onbezonnen daad. Hoe heb ik zo stom kunnen zijn?! Als dit Matthews minnares is, de vrouw in de gele jurk misschien, zal ze tegen hem zeggen dat ze door iemand is gebeld die haar naam niet wilde noemen, maar wel haar telefoonnummer achterliet. Mijn telefoonnummer!

Ik leg mijn hoofd tegen de hoofdsteun en sluit mijn ogen om mezelf te herpakken.

Het enige wat ik kan doen is doorgaan, een smoes verzinnen als Matthew moeilijke vragen gaat stellen over dit telefoontje en zo vlug mogelijk mijn moeder bellen om te horen wat zij allemaal weet over Bella en vermoorde meisjes. Dan pas kan ik écht verder.

Meteen nadat ik het nummer van mijn moeder heb ingetoetst krijg ik haar voicemail.

'Hi mam, alles goed hier,' zeg ik zo monter mogelijk zodat ze zich geen zorgen hoeft te maken. 'Ik sta nu in een dorp om boodschappen te doen maar ik heb wat vragen over Bella... Heb je mijn appje al gelezen en die groepsfoto...' Niet wetend of het verstandig is om via een antwoordapparaat over een moord te beginnen, onderbreek ik mezelf. '... daar bel ik je later op de dag nog wel even over terug, oké? Dag, dag, tot later dan.'

Op de automatische piloot doe ik boodschappen, waarvan ik achteraf, als ik alles in mijn auto laad, spijt krijg omdat het achterlijk veel is. De hoeveelheid zuivel en brood is eerder geschikt voor een gezin met twee kinderen dan voor iemand die een paar dagen in haar eentje in een vakantiehuisje doorbrengt.

Ik heb net de boodschappenkar teruggezet bij de andere winkelwagentjes als ik vanuit mijn ooghoek iemand op me zie afkomen. Ik kijk opzij en verwacht een opmerking over de plaats waar ik mijn auto heb geparkeerd. Ik kwam er te laat achter dat ik op een invalidenparkeerplaats sta.

'Ik ben bijna weg...' roep ik, en draai me om naar een man met grijs krulhaar, ingevallen wangen en een buikje. Onder zijn leren jack draagt hij een groen schort. Hij is vrij klein en zijn donkere ogen kijken me verschrikt aan. Het lijkt alsof hij zojuist een spook heeft gezien. Ik vermoed dat hij van de supermarkt is. Schuldbewust wijs ik op het bord van de parkeerplaats. Ik schokschouder en maak mijn excuus. Om erger te voorkomen loop ik haastig door naar mijn auto. De man staart me nog steeds met open mond na. Pas als ik wil instappen komt hij in beweging. Ik neem hem wat beter in me op; het is raar, maar ik zou zweren dat ik hem kortgeleden nog ergens gezien heb.

Lang kan ik daar niet bij stilstaan. Vanaf de parkeerplaats komt nu een andere man aanlopen. Hij draagt geen jas maar heeft wel hetzelfde groene schort om. Ter hoogte van zijn borst staat een Italiaanse vlag met daaromheen in gouden letters een naam die ik vanaf deze afstand niet kan lezen. Hij is een stuk jonger en maakt een onrustige indruk. Op ruzieachtige toon begint hij tegen de oudere man te schreeuwen dat hij moet opschieten.

'Vooruit, Mario, wat treuzel je nou? We hebben niet de hele dag de tijd.'

Ik stap in mijn auto. Als ik wegrijd en een blik uit het zijraampje werp, zie ik de oudere man nog steeds naar me kijken. Hij moet hetzelfde gevoel hebben als ik: dat we elkaar ergens van kennen.

25

De zon is doorgebroken en tussen de zo goed als kale bomen schittert een strakblauwe lucht. De hele weg terug naar het park moet ik aan de nieuwe situatie denken waarin ik ben terechtgekomen. Alsof ik weer op mezelf woon en nooit mijn jawoord en alles wat daarbij hoort aan Matthew heb gegeven. Het voelt nog wat onwennig, en best wel egoïstisch, maar het is ook heel prettig om even geen rekening te hoeven houden met anderen. Dat ik daarvoor naar deze omgeving ben vertrokken, maakt het een stuk gemakkelijker. In dat opzicht ben ik mijn moeder dankbaar. Maar dat ze me ineens vergeten lijkt, vind ik minder leuk. Waarom neemt ze verdorie de telefoon niet op als ik haar bel?

Inmiddels heb ik spijt van de alternatieve route die ik heb gekozen. Het stormachtige weer heeft hier vannacht genadeloos toegeslagen. Afgebroken takken liggen her en der verspreid op de toch al slecht begaanbare weg. Mannen in knaloranje hesjes zijn drukdoende om de barricades van hout door te zagen en af te voeren in de laadbak van hun truck. Ik rij om hen heen en werp een gespannen blik op het navigatiesysteem om te zien hoever ik nog moet naar de plaats van bestemming. Dat is verder dan ik had verwacht.

Eenmaal bij het vakantiepark schiet ik weer in de stress als ik erachter kom dat ik het pasje voor de slagboom niet bij me heb. Ik parkeer mijn auto en haal zo veel mogelijk boodschappen uit de auto. Lopend vervolg ik mijn weg over het park naar het chalet. Alweer zit het tegen. Na twee keer een verkeerde afslag te hebben genomen, kom ik uiteindelijk buiten adem aan bij het chalet.

Als ik zie dat de Saab van de overbuurvrouw er staat, versnel ik automatisch mijn pas. Ik heb nu even geen zin in smalltalk. Bovendien speelt mijn blaas op en voel ik een branderige pijn in mijn schouder van die zware boodschappentas. Ik loop het tegelpad op en zie meteen dat de zak met hout weg is. Ik slaak een zucht: Sjouk natuurlijk. Ik probeer me niet te ergeren en stel mezelf gerust door te denken dat ik die zak nooit alleen had kunnen verplaatsen. Maar als ik de veranda oploop en aan de deurknop een plastic zak zie hangen, neemt de ergernis in alle hevigheid toe. Wat nu weer?! Ik zet mijn boodschappentassen neer en haal de plastic zak van de deur. Er valt een envelop vanaf. Ik raap hem op, kijk in de zak en zie dat er drie, alweer in plastic verpakte, pakketten in zitten. Uit de envelop steekt een bloemenkaartje. Het is afkomstig van Sjouk.

'Van wie anders?!' roep ik. Mijn stem klinkt schril in de stilte van de omgeving.

Hoewel de bemoeienis van Sjouk me irriteert, ben ik ook wel benieuwd naar wat er op het kaartje staat. In keurige schoolletters schrijft Sjouk dat dit pakket met brieven afkomstig is van Bella en dat ze me daar graag wat meer uitleg over wil geven vanavond bij het etentje. Rond de klok van zes uur word ik aan de overkant verwacht.

Ze is een volhouder, gaat het door me heen. Waarschijnlijk omdat ze hier in haar dooie eentje zit en er verder weinig te beleven valt op dit park. Hoezeer haar inmenging me ook stoort, als ik iets wil begrijpen van Bella's vermissing en de moord op het nichtje van Bob, kan Sjouk me daar vast bij helpen.

Het gewicht van het pakket met brieven drukt zwaar op mijn handen. Terwijl ik het op de grond zet om de sleutel uit mijn zak te halen en me afvraag hoe Sjouk aan zoveel brieven van mijn tante komt, trilt in mijn andere broekzak de telefoon. Haastig haal ik het toestel tevoorschijn en ga er blind van uit dat het mijn moeder is die eindelijk terugbelt. Onhandig manoeuvrerend neem ik zonder op het display te kijken meteen op.

'Ha mam, fijn dat je eindelijk belt. Ik sta momenteel wat onhandig met de boodschappen en een pakket met brieven van Bella, wat jij wel fijn zult vinden,' lach ik. 'Heb je mijn appje nu al gelezen en die groepsfoto gezien?' Ik wacht haar antwoord niet af, loop de keuken binnen en leg de plastic zak op de keukentafel. 'Maar ik moet nu eerst héél nodig plassen! Ik bel je zo terug, oké?' Ik verbreek de verbinding.

Als ik kort daarop de boodschappen heb binnengehaald en rustig aan de keukentafel ga zitten om mijn moeder terug te bellen, zie ik tot mijn schrik dat het niet mijn moeder was die belde, maar iemand met een afgeschermd nummer.

26

De tijd verstrijkt met het uitpakken en opruimen van de boodschappen. Tussendoor probeer ik mijn moeder te bereiken, alle keren zonder resultaat. Ik maak me zorgen. Terwijl er van alles door mijn hoofd spookt over haar wel en wee, loop ik met mijn pasje naar de parkeerplaats om mijn auto op te halen.

Eenmaal langs de hefboom is de terugtocht minder eenvoudig dan ik dacht. Telkens als ik denk te weten hoe de weg door het park loopt, vergis ik me en ben ik weer terug bij af. Hoewel het een klein park is, kent de doolhof aan strak gesnoeide hagen en coniferen geen enkele logica. Na diverse doelloze rondjes en de wanhoop nabij, strand ik uiteindelijk bij een afgesloten hek waarachter hoge dennen staan en een lieflijk vennetje schemert.

Ook in deze uithoek van het park is alles verlaten. Het enige geluid dat ik kan waarnemen is het opvliegen van een paar verstoorde kraaien. Ik rij de auto een stukje terug zodat ik bij een oprit met een houten schuifdeur en een wit chalet kan keren. Meteen krijg ik het vreemde gevoel dat ik word bespied. Ik kijk omhoog langs de haag naar het dak van het chalet waar nog meer kraaien fladderen en zie een rookpluim uit de schoorsteen komen. Blijkbaar is dit chalet verhuurd. Meteen moet ik weer aan de woorden van Bob denken: 'Geen buitenlanders en geen criminelen op mijn park.'

Ongemerkt voel ik me opgejaagd. Wegwezen hier. Ik zet de auto in zijn achteruit en terwijl ik gas geef klinkt er achter mij een doffe klap en hoor ik glas rinkelen. Verschrikt kijk ik om: ik moet iets geraakt hebben. Haastig stap ik uit, loop om de auto heen en verwacht dat er elk moment iemand naar buiten kan komen.

Tot mijn verbazing liggen er achter de auto geen glasscherven en terwijl ik naar de inrit kijk die uitkomt bij de houten schuifdeur, zie en hoor ik niemand aankomen. Alles blijft doodstil, alsof er nooit iets is gebeurd. Mijn hartslag versnelt.

Hoor ik nu ook al dingen die er niet zijn?

Ik stap weer in de auto en rij met veel te hoge snelheid over de smalle kronkelweg die door het park leidt. Grind spat op als de banden slippen in een bocht. Mijn buitenspiegel raakt een coniferenhaag en slaat er een gat in. Een spoor aan groen wordt meegesleurd. Pas als ik het chalet van Bella zie liggen en merk dat de Saab van Sjouk er niet staat, kalmeer ik.

Ik parkeer mijn auto en loop het tegelpad op. Ik kijk om me heen naar het verwilderde gazon waarlangs diverse heesters en vaste planten staan waarvan sommige nog bloeien. Een deel van de border is ingericht als moestuin. Perkjes vol onkruid zijn nog voorzien van bordjes met in wit geschilderde namen van kruiden. De tuin van een kok.

Ik probeer me voor te stellen hoe Bella hier haar groenten plukte voor haar kookprogramma. Het viel me gisteren op dat ze vermoedelijk zelf geen tv-keek. In het chalet ontbreekt zowel een tv-toestel als een videorecorder. Het enige wat er aan geluidsapparatuur staat is een platenspeler met een keur aan langspeelplaten. Voornamelijk Italiaanse opera's. Niet mijn smaak. Meteen besefte ik dat het afspelen van de videobanden hier niet zal lukken. Mocht ik hier al aan een onderzoek willen beginnen, dan bestaat dat voornamelijk uit papierwerk.

Bij die gedachte moet ik onwillekeurig aan de uitgeverij denken. Ik heb Ben beloofd vandaag te bellen... Wat ga ik hem zeggen? Volgens Matthew ben ik overwerkt en heeft mijn burnout rechtstreeks met de uitgeverij te maken. Volgens mijn moeder ligt het aan Matthew. Haar laatste woorden over hem laten me niet los. Ze zei dat ze naar zijn werk had gebeld – met welk doel?

Ik keer de tuin mijn rug toe en loop peinzend het chalet in. Het voelt al heel vertrouwd. Ik zou hier best langer dan een week willen blijven. Een beetje lummelen, lezen en de dingen laten voor wat ze zijn. Waarom zou ik me bezighouden met een moord uit het verleden? Tegelijkertijd is er het pak brieven dat op tafel ligt. Brieven van een vermiste tante.

Een lichte huivering loopt langs mijn rug. Zoveel brieven. Waarom lagen die allemaal bij Sjouk en niet hier?

Drenthe, jaren tachtig

Een paar maanden voor de bruiloft van Bella

Het is iets voor middernacht. Alle scouts zijn verdeeld in groepjes, iedereen heeft een eigen zaklamp en een kompas. Alleen de leider van de troep heeft een kaart. Het is een bewolkte avond. Geen maanlicht, geen sterren; er is regen voorspeld. Misschien wel met onweer.

De leiding besloot zich daar niets van aan te trekken. Een echte scout trotseert ieder weertype, is het motto.

Annabelle heeft zich een uurtje geleden bij een van de andere roverscouts ziekgemeld. Ze heeft geklaagd over diarree en misselijkheid. Iemand was zo aardig om haar naar de ziekenboeg te brengen. Daar kreeg ze Norit en een aspirientje en werd haar aangeraden om niet aan de speurtocht mee te doen, maar te gaan slapen. Tenslotte moesten ze morgen weer op haar kunnen rekenen.

Onbeweeglijk ligt ze in haar slaapzak, gespannen kijkt ze op haar horloge. Buiten de tent is het stil. Geen takje dat kraakt, geen stem die klinkt. Iedereen is in het bos.

Annabelle telt de seconden die minuten worden en wacht.

Om klokslag twaalf uur ritst ze de tent open en blijft op haar knieën voor de ingang zitten. Muisstil staart ze naar de overkant van het terrein waar de andere tenten staan. Twee korte lichtflitsen van een zaklamp schijnen haar kant op.

Haar adem stokt; het is tijd.

27

Na een kort telefoongesprek met Ben, die me niet eerder dan volgende week maandag op kantoor verwacht, voel ik me zo opgelucht dat ik een vreugdedansje door het chalet maak. Mijn euforische stemming duurt niet lang. Dat mijn moeder niet terugbelt steekt me, en ook vraag ik me af of die G inmiddels Matthew heeft ingelicht over mijn telefoontje.

Om me niet al te veel te laten meevoeren door verlammende angsten heb ik het pakket met brieven opengemaakt. De enveloppen die ik tot nu toe ben tegengekomen zijn allemaal dichtgeplakt. Ze zijn voorzien van ongestempelde, veelal Italiaanse, maar ook Nederlandse postzegels en alles is uitsluitend geadresseerd aan mijn moeder, waar ze nooit zijn aangekomen. Elke brief die erin zit is getypt.

Nadat ik nog maar een kwart van de brieven heb geopend en ze zonder te lezen heb gesorteerd op jaartal, roepen ze direct nog meer vragen bij me op. Waarom schreef mijn tante zoveel brieven aan mijn moeder en waarom heeft ze die nooit verstuurd? Na een tijdje begint het sorteerwerk me te duizelen. Ik heb net de schaar in het plastic van het derde pakket gezet als ik op de klok kijk en tot mijn verbazing zie dat het al bijna halfzes is. Buiten zet de schemering in. Ik voel me verstijfd; moeizaam kom ik in beweging. Ik strek mijn benen en ontsteek het licht boven de eettafel.

Het witte lamplicht accentueert de maagdelijkheid van de nog ongelezen post. Het bezorgt me een koude rilling als tot me doordringt dat ik straks de enige ben die de inhoud van deze brieven kent. Ik vraag me af wat me te wachten staat en of ik ze toch niet voor mijn moeder moet bewaren. Meteen verwerp ik die gedachte. Was het niet haar idee mij hierheen te sturen om dingen uit te zoeken?

Ik pak mijn telefoon, check of ze een berichtje heeft gestuurd en als dat niet het geval is haal ik een fles bronwater uit de koelkast, trek een zak paprikachips open en ga weer aan tafel zitten. Tegen mijn voornemen in pak ik alvast een brief van de eerste stapel. De beginstapel, uit de jaren tachtig, mijn tantes periode in Italië.

Montepulciano

Lieve Hester, grote zus,

Het is nu ruim twee maanden geleden dat ik met Giovanni trouwde. De zomer is hier al heel snel overgegaan in de herfst. Het weer is in alle opzichten extremer dan in Nederland. De druivenoogst was nog maar net achter de rug of het regenwater spoelde als een buiten zijn oevers getreden rivier door de smalle straatjes van het dorp en zette de wijngaarden blank.

Hoewel de taal beslist niet gemakkelijk is, leer ik snel. Ik moet wel.

Giovanni's familie geeft me weinig kans te aarden. Zodra ik iets niet begrijp, beginnen ze met stemverheffing op me in te hakken. Zijn moeder, Maria, spant daarbij de kroon.

Zoals je weet is ze klein en vet en draagt ze uitsluitend zwarte jurken. Niemand weet precies hoe oud ze is, zelfs Giovanni niet. Iedere dag komt ze langs om te controleren of ik haar zoon wel goed te eten geef. Ze vindt dat ik niet kan koken en dat ik veel te mager blijf. De eerste tijd liet ze ons nog met rust, maar de laatste weken moet ik bijna dagelijks aanhoren wat ik moet eten en moet laten om zwanger te worden.

Als een heks mengt ze toverdrankjes die de vruchtbaarheid zouden moeten beïnvloeden. De drankjes, die voornamelijk uit kruiden en groentesappen bestaan, zijn ronduit smerig. De enige manier om Maria de deur uit te krijgen is om in haar bijzijn dat gif te drinken.

Dat Giovanni's familie op het uitblijven van mijn menstruatie zit te wachten, drijft me zo langzamerhand tot waanzin. Maar als ik daarover begin tegen Giovanni, trekt hij zich niets van mijn jammerklachten aan. Integendeel, hij vindt dat ik beter naar zijn moeder moet luisteren en beaamt wat zij van me vindt: te mager, te ongehoorzaam en zonder enig kooktalent.

In niets lijkt Giovanni nog op die aardige jongen die mij opzocht in Rotterdam. Mijn kookkunst, die ik toch aardig onder de knie dacht te hebben, wordt hier steevast door hem geweigerd. Alles wat zijn moeder doet is beter, lekkerder en gezonder.

Het huwelijkse leven valt me zwaar. Ik had nooit met Giovanni moeten trouwen, als niet… Ach, Hester, ik durf je de echte reden niet te vertellen en ga ervan uit dat je dan ook geen vragen zult stellen. Het is mijn eigen schuld dat ik zo verdrietig en ongelukkig ben, en daarom moet ik er zelf alles aan doen om daar verandering in te brengen.

Ik zal me tijdelijk ondergeschikt maken aan mijn man en ik zal leren koken als zijn moeder. Ik ga zorgen dat ik haar daarin overtref. Ik zal ieder recept dat ik maak uittypen en bewaren om het later als een kookboek te bundelen. Dat wordt mijn streven.

Maar dat is niet het enige wat me hier op de been houdt, want wat niemand weet en Giovanni nooit mag horen, is dat ik aan de pil ben. Zodat ik ooit, op een goede dag, weer naar huis kan. Het is de enige manier om los te komen van Giovanni en zijn familie: door ervoor te zorgen dat ik niet zwanger raak.

Liefs, en een kus van je zusje, Annabelle, die zich vanaf nu Bella noemt

Verbaasd leg ik de brief terug op tafel. Kennelijk was Bella niet vrijwillig met Giovanni in het huwelijksbootje gestapt, maar werd ze door iets gedwongen. Hoe vreemd lijkt me dat voor een vrouw uit die tijd. Ik heb mijn moeder hier nooit over gehoord.

Ik leun achterover in mijn stoel, lik mijn paprikavingers af en staar peinzend naar de brief die veel onduidelijkheid oproept. Bella's succes is haar dus niet komen aanwaaien, zoals ik altijd veronderstelde. En als ik nog wat dieper in mijn geheugen graaf, kan ik me weer herinneren dat ik bijna zeven was toen Bella een tijdje bij ons logeerde. Zij en mijn moeder maakten in die tijd vaak ruzie, wat dan weer werd bijgelegd met tranen. Ik weet nog dat mijn moeder mij altijd de kamer uit joeg zodra ik vragen over haar en Bella begon te stellen.

Kort daarna verhuisde Bella en zagen we haar nog maar heel sporadisch. Jaren later verscheen ze wekelijks op tv en zag ik mijn moeder roddelbladen kopen waarin iets te lezen stond over haar zusje. Ik weet eigenlijk niet hoe hun verstandhouding toen was. De laatste keer dat mijn moeder alles over het leven van mijn tante bijhield was na Bella's vermissing.

Ik schud het laatste plukje chips uit de zak en net nadat ik het in mijn mond heb gestopt gaat mijn telefoon. Er verschijnt weer een afgeschermd nummer op het display.

'Met Lynn van Waasdorp.'

Stilte.

'Met wie spreek ik?' vraag ik terwijl ik de aardappelsubstantie doorslik.

Geen reactie. Ik hoor iemand ademen.

'Zeg op, met wie spreek ik?!' Mijn stem trilt. Ik hoor zachte zuchten en dan een klik van een apparaat alsof iemand een geluidsopname maakt. Meteen daarna wordt de verbinding verbroken. Een seconde later zoemt de telefoon opnieuw. Dit keer licht er een onbekend nummer op.

'Wat moet je?' gil ik in het toestel.

'Ik... ik ben het. Sjouk,' klinkt het aarzelend. 'Sorry, ik heb je nummer van Bob gekregen, overval ik je?'

28

Om mijn benen kroelt een roodgevlekte lapjeskat; haar cyperse huisgenoot houdt mij vanaf de vensterbank scherp in de gaten als ik een hapje van de toast met makreelfilet neem. Een derde kat heeft zich dicht naast de houtkachel geposteerd. Hij is zwart en dik en heeft gloeiend groene ogen met een duivelse blik erin. Ik verwacht dat hij me ieder moment kan bespringen.

'Doerak is heel zoet, je hoeft niet bang te zijn, hoor,' zegt Sjouk vanuit de keuken, alsof ze voelt dat ik bang ben. 'Ze is alleen 's nachts gevaarlijk, dan jaagt ze op muizen. Soms blijft ze een tijdje weg, dan mis ik haar, maar uiteindelijk komt ze altijd weer terug.'

Sjouk lacht even als ik opmerk dat ik dan waarschijnlijk vannacht al met haar heb kennisgemaakt. Daarna valt er een stilte waarin ik Sjouk wat beter in me opneem.

Een halfuur geleden heb ik me laten overhalen om toch bij haar te komen eten. Nadat ik me had verontschuldigd voor mijn reactie aan de telefoon deed ze alsof er niets aan de hand was. Ze vroeg of ik de brieven had gevonden en nadat ik dat bevestigd had, ging ze er niet op door maar begon ze over onze eetafspraak.

'Ik vermoed dat jij vast wel iets van Bella's genen hebt en van lekker eten houdt,' zei ze.

Ik had geen antwoord klaar. Het enige wat ik zei was dat ik net een volle zak met chips had leeggegeten en dat ze daarom niet al te uitgebreid voor mij hoefde te koken. Wat natuurlijk volstrekt idioot zal hebben geklonken. Ze antwoordde dat ze al was begonnen en dat de wijn klaarstond om te worden ontkurkt. Nog meer smoezen verzinnen om niet langs te gaan had geen zin; Sjouk verbrak de verbinding.

Nu zit ik hier in haar chalet dat ruikt naar geurkaarsen en een volle kattenbak. Naast wat wiebelende tafeltjes met kranten en boeken erop, staan een grijze bank – waarvan de hoeken zijn ontsierd door kattennagels – een uitgezakte leren fauteuil en een onnoembaar aantal afzichtelijke krabpalen. Voor de schuifdeuren naar het terras is een reusachtige flatscreen-tv geplaatst.

Sjouk draagt nog steeds dezelfde bloemetjesjurk als vanochtend. Het rode vilten vest dat ze net nog aanhad toen ze me verwelkomde, heeft ze uitgedaan toen ze het fornuis aanstak.

De stof van de jurk valt soepel over haar brede schouders en borsten. In tegenstelling tot de rest van haar lichaam heeft ze smalle heupen, dunne benen en grote voeten die in sneakers zijn gestoken. Eerder passend bij het postuur van een man dan van een vrouw, en daarom nogal verwarrend toen ik haar vannacht in mijn tuin aantrof. Ik vraag me af hoe oud ze is, en of ze die bloemetjesjurk per ongeluk heeft aangetrokken; ik vind hem om de een of andere reden niet bij haar passen.

'Fijn dat je gekomen bent,' zegt ze. 'Een deel van Drenthe zit door de storm zonder stroom, maar hier hebben wij gas en vuur.' Ze wijst op de houtkachel.

Ze snijdt vliegensvlug met een groot mes door een handje paddenstoelen. Af en toe draait ze haar hoofd naar mij toe en vraagt dan of ik goed zit, of ik geen last heb van de katten en of mijn wijnglas moet worden bijgevuld.

Ik schud en knik maar wat, en voel me langzaam ontspannen. De wijn maakt me rozig. Ik denk automatisch aan mijn moeder die geen dag zonder wijn kan en vraag me opnieuw af waarom ze mij maar niet terugbelt of appt. Ik haal mijn telefoon uit mijn zak en werp er een korte blik op. Nog steeds niets.

'Het wordt iets van Bella,' zegt Sjouk.

Niet-begrijpend kijk ik op.

'*Pastina in brodo di carne, risotto ai funghi* en daarna *pollo*. Je houdt toch wel van kip?'

'Eh... ja, ik lust alles,' antwoord ik met een dankbaar lachje.

'Mooi, en daar houden wij van, hè?' zegt Sjouk op een toon die de katten alarmeert. Ze rennen naar de keuken. Miauwend springt de dikzak op het aanrecht. Tot mijn verbazing stapt hij zonder iets te raken heel gracieus over de kruidenpotjes.

Sjouk roert in een pan. Ze vraagt of ik alvast wat van de soep wil, en zonder verder vragen te stellen over de brieven of over mijn bezoek aan het park, gaat ze door over Bella. Wat mij alleen maar bevalt. Hoe minder ik over mezelf hoef te vertellen, hoe beter.

'Toen Bella zo'n veertien jaar geleden haar chalet kocht, reisde ik nog op en neer naar Groningen. Ik zat hier vaak in de weekenden en met vakanties; het is zo mooi hier. We moeten morgen gaan wandelen,' onderbreekt Sjouk zichzelf.

Uit beleefdheid forceer ik een kort knikje.

Wandelen, had de huisarts me dat ook niet aanbevolen? Ik moet er niet aan denken.

'Bella hield er zo van,' gaat Sjouk dromerig verder. 'Ze was een echt buitenmens, haha; inmiddels ben ik dat ook. Toen ik werd afgekeurd vanwege mijn hart – mijn werk was te veeleisend voor iemand met hartklachten – kwam ik hier steeds vaker. Ik ben van oorsprong meer een stadsmens, weet je. Mijn huis in Groningen heb ik lang onderverhuurd omdat ik niet kon kiezen. Het klinkt misschien gek, maar altijd als ik daar was wilde ik hier zijn, en als ik hier was miste ik de stad. Daar waar je niet bent is het geluk,' zegt ze met een soort tegeltjeswijsheid. 'Pas sinds een paar jaar, eigenlijk vlak voor Bella's verdwijning, heb ik me hier permanent gevestigd. Het leven in de stad werd me te druk. Alleen in de winter is het hier erg stil; dan mis ik Bella. We waren goede buren en ik... Ze wilde per se dat ik haar brieven bewaarde, mocht haar iets overkomen dan...'

Sjouk veegt over haar wangen. Ze schuift haar bril omhoog en ik zie hoe ze een traan wegpinkt. Het lijkt er eerder op dat Sjouk een stille liefde kwijt is dan een goede buur.

'Gaat het?' vraag ik.

Ze knikt. Zonder me aan te kijken pakt ze de plank waarop de paddenstoelen liggen en schuift ze in de pan op het vuur. Zachtjes begint de substantie te sissen.

'Ik ben hier om mijn tantes spullen uit te zoeken, er moet iets met haar chalet gebeuren,' zeg ik en ik sta op. Ik leg een kordate toon in mijn stem en twijfel of ik moet zeggen dat ik een van de brieven al heb gelezen.

Sjouk reageert niet. Terwijl ze in de pan roert, schudt ze een hoeveelheid rijst bij de paddenstoelen en blust het dan af met bouillon. De pan met rijst borrelt zachtjes. De warme damp die eruit opstijgt geurt naar een bedauwd herfstbos.

Ik twijfel nog steeds. Moet ik deze vrouw, die ik niet ken, uitleggen wat de ware reden van mijn verblijf is? Dat ik niet alleen voor Bella's spullen kom, maar dat ik tegen een burn-out aan zit. Dat ik mijn man niet vertrouw, misschien wel spijt heb van mijn overhaaste huwelijk met hem, en een steeds grotere hekel krijg aan zijn kinderen?

Ik zeg dat het eten heerlijk ruikt. Luchtigjes vraag ik Sjouk wat voor werk ze heeft gedaan.

Sjouk blijft in de pan staren. Ik zie hoe haar lichaam zich aanspant; alsof haar baan nare herinneringen oproept, vertrekt ze haar gezicht in een diepe frons. De soeplepel in haar hand blijft onbeweeglijk boven de bouillon hangen.

De ontstane stilte werpt zich als een muur tussen ons op. Het maakt me onrustig. Onhandig manoeuvrerend zet ik mijn gewicht van het ene op het andere been en kijk naar de kat, die me vanaf het aanrecht alweer scherp in de gaten houdt. Zoekend naar een volgende nietszeggende opmerking over het eten schraap ik mijn keel en open mijn mond.

'Ik was rechercheur,' zegt Sjouk.

Ze geeft de kat een zet en jaagt het dier terug naar de grond.

En alsof ze zich opeens weer bewust wordt van mijn aanwezigheid, ontspant ze en kijkt me met een zachte blik aan.

Ik adem puffend uit en sluit mijn mond.

'Voordat ik verbannen werd naar Groningen werkte ik in Assen bij de politie,' gaat Sjouk verder. 'Vrouwen zoals ik pasten vroeger niet bij het korps. Het is een mannenwereld,' zegt ze zonder uit te leggen wat ze precies met haar opmerking bedoelt en onder wat voor soort vrouwen zij zichzelf dan schaart. 'Ons bureau leidde indertijd het onderzoek naar die moordzaak. Het ging om een meisje, Kelly, heette ze; nota bene familie van Bob.' Sjouk gebaart met haar hoofd in de richting van de buitendeur. 'Bij gebrek aan bewijs is deze zaak geseponeerd.'

Ik trek mijn wenkbrauwen op en doe alsof ik dit voor de eerste keer hoor.

'Ze was dertien; volgens getuigen die we indertijd spraken een ettertje, zoals veel pubers dat zijn. Heb jij kinderen?' vraagt Sjouk.

'Ik, eh...'

'Kelly zat op scouting,' vervolgt Sjouk zonder mijn antwoord af te wachten. Ze fronst haar voorhoofd en neemt me peinzend in zich op, als bij een ondervraging. 'Net als Bella,' voegt ze er bijna onhoorbaar aan toe.

29

Halverwege de avond – de schaal met risotto en paddenstoelen is helemaal opgegaan – geeft Sjouk me een compliment over mijn eetlust. Ik merk dat ik voor het eerst sinds tijden weer eens lekker heb zitten bunkeren zonder de spiedende ogen van Matthew, die bij elke hap die ik doorgaans neem mij een kilo dikker ziet worden.

Aandachtig luister ik naar Sjouk.

Ik heb heel kort verteld wat voor werk ik doe en dat ik een week vakantie heb om het chalet aan te pakken. Over Matthew en de kinderen zeg ik niets. Daar krijg ik niet eens de kans voor, aangezien Sjouk voornamelijk aan het woord is.

'Zullen we die kip maar morgen eten?' vraagt ze en ze schenkt mij nog een glas wijn in. 'Of heb je nog trek?'

Ik schud mijn hoofd en vraag haar vooral door te gaan over haar loopbaan bij de politie. Ik zie het als een buitenkans om meer aan de weet te komen over Bella en haar mysterieuze verdwijning.

'Veel zaken, zoals die van dat scoutingmeisje Kelly, werden onder grote tijdsdruk en bij gebrek aan bewijs te snel gestaakt,' zegt ze. Het frustreert Sjouk duidelijk dat de dader na al die jaren nog steeds vrij rondloopt. 'Hoeveel slachtoffers heeft hij daarna nog gemaakt?' vraagt ze zich vinnig af.

Dezelfde verkramping van daarvoor straalt weer van haar af, alsof ze zelf ook ergens het slachtoffer van is geweest. Driftig stapelt ze de borden op, grijpt het bestek en legt het hardhandig op het servies.

'En hij is niet de enige misdadiger die keer op keer slachtoffers maakt. Weet je hoe erg het is om machteloos te moeten toezien bij al die rotregels van de overheid...' Nog meer woede klinkt door in haar stem. Haar ogen fonkelen als ze opstaat. 'Heeft Bella het nooit met jou of je moeder over toen gehad, over dat zomerkamp?' vraagt Sjouk terwijl ze op me neerkijkt. In de toon van haar stem klinkt argwaan door, precies zoals bij Bob toen die Bella uitmaakte voor een leugenaar.

Ik ontwijk haar blik even, neem een slokje wijn en schud mijn hoofd.

'Nee, echt, eerlijk gezegd weet ik maar heel weinig van mijn tante. Ik wist niet eens dat ze aan scouting deed. Mijn moeder had na Bella's scheiding nog maar weinig contact met haar,' zeg ik als Sjouk me vol ongeloof blijft aankijken. Ik voel me ongemakkelijk worden onder die blik. Wat moet ik met speculaties over Bella en een onopgeloste moordzaak waar ik niets van afweet? Pas als ik mijn moeder gesproken heb, zal ik er misschien meer van begrijpen.

Mijn moeder, die ineens uitblinkt in afwezigheid en maar niets van zich laat horen.

'Ik heb heerlijk gegeten,' antwoord ik op de eerste vraag van Sjouk. 'Die risotto, was dat ook een recept van Bella?'

Sjouk knikt; ze voelt dat ik bewust van het onderwerp 'zomerkamp' wil afstappen en pakt het kookboek van Bella dat nog op het aanrecht ligt. Ze slaat het open. Bijna met vertedering kijkt ze naar het recept. Al die verafgoding voor een tante die ik nauwelijks heb gekend; het bezorgt me zo langzamerhand de kriebels.

'In haar chalet staat een behoorlijke hoeveelheid videobanden. Maar er is geen tv of afspeelapparatuur. Heb jij enig idee hoe dat kan?' vraag ik.

Sjouks mondhoeken krullen, de kuiltjes verschijnen als vanzelf in haar wangen. Ze pakt de wijnfles en schenkt zichzelf nog een glas in.

'Ik merk dat je écht niet veel van Bella afweet, hè?'

'Klopt, en ik weet niet of...' Ik wil zeggen dat ik eigenlijk heen en weer word geslingerd tussen nieuwsgierigheid en desinteresse voor haar, maar hou me in.

'Bella's chalet was de plek waar ze haar recepten uitdacht, waar ze naar hartenlust kookte en de opnames voor haar tv-programma werden gemaakt,' vervolgt Sjouk. 'Die opnames wilde ze zelf nooit terugzien. Ze zei altijd dat ze zichzelf gek vond overkomen op tv. Ze schaamde zich voor haar stem, die vrij schril was, en de manier waarop ze bewoog. Ze was erg dun en heel beweeglijk...'

Sjouk wacht even. Ik zie dat ze aarzelt of ze me nog iets moet vertellen over Bella. Ze pakt haar wijnglas en neemt weer tegenover me plaats aan tafel.

'Vind je het niet gek dat we steeds in de verleden tijd over Bella praten?' zegt ze nadenkend.

'Tja, maar ze is toch ook...?'

'Wat, Lynn? Wat wil je zeggen?'

Priemende ogen op me gericht. *Jezus, is dit een verhoor? Word ik ergens van verdacht?*

'Ik... nou ja, ik dacht...' Ik slik. 'Bella is nu vier jaar vermist en niemand heeft ooit meer iets van haar vernomen,' zeg ik. 'Mijn moeder heeft me hiernaartoe gestuurd om haar spullen te archiveren en eerlijk gezegd denk ik ook omdat ze de hoop heeft opgegeven dat haar zusje ooit nog gevonden wordt...'

'Dus jij en je moeder gaan ervan uit dat Bella dood is?'

'Jij niet dan, Sjouk?' roep ik verbaasd uit. 'Kom op, vier jaar vermist, dat betekent toch vaak...? Je denkt toch niet dat Bella nog leeft?'

Sjouk blaast zuchtend uit. Ze schokschoudert, laat haar hoofd hangen en tikt met haar vingertoppen tegen het wijnglas.

'Ik weet het niet,' zegt ze. 'Ik heb altijd gehoopt dat ze ineens weer hier voor mijn neus zou staan; dat ze even afstand wilde nemen van alles. Vier jaar geleden moet er namelijk iets gebeurd zijn. Iets wat haar danig in de war bracht. Ik heb haar er nooit op kunnen aanspreken, maar...'

Sjouk kijkt me weer aan; haar staalblauwe ogen steken als ijspriemen door de brillenglazen. Haar gezicht verstrakt. Opnieuw voel ik dat iets haar ergert.

'Ik kan er niet te veel over zeggen, maar ik vermoed dat het met een man te maken had,' zegt ze.

Juist op het moment dat Sjouk me wil vertellen wie die man kan zijn, zoemt mijn telefoon.

'Sorry,' zeg ik en ik hou de telefoon omhoog. 'Waarschijnlijk mijn moeder.'

Sjouk knikt begripvol.

Ik draai me om. Gespannen kijk ik op het display of het mijn moeder is of dat afgeschermde nummer. Geen van beide. Het is Matthew.

30

'Waar zit je, Lynn?' Matthew klinkt gejaagd.

Ik heb me teruggetrokken in de slaapkamer van Sjouk. Nadat ik mijn hand even op mijn telefoon legde en zei dat mijn man belde, ging zij met veel kabaal de vaatwasser inruimen.

'Hoezo?' vraag ik aan Matthew. 'Je weet toch dat ik bij mijn moeder zit?'

'Heb je het nieuws dan niet gezien?' zegt hij met klem.

Ik antwoord niet; wat kan ik zeggen? Dat ik al anderhalve dag – wat een eeuwigheid lijkt – verstoken ben geweest van al het wereldnieuws en midden tussen de Drentse vennen in een chalet zit zonder tv?

Vanuit de keuken roept Sjouk dat ze koffie gaat zetten. Ik geef een zet tegen de deur maar ben te laat om hem te sluiten, Matthew heeft haar al gehoord.

'Lynn? Bij wie ben je?!' Matthew klinkt nu streng, alsof hij tegen een van zijn kinderen uitvalt.

'Ik... eh... ik ben bij een vriendin,' antwoord ik, en ik kijk naar het onopgemaakte bed van Sjouk.

'Waar? Hoe snel kun je thuis zijn?'

Mijn brein zoekt koortsachtig naar een antwoord. Ik lik langs mijn lippen en proef de smaak van wijn; onmogelijk om nu na al die alcohol dat hele eind naar Rotterdam te rijden.

Kalm blijven, rustig doorademen...

'Sorry, Matthew, ik begrijp je niet helemaal, je zou toch naar Berlijn gaan?'

'Zou, Lynn. Ik was inderdaad onderweg naar Duitsland. Totdat ik vanmiddag gebeld werd door de politie. Er was een oproep gedaan via het nieuws. Het stond zelfs op Facebook… Heb je dan helemaal niets gezien?!' Ongeloof in de stem van Matthew.

Mijn hart bonkt in mijn keel; wat zou ik gezien moeten hebben? Ik zit niet op Facebook en ook mijn laptop heb ik nog niet aangeraakt. Ik was veel te bang om berichten te moeten lezen van mijn werk en wilde voorlopig geen mail zien. Al mijn tijd is gaan zitten in slapen, de boodschappen en die stomme brieven.

Sjouk heeft de espressomachine aangezet. Vanuit de keuken dringt een ratelend geluid door naar binnen.

'Hoe lang zit je al bij die vriendin?' zegt Matthew in mijn oor.

Ik antwoord niet; ik hoor mezelf hijgen.

'Volgens de politie moet het namelijk gistermiddag gebeurd zijn,' gaat hij haastig verder. 'Terwijl wij elkaar gisteravond nog gesproken hebben, Lynn. Hoe verklaar je dat? Je zei dat je bij haar was, dat je slaappillen had ingenomen en veel geslapen had. Verdomme, Lynn! Wat is er met je?'

Ik adem snel, mijn lichaam trilt, als een razende probeer ik vooruit te denken. Waar heeft hij het over? Gaat het over mijn moeder? Zou er iets met de kinderen gebeurd zijn?

'Ik kan je niet volgen, sorry, ik ben… ik heb geen tijd gehad om… kun je zeggen wat er aan de hand is? Is er iets met Amber? Toch niet je moeder, Matthew?' vraag ik, belangstelling veinzend.

Stilte.

'Nee, er is niets met de kinderen, en gelukkig ook niet met mijn moeder. Het is Hester… ik weet het fijne er niet van maar…'

'Mijn moeder?'

Weer valt er een stilte. Ik hoor Matthew zacht vloeken.

'Ja, jouw moeder. Ik zit hier in Rotterdam op het politiebureau. Ik ben als een gek uit Duitsland teruggereden. Daar gaat mijn congres… Verdomme, Lynn, weet je hoe belangrijk dat congres voor mij is? Dat loop ik nu allemaal mis door jouw moeder.'

'Maar...?'

Mijn brein stuitert. Ik denk aan alle telefoontjes die niet door mijn moeder werden beantwoord, ik denk aan het moment waarop we afscheid namen; ik reed naar Drenthe, zij zou naar huis gaan lopen: wat is er daarna met haar gebeurd?

'Heeft ze een ongeluk gehad?' vraag ik. Paniek in mijn stem. Sjouk is gealarmeerd; ze loopt de slaapkamer in, haar wenkbrauwen in een frons, vragend kijkt ze me aan.

Stilte aan de andere kant van de lijn. Ik hoor Matthew tegen iemand praten.

'Het is mijn moeder,' leg ik uit aan Sjouk. 'Mijn man zit op het politiebureau...'

'Lynn?' Matthew is terug. 'Ik moet een aantal gegevens van je moeder hebben. Kun jij me die appen?'

Zonder dat hij me antwoord geeft op de vraag wat er met mijn moeder is gebeurd, noemt Matthew een aantal zaken op. Hij vraagt wanneer ik thuis ben – hij verwacht snel klaar te zijn op het politiebureau – en of ik een recente foto van mijn moeder kan doorsturen.

'Dat is het belangrijkste, Lynn, zodat ze haar signalement hebben,' vervolgt hij dwingend.

'Signalement? Maar... waarom dan... wat?'

'Je moeder is verdwenen, Lynn. Buren hadden alarm geslagen en de politie gebeld. Ze hadden iemand horen gillen. De voordeur van je moeder stond open en er zijn bloedsporen gevonden. Je moeder was weg. Haar tas en portemonnee lagen nog in huis; niets wijst erop dat het om een inbraak gaat. Ze moet hebben opengedaan voor de dader. De politie gaat ervan uit dat ze niet vrijwillig is verdwenen, maar dat haar iets is aangedaan...'

'Nee!' roep ik. 'Nee, nee, nee...' Huilend zak ik in elkaar.

'Lynn?'

Sjouk pakt de telefoon uit mijn hand en neemt het gesprek met Matthew over. Kalm en zacht klinkt haar stem; professioneel, zoals iemand met haar beroep hoort te doen, stelt ze een paar vragen. Mijn oren sluiten zich voor een deel af, ik voel me verlamd.

Niet mijn moeder, niet ook mijn moeder, niet net als Bella.

'Maak je geen zorgen, ze is bij mij in goede handen,' hoor ik Sjouk zeggen.

31

Badend in het zweet word ik wakker. Ik kijk om me heen; zwak lamplicht valt naar binnen. Als ik zie dat ik in Bella's chalet ben staan al mijn zintuigen op scherp. Mijn moeder – er is iets met haar gebeurd. Ik moet onmiddellijk Matthew bellen.

Ik rol op mijn zij en gris naar mijn telefoon. Het is 3:30 uur. Op het nachtkastje staat een glas water; het doosje met slaaptabletten ligt ernaast. De overgordijnen zijn maar voor een deel gesloten. De buitenlamp naast de voordeur brandt.

Vaag herinner ik me weer dat Sjouk me hiernaartoe bracht nadat zij met Matthew had gesproken. Ik open mijn WhatsAppberichten en zie dat Matthew rond middernacht nog een bericht heeft gestuurd. Daarin laat hij weten dat hij mij vanavond thuis verwacht. Hij schrijft dat de kinderen nog even bij zijn moeder blijven zodat wij rustig kunnen praten. Hij noemt me 'liefje' en neemt me – gezien mijn psychische conditie – niet kwalijk dat ik zo labiel ben, maar vindt het wel vreemd dat ik niet gezegd heb dat ik bij een vriendin in Drenthe verbleef.

'We zijn toch getrouwd, Lynn,' schrijft hij. 'Daar hoort vertrouwen bij.'

Vertrouwen, ja, ja; ik huiver. Driftig sla ik het dekbed van me af. Als ik het schemerlampje aanknip zie ik er een briefje onder liggen. Het is van Sjouk. Ze schrijft dat ze me een slaappil heeft gegeven en dat ik haar altijd kan bellen. Ze wenst me veel sterkte.

Ik scrol door het menu van mijn telefoon, kijk bij het nieuws van RTV Rijnmond en zie dat er eergisteren een bericht is geplaatst van een overval op een woning waarbij vermoedelijk de bewoonster iets is aangedaan. Van de vrouw ontbreekt ieder spoor. De politie is een onderzoek gestart en doet een beroep op getuigen.

Ik herken de straat en het flatgebouw van mijn moeder. Het bericht grijpt me bij de keel. Door een waas van tranen staar ik naar een foto van mijn moeder van ten minste vijftien jaar terug. Mijn moeder is nog blond, ze is bruinverbrand door de zon en straalt die bekende onoverwinnelijke levenslust uit die zo kenmerkend is voor haar. De foto was genomen tijdens een zeiltocht rond de Griekse eilanden die ze toen samen met mijn vader maakte. Na de dood van mijn vader stond de foto naast haar bed.

Het voelt alsof mijn hart wordt samengeknepen. Ik sluit mijn telefoon, veeg het traanvocht van mijn gezicht en recht mijn rug. Ik moet iets doen; mijn moeder heeft me nodig. Matthew wil dat ik vanavond naar huis kom, maar waarom zou ik tot vanavond wachten? Haastig zoek ik mijn kleren bij elkaar en kleed me aan.

Een rilling loopt langs mijn klamme rug als ik de keuken in loop. Het is er kil. Leunend tegen het aanrecht staar ik peinzend naar de stapeltjes met brieven. Ik besef dat ik daar nog maar één brief van gelezen heb en de inhoud daarvan loog er niet om. Bella zal de brieven met een reden bewaard hebben. Gezien de omstandigheden lijkt het me beter om ze hier niet open en bloot te laten liggen, maar ze te verstoppen.

Ik open kastjes en lades en terwijl ik op zoek ga naar elastiekjes, vind ik een rol touw. Ik schuif de brieven in elkaar en bind de open exemplaren bij elkaar met het touw. Dan stop ik ze bij de rest terug in de plastic zak. De zak leg ik in een van de onderste keukenkastjes achter de pannen.

Het enige wat nu telt is mijn moeder. Ik moet naar huis, naar Matthew; misschien dat ik hem nog tref voordat hij naar zijn werk gaat en dat hij me meer kan vertellen. Vlug gris ik een pak met eierkoeken uit de kast, zoek naar mijn autosleutels en vul mijn tas met de belangrijkste dingen: telefoon, portemonnee, een flesje water en mijn slaaptabletten.

Als ik bij mijn auto aankom, zie ik tot mijn verbazing dat de Saab van Sjouk weg is. Lang kan ik er niet bij stilstaan; was zij ook geen nachtbraker? Ik stap in mijn auto en rij het park af.

De onverlichte, bochtige weg die langs de weilanden naar de snelweg leidt, doemt dreigend voor me op. Ik herinner me dat Sjouk het gisteravond over een stroomstoring had. Blijkbaar is die hier nog niet verholpen. Een lichte aarzeling gaat door me heen; ben ik wel in staat om midden in de nacht met alcohol in mijn bloed en duf van de slaaptabletten dat hele stuk terug te rijden naar Rotterdam?

Ja, zegt een stem in mij, dat ben je. Je moeder is verdwenen. Iemand heeft haar iets aangedaan. Wie? Dezelfde persoon die Bella iets heeft aangedaan?

32

Bijna op de tast en slingerend om rotondes waar lantaarnpalen als gedoofde kaarsenstompen langs de weg staan, heb ik na drie kwartier eindelijk het donkere Meppel achter me gelaten.

De dageraad zet de snelweg langzaam in een gouden gloed als ik mijn weg naar Rotterdam vervolg. Om wakker te blijven heb ik het volume van de radio opgevoerd. De stem van de nieuwslezer dringt maar half tot me door. In mijn hoofd is uitsluitend ruimte voor de vraag wie mijn moeder iets heeft aangedaan.

Na een tijdje verandert de heldere lucht; wolken trekken samen en het begint zachtjes te regenen. Al snel gaat de regen over in fikse buien. Meegezogen in de monotone beweging van de ruitenwissers voel ik hoe de hypnotiserende werking daarvan me kalmeert.

Links, rechts... Links, rechts...

Mijn malende hoofd krijgt eindelijk rust. Het geluid van de radio verzwakt. Mijn ogen vallen af en toe dicht. Links, rechts... heen en weer... links...

Toet-toet!

Ik schrik op en kijk opzij. Een claxonnerende automobilist die me probeert in te halen wijst naar zijn voorhoofd. Ik zit bijna op zijn weghelft. Met een ruk aan het stuur weet ik de auto weer op koers te krijgen. Ik laat het zijraampje zakken. Een windvlaag slaat in mijn gezicht, regendruppels vallen naar binnen, mijn schouder en arm worden nat.

'Wakker blijven! Kom op, trut, wakker blijven,' roep ik tegen de ruitenwissers die me opnieuw doen knikkebollen.

Ik zet de kachel uit en de koude lucht aan. Niet veel later rij ik de parkeerplaats op bij een tankstation. Zodra ik de motor uitzet en het stil wordt, leg ik mijn hoofd even tegen de hoofdsteun. Als ik mijn ogen sluit, val ik acuut in slaap.

Nog geen tien minuten later word ik gewekt door mijn telefoon. Het is Sjouk.

'Waar ben je, meid?' vraagt ze. Ze klinkt bezorgd.

Ik kijk om me heen. Voor mijn neus strekt zich een veldje uit met volle vuilnisbakken. Naast me staan peperdure leasewagens geparkeerd. Het langsrazende verkeer achter me klinkt als een zomerse branding. Ik heb geen idee waar ik ben.

'Lynn?'

'Ja… ik, eh… Ik ben op weg naar huis. Het is mijn moeder, ik moet weten…' Mijn stem valt weg.

'Ik weet het,' antwoordt Sjouk. 'Had je moeder veel geld in huis, sieraden of…'

'Welnee,' roep ik uit. 'Mijn moeder leeft van haar AOW en een klein pensioentje van mijn vader. Ze woont in een huurflatje. Ze had wat spaargeld, maar zeker niet in huis.'

Sjouk antwoordt niet. Ik hoor haar bijna peinzen.

In de stilte die valt trek ik de achteruitkijkspiegel naar me toe en werp er een blik in. Mijn huid is vaal. In het wit van mijn ogen zijn rode gesprongen adertjes zichtbaar. Het doffe haar dat anders zo mooi glanst, hangt in pieken langs mijn gezicht.

'Vertel eens,' gaat Sjouk verder. 'Jouw man… We hebben het er niet over gehad toen je bij mij was, maar eh…' Ze wacht even alsof ze aarzelt om me de vraag te stellen. 'Ik wist niet dat je getrouwd was, het is mijn schuld,' zegt ze er meteen achteraan. 'Ik heb te veel over mezelf gepraat, maar eh… jouw man; hij klonk zoveel ouder dan jij. Klopt dat?'

Ik adem vermoeid uit en nadat ik de spiegel heb teruggedraaid, kijk ik op mijn horloge. Doorgaans ren en vlieg ik op dit tijdstip door het huis. Ontbijt maken, schoolspullen pakken, sporttas klaarzetten, paardrijkleren apart leggen.

'Matthew zegt dat ik overspannen ben. Hij vindt dat ik moet stoppen met mijn werk. Mijn moeder wilde dat ik even afstand nam van alles; van mijn werk, van de kinderen, maar meer nog van Matthew. Ze mag hem niet.'

'Kinderen?' vraagt Sjouk.

'Matthews kinderen,' zeg ik. 'Twee meiden, pubers. Moeilijke meiden, althans een ervan... Niet dat dat een excuus is voor mijn gedrag,' voeg ik er snel aan toe. Ik heb nu al spijt dat ik dit allemaal aan Sjouk vertel. 'Ik ben gewoon moe. Al een hele tijd eigenlijk.'

'Aha.'

Ik kijk opnieuw op mijn horloge; er zal inmiddels een file staan bij Rotterdam.

'Hoe lang zijn jullie samen?'

'Huh?'

'Jij en Matthew... hoe lang ben je al getrouwd met hem?' vraagt Sjouk. Haar stem krijgt iets dwingends.

'Jeetje, Sjouk! Doet dat er iets toe?' val ik uit. Ik kan niet voorkomen dat ik scherp klink.

Stilte.

'Sorry, Sjouk, maar ik zie niet in wat mijn huwelijk met Matthew met mijn moeders vermissing te maken heeft.'

Ik trommel met mijn vingers op het stuur; dit gesprek gaat me irriteren. Ik kijk in de zijspiegel en start de auto. Als het aan de andere kant van de telefoon stil blijft, geef ik Sjouk haar zin.

'Matthew is twintig jaar ouder dan ik, we zijn bijna vier jaar samen, ik ken hem van mijn werk... hij is auteur... hij komt uit een steenrijke familie, hij heeft Amerikaanse roots, is twee keer gescheiden en ik was heel gelukkig... ben heel gelukkig met hem...' corrigeer ik mezelf.

Ik blaas fluitend mijn adem uit.

Sjouk merkt het op. Ze zegt dat ik rustig moet blijven en geen overhaaste beslissingen moet nemen. Ze wijst me erop dat ik het chalet van Bella nog moet aanpakken.

'Je moeder zou niet willen dat je daarmee stopt, toch?'

'Ja, ja, ik weet het,' antwoord ik vinnig. Ik lik langs mijn droge lippen en voel hoe een stille woede zich in mij vastzet.

Wie heeft mijn moeder iets aangedaan?

'Lynn? Beloof je me straks te bellen als je in Rotterdam bent? Ik maak me zorgen om je, ik ben bang dat je...'

'Je hoeft niet bang te zijn,' onderbreek ik Sjouk stellig. 'Ik heb gewoon al een tijdje een slaapprobleem. Als ik goed slaap, kan ik de hele wereld aan. Heus, maak je geen zorgen,' hoor ik mezelf zeggen. Het klinkt niet overtuigend.

'Oké,' antwoordt Sjouk met een zucht. Ze moet aan mijn stem horen dat ik mijn best doe oprecht te klinken.

'Toch wil ik nog één ding van je weten over Matthew. Kan dat?'

'Hij laat je niet los, hè?' Sarcasme klinkt door in mijn stem.

'Wat is Matthews achternaam?'

Ik stoot een lachje uit. *Daar gaan we weer. Wat doet de naam van Matthew ertoe? Lijdt deze dame die zich rechercheur noemt misschien aan beroepsdeformatie?*

'Smith,' antwoord ik. 'Een dóódgewone, alledaagse Amerikaanse naam, Sjouk,' zeg ik met nadruk. 'Mijn man heet Matthew Smith.'

33

Als ik de file overleefd heb en een dik uur later onze straat in rij, is het gestopt met regenen en oogt alles meteen vertrouwd. Voetgangers steken gehaast de weg over, sommigen trekken een hond mee, anderen duwen een kinderwagen. Automobilisten en fietsers passeren, iedereen is op weg naar werk of elders; een nieuwe dag breekt aan in Rotterdam.

Ik parkeer mijn auto aan de overkant van ons huis en wat ik doorgaans door alle drukte nooit zou doen, doe ik nu. Ik kijk naar mijn huis alsof ik het voor het eerst zie. Achter de haag van de voortuin ligt de fraaie entree met de groen glimmende tegeltjes naast de voordeur. De lamellen voor de ramen zijn nog gesloten. Matthew moet vergeten zijn ze te openen. Meestal schuiven we ze overdag niet helemaal dicht. Hij zal al naar de zaak zijn; zijn Tesla staat niet op de oprit. Alles komt nogal vervreemdend op me over. De laatste keer dat ik hier voor de deur stond, was toen ik afscheid nam van mijn moeder. Vlak voordat ze... Ik voel een steek in mijn hart. Waar zou ze nu zijn? En hoe zou het met Matthew zijn?

Na gisteravond hebben we elkaar niet meer gesproken. Hij zal flink balen. Balen van zijn misgelopen congres, balen van mijn moeders naïviteit om de deur voor een overvaller te openen, en balen van mij omdat ik hem heb voorgelogen over mijn verblijfplaats.

Gespannen blijf ik zitten; nadenkend over wat ik zo ga doen, staar ik naar mijn telefoon. Het belangrijkste is om zo snel mogelijk contact te leggen met de politie. Maar dan zal ik eerst moeten weten wat Matthew met hen heeft afgesproken. Ik stuur hem een appje met het verzoek mij te bellen. Ik schrijf dat ik weer thuis ben. Daarop stap ik uit.

De voordeur zit op het dievenslot; meteen nadat ik hem heb geopend gaat het alarm af. Behendig toets ik eerst de code in om het alarm uit te schakelen en buk me daarna naar de post. Terwijl ik de enveloppen, dagbladen en huis-aan-huisfolders opraap, bekruipt me het gevoel dat er iets niet klopt. Matthew zal nooit de post van een paar dagen op de mat laten liggen. Was hij vannacht zo ontdaan door het bericht van mijn moeder dat hij hier gewoon overheen is gestapt?

Ik werp een blik op de kapstok, waar alles onveranderd is en de wollen colberts van Matthew nog steeds op dezelfde plek hangen als zondagochtend. Met dit regenachtige weer hangt er meestal wel een regenjack en verwacht ik andere schoenen. Matthew is een schoenengek. 'Jij wisselt vaker van schoenen dan van onderbroek,' heb ik wel eens plagend gezegd.

Terwijl ik nog nadenk over de reden waarom Matthew de post niet heeft opgeraapt, open ik de deur naar de woonkamer. Bij binnenkomst valt het me meteen op dat ook hier sinds mijn vertrek op dinsdagochtend niets is veranderd.

Het is uiterst kil in huis, Matthew moet de kachel niet hebben aangedaan. Waarschijnlijk is hij niet eens in de woonkamer geweest. De kussens en mijn plaid liggen nog op precies dezelfde plek als waar ik ze heb achtergelaten. En als ik naar de tafel loop om daar de post neer te leggen, ruik ik de sterke geur van vuil bloemenwater met een verlept boeket erin.

Om me ervan te verzekeren dat Matthew vannacht niet thuis is geweest – het kan laat zijn geworden en hij kan bij thuiskomst direct zijn doorgelopen naar de slaapkamer – ga ik naar boven.

Mijn pyjama ligt op het voeteneinde van ons bed. Het dekbed ligt nog even strak en teruggeslagen zoals ik het achterliet; niets wijst erop dat hier vannacht iemand heeft geslapen. Ook niet in de logeerkamer. En als ik in de badkamer kijk, is daar geen druppeltje water na het douchen achtergebleven. Matthew zou nooit zonder te douchen en te scheren naar zijn werk gaan.

Ik voel mijn hartslag versnellen; de paniek grijpt me bij de keel als er spookbeelden van een vrouw in een gele jurk met de naam G opdoemen.

Niet in paniek raken... Matthew kan bij zijn moeder zijn, daar zijn de kinderen ook.

Terwijl ik aan de ongebruikte handdoek van Matthew ruik, vult mijn hoofd zich met nog meer achterdocht. Ik pak mijn telefoon en toets Matthews nummer in. Zoals bijna altijd springt de voicemail aan. Trillend van woede wacht ik op de pieptoon. Hooguit één seconde hou ik me in. Dan ontlaad ik. De woorden stromen als vanzelf uit mijn mond.

'Met mij, ik ben thuis, en zo te zien was jij daar niet. Waar was je wel? Bij haar? Bij G?! Wilde je daarom dat ik pas vanavond laat thuiskwam? Om nog snel even de boel te kunnen opruimen en te doen alsof je hier was? Als je nu niet meteen terugbelt ga ik direct naar de politie, dan zal ik zeggen dat mijn moeder jou nooit heeft gemogen en dat ze...'

'Lynn!' Matthew heeft de telefoon opgepakt.

Buiten adem luister ik naar zijn stem, die bekende stem die me ooit zo opwond. Hij praat zacht zodat niemand hem kan horen. Hij zegt dat hij midden in een vergadering zit en dat hij me over een kwartier terugbelt. Hij zegt dat hij er niet langer tegen kan.

'Lynn, je bent jezelf niet. Ik doe alsof ik dit niet gehoord heb, maar Lynn, geloof me: je kwetst me enorm,' zegt hij. Daarop hoor ik de ingesprektoon.

Ik sla een hand voor mijn mond om de luide snikken die volgen te dempen. Mijn lichaam brandt en schudt alsof ik koorts heb. Ik zak in elkaar, moe en verward smeek ik om verlossing. 'Laat het stoppen, laat het stoppen, laat het niet waar zijn...'

Maar hoe ik ook smeek om verlost te worden van de demonen die mijn geest bestoken en me steeds verder en dieper van alles wat ik liefheb wegtrekken, één gedachte dwingt me overeind te blijven: wat Matthew ook beweert, ik ben niet gek.

Drenthe, jaren tachtig

Een paar maanden voor de bruiloft van Bella

Annabelle seint terug, één keer maar, dat is de afspraak. Daarna telt ze tot tien en komt dan direct in beweging. Zo geruisloos mogelijk trekt ze de rits van de tent dicht en neemt haastig de benen.

Als een hinde, lenig en met vaart, springt ze over takken, omgewaaide bomen en lage begroeiing. Hoewel ze is opgegroeid in de grote stad voelt ze zich een buitenmeisje.

Zonder omkijken gaat ze rechtstreeks op haar doel af. Bijna is ze bij het ven.

Ze ademt snel. Haar hart bonkt van het rennen en het verlangen. Daar achter de bomen, bij de aflopende oever, daar lokt een kikkerkoor haar naar de plek waar haar droomprins op haar wacht.

Haar ogen beginnen te glanzen als ze hem ziet staan bij het riet. Hijgend valt ze in zijn armen. Hij kust haar nog onstuimiger dan de dagen hiervoor. Alsof de komende uren die ze samen doorbrengen hun liefde voorgoed moeten bezegelen.

Een deel van haar kleren valt op het bergje textiel dat van hem is. Ze vlijt zich onder zijn naakte lichaam en voelt zijn krachtige verlangen tegen haar blote buik drukken. Ze sluit haar ogen; traanvocht van geluk loopt over haar wangen als hij haar benen met zijn knie uit elkaar drukt en haar daar zachtjes streelt. Ze voelt hoe zijn vinger bij haar naar binnen glijdt. Ze is nat. 'Ga door,' fluistert ze als hij lijkt te weifelen. Nog een vinger, alles is vloeibaar. Haar lichaam schokt, haar bekken gaat omhoog. En terwijl hij zachtjes in haar tepel bijt, stoot hij voorzichtig bij haar naar binnen. Kreunend komt hij klaar.

'Annabelle! Hoe kun je?!'

Ze opent haar ogen. Nee! Giovanni?!

34

Als Matthew belt – een uur later dan hij had beloofd – heb ik me inmiddels gedoucht en omgekleed. Ik heb koffiegedronken, een paar boterhammen gesmeerd, de krant doorgespit op zoek naar nieuwsberichten over mijn moeder en slechts een heel klein stukje over een vermiste vrouw aangetroffen.

'Het spijt me,' zeg ik als Matthew opnieuw begint over mijn woedeaanval. Ik geef de onzekerheid over mijn moeder de schuld – wat deels waar is – en beloof dat ik niet met de politie zal bellen. Matthew zucht en mompelt dat hij niet van me op aankan. Ik antwoord ter geruststelling dat ik mezelf komende week ook nog ga ziekmelden, maar Matthew neemt alweer het woord. Hij zegt dat hij de rest van de dag voor me heeft vrijgenomen en halverwege de middag verwacht thuis te zijn.

'Ik ben straks naar Leiden,' vervolgt hij. 'Afgelopen nacht heb ik bij mijn moeder en de kinderen geslapen, maar blijkbaar heb ik daar mijn agenda laten liggen. Toen ik hem vanochtend wilde raadplegen miste ik hem.'

Ik slik, mijn wangen gloeien. Shit, hij heeft dus in Leiden geslapen. Nog net op tijd hou ik de woorden binnen die op mijn lippen branden als ik wil zeggen dat die agenda gewoon thuis ligt. Dat ik hem heb gevonden en per ongeluk heb doorgebladerd. Dat ik daarom van zijn geheime afspraken met G weet…

'Oké,' antwoord ik vlak. 'Zal ik koken?' vraag ik om het onderwerp 'agenda' af te sluiten.

'Nee, dat hoeft niet. We laten wel iets komen, we hebben alle tijd nodig om te praten. Morgen komen de meiden weer thuis,' zegt Matthew op zakelijke toon.

'Ja, dat is waar. Dan zie ik je straks,' antwoord ik afwezig.

Terwijl ik de verbinding verbreek zoeken mijn ogen pijlsnel de kamer af naar een agenda. Ik trek de kussens van de bank, haal de plaid weg, voel tussen de bankdelen, werp me op mijn knieën voor de salontafel en speur de grond af naar een zwart boekje met een elastiek eromheen. Een agenda waar ik zo driftig in heb zitten bladeren dat het papier ervan scheurde.

Na tien minuten vergeefs zoeken ben ik buiten adem en geef ik het op. Ik leg mijn telefoon aan de oplader en besluit het huis bewoonbaar te maken voor als Matthew thuiskomt. Ik weet dat hij de pest heeft aan rotzooi. Ik schik de kussens, leeg de bloemenvaas en ruim de ontbijtspullen op die nog in de keuken staan.

'Morgen zijn de meiden weer thuis.' Die laatste opmerking van Matthew echoot na in mijn hoofd. Het lijkt een eeuwigheid geleden dat ik ze gezien heb. Ik probeer een soort moedergevoel bij mezelf te creëren, iets wat met hartzaken te maken heeft. Iets waarbij ik me hoor af te vragen wat ze allemaal in een paar dagen tijd zonder mij beleefd hebben, of ze aan mij gedacht hebben en mij gemist hebben... Ik weet vrijwel zeker dat dat niet zo is.

Misschien heeft Amber naar me gevraagd toen ze weer een beetje aan de beterende hand was. Maar mocht dat al zo zijn, dan zal iedere belangstelling van haar kant onmiddellijk door Noa zijn afgestraft door het belachelijk te maken. De moeder van Matthew zal haar kleindochter niet corrigeren; integendeel, haar kennende zal ze daar nog eens een schepje bovenop doen. Ik denk aan die paar keer dat we elkaar troffen en zij me minachtend bekeek en veel te licht bevond voor haar flamboyante, intelligente zoon; de herinnering ligt nog vers in mijn geheugen.

Ik werp een blik op de keukenklok, zet de vaatwasser aan en maak me uit de voeten. Voordat Matthew thuiskomt moet ik uitgerust zijn, scherp zijn, de juiste vragen stellen en me niet laten afleiden door slaapgebrek en emoties. Een paar uur slaap zal me daarvoor behoeden. Voordat ik naar boven ga check ik vluchtig nog even of alles in de woonkamer er vlekkeloos uitziet. Ik raap de post van de tafel en scheidt de reclamefolders van de bankafschriften en overige post. Haast gedachteloos leg ik de enveloppen die geadresseerd zijn aan Matthew apart. Dan wordt mijn aandacht door een van die enveloppen getrokken. Het papier is vergeeld bij de hoeken en de lijmrand waarmee hij is dichtgeplakt is uitgedroogd. Een deel van de envelop is daardoor nog open.

Als afzender staat er een logo van een mij onbekend Italiaans restaurant op. Ik ga ervan uit dat het om een reclamefolder gaat en leg hem automatisch boven op de krantjes voor de papierbak.

Ik vervolg mijn weg naar de slaapkamer maar halverwege de trap hou ik mijn pas in. Er dringt zich iets aan me op. Iets wat ik in verband breng met het logo op die envelop.

Gravend in mijn geheugen loop ik terug naar de woonkamer, pak de envelop van de stapel met oud papier en draai hem om in mijn hand. Ik doe mijn best me te herinneren waarom hij me bekend voorkomt.

Onmiskenbaar staan er de kleuren van de Italiaanse vlag op. Eromheen staat in goudkleurige letters: *Ristorante Casabe*… De rest van de naam gaat verloren onder een slordig opgeplakte postzegel en de vegen van een poststempel.

'Casabe…?' zeg ik hardop peinzend.

Dan schiet dat Drentse dorp met die brink en die uientoren ineens door me heen. Ik zie de man op de parkeerplaats bij de supermarkt weer voor me. Had hij niet een groen schort aan met dit logo erop?

35

De envelop gloeit in mijn hand. Ik moet denken aan de agenda van Matthew. Daar had ik ook niets in te zoeken, toch keek ik erin. Alles in mij schreeuwt dat ik de enveloppe verder open moet scheuren; het papier heeft immers al gedeeltelijk losgelaten.

Laat die envelop dicht.

'Aan M. Smid', staat er boven ons adres. Roerloos staar ik naar het handschrift, dat er nogal schools uitziet. De achternaam van Matthew is verkeerd gespeld. Iets wat mijn wantrouwen zou moeten wegnemen. De afzender is duidelijk iemand die hem niet kent. Mijn eerdere veronderstelling – dat er een reclamefolder in zit – moet me ervan overtuigen de envelop dicht te laten. Maar waarom staat Matthews naam er dan op? Het kan een nagestuurde rekening zijn omdat Matthew zijn creditcard was vergeten. Het kan ook om een uitnodiging gaan voor de opening van een verbouwd of nieuw restaurant, of misschien heeft Matthew wat informatie opgevraagd voor een zakendiner. Maar dan zou hij toch een digitaal antwoord krijgen en niet zo'n aftands briefje via de post?

'Kom, je bent moe, ga naar bed,' zeg ik hardop, alsof ik tegen een van de kinderen praat. Waarom zou ik me druk maken over een nietszeggend stukje papier uit een dorp in Drenthe.

Drenthe?!

Mijn vingers trillen. Ik knijp het papier bijna samen tot een bal die ik meteen weer gladstrijk. Ik bijt op mijn lip.

Doe het niet, de brief is niet aan jou gericht…

Een blaadje met lijntjespapier dat slordig is afgescheurd van een notitieblok komt tevoorschijn nadat ik de envelop heb losgerukt. Ik vouw het open.

Je kunt nog terug, je hoeft het niet te lezen.

In hetzelfde handschrift, met de ronde letters, staan een paar woorden die ik niet begrijp maar waarvan de dreigende toon me niet ontgaat: TER HERINNERING: 3 NOVEMBER... JIJ WEET HET, ÉÉN TON IS VOOR JOU. DE REST VAN HET GELD IS VAN MIJ. IK HEB ER RECHT OP. IK HOEF MAAR MET DIE SJAAL NAAR DE POLITIE TE GAAN OF JIJ HANGT.

Ik laat me op een stoel vallen en grijp me vast aan de tafel; ik durf bijna niet te ademen.

Waar gaat dit over? Van welk geld krijgt Matthew een ton en waarom? Hoezo hangt hij vanwege een sjaal?

Het begint te draaien voor mijn ogen. Gedachten aan mijn moeder, Bella en de man uit het dorp in het groene schort tuimelen over elkaar. Die andere man met datzelfde schort noemde hem Mario. Ik krijg er geen grip op. Komt deze brief van die Mario? De man keek me aan alsof hij me ergens van herkende. Zou hij geweten hebben dat ik de vrouw van Matthew ben? Weer probeert mijn brein alle informatie te verwerken. Met de brief nog in mijn hand sta ik op. De envelop is zo gescheurd dat ik hem niet meer kan gebruiken.

Mijn ratio zegt dat ik open kaart moet spelen; dat ik Matthew ga uitleggen dat het door mijn slapeloosheid komt dat ik zo achterdochtig ben. Dat ik weet dat het geen excuus is, maar dat ik daarom ook in zijn agenda heb gekeken. Terwijl ik dat overweeg stop ik de brief in mijn broekzak.

Ik ben helemaal niet van plan om open kaart te spelen, veel te gevaarlijk. Mijn moeder is vermist, net als Bella, en als mijn moeder iets is overkomen wat verband houdt met deze Mario, dan zou Matthew daar wel eens van op de hoogte kunnen zijn. Misschien kan Matthew hierdoor geen kant op en wordt hij gechanteerd?

Opnieuw gaat er een schok door me heen; zou de politie hiervan op de hoogte zijn? Kan ik hen alarmeren zonder dat ik daarmee Matthew in gevaar breng?

Ik denk weer aan de datum die in het briefje genoemd wordt: 3 november. Waarom op die datum? Vaag herinner ik me iets wat verband houdt met die dag. Een verjaardag, een jubileum, iets met de kinderen...? Ik kan er geen vinger achter krijgen. Voordat ik mezelf weer gek ga maken met vragen die ik niet kan beantwoorden, besluit ik om – zoals ik me al had voorgenomen – naar boven te gaan, een slaappil te nemen en me over te geven aan een diepe slaap.

Dat moet; het is de enige manier om daarna op de been te blijven en antwoorden te vinden. Antwoorden die Matthew mij gaat geven.

36

Ik voel een koele hand op mijn voorhoofd en als ik mijn ogen open, zie ik Matthew op de rand van ons bed zitten. Hij ziet er vermoeid uit. Hij heeft donkere kringen onder zijn ogen. Hij ruikt ongewassen en heeft een flinke baard. Hij moet zich in geen dagen hebben geschoren. Even vraag ik me af hoe hij in Brussel zichzelf zo heeft kunnen presenteren, maar snel verdring ik die gedachte door me uitsluitend op het hier en nu te concentreren.

'Hallo,' zegt hij ietwat stroef. Hij heeft zijn hand weer teruggetrokken en in zijn schoot gelegd. Hij kijkt me fronsend en bezorgd aan. 'Hoe is het nu met je?' vraagt hij. Het klinkt alsof we elkaar jaren niet gezien hebben.

Ik lach verlegen naar hem en kom langzaam overeind.

'Gaat wel,' zeg ik. 'En jij?'

Matthew draait zijn hoofd weg en staart naar het nachtkastje, waarop mijn telefoon ligt.

'Zijn dat je slaappillen?' vraagt hij, wijzend op het doosje met medicijnen dat ernaast ligt. Hij pakt het op, draait het om in zijn hand en murmelt iets over de dosering.

'Weet je al meer over mijn moeder?' vraag ik. Ik zit nu rechtop in bed.

Matthew schudt zijn hoofd. In de stilte die valt zet hij het doosje met slaaptabletten terug en kijkt me indringend aan.

'Wat is met je, Lynn? Waarom heb je niet gezegd dat je bij een vriendin in Drenthe logeerde en waarom riep je al die vreselijke dingen door de telefoon? Ik begrijp niet...'

Matthew slikt. Zie ik tranen in zijn ogen?

'Weet je hoe ongerust ik was toen de politie mij belde om te zeggen dat je moeder was overvallen? Ik was in de veronderstelling dat jij daar ook was. Ik kon je moeder niet bereiken, en jij nam de telefoon niet op. Lynn, ik was doodsbang dat er iets vreselijks met je gebeurd was.'

Ik knik spijtig. Ik voel me verscheurd door medelijden en twijfels. Het is allemaal mijn schuld wat Matthew overkomt. Als ik niet zo achterdochtig was geweest en gewoon eerlijk had gezegd dat ik in het chalet van Bella... Nee, ik kan het niet zeggen. Nog niet.

'Heb je dat aan de politie verteld, dat ik bij mijn moeder logeerde?' vraag ik.

'Tuurlijk.' Matthew recht zijn rug. De toon in zijn stem wordt streng. 'En dat moest ik gisteravond weer rechtzetten toen ik die Sjouk aan de lijn kreeg. Ik heb de politie uitgelegd dat je een burn-out hebt en in de war bent.'

Weer knik ik. 'Het spijt me,' zeg ik.

Opnieuw valt er een stilte.

Zoekend naar de juiste woorden probeer ik alle negatieve gedachten over Matthew weg te drukken en iets opbeurends te bedenken. Maar hoe ik ook mijn best doe, ik zie hem steeds met die vrouw in die gele jurk voor me. Ook de letter G begint weer voor mijn ogen te dansen.

'Matthew, heb je geldproblemen?' Ik flap het eruit.

Meteen krijg ik spijt.

Matthew kijkt terecht verbaasd. 'Hoe kom je daarbij?' zegt hij.

'Ik... ik zag de post liggen en, er waren wat rekeningen, een aanmaning en...'

Matthew begint te lachen; hij gooit zijn hoofd in zijn nek en een bulderende lach rolt over zijn lippen. Ik schrik ervan.

'O, Lynn, in dat mooie hoofdje van jou gaat zoveel om, het staat nooit stil, hè?' zegt hij hoofdschuddend.

Dan opeens verstrakt zijn gezicht. De lach is even snel weg als dat hij kwam; opnieuw zie ik die blik in zijn ogen die ik het beste kan omschrijven als afkeer. Ik verdring de opkomende onzekerheid die dat bij me oproept door te denken dat het door zijn baard komt waardoor hij zo grimmig lijkt.

'En het ergste is dat je spoken ziet,' vervolgt Matthew. 'Ben je vergeten hoe succesvol mijn boeken zijn? Het is maar goed dat ik indertijd ben overgestapt naar jouw uitgeverij. Die sukkel waar ik eerst bij zat was alleen maar geïnteresseerd in kookboeken en thrillers.' Matthew snuift hoorbaar.

Ik kan me nog herinneren op welk moment Matthew bij de uitgeverij werd binnengehaald. We hebben het nooit over zijn vorige uitgever gehad, maar nu hij over kookboeken begint, moet ik automatisch aan de kookboeken van Bella denken. Haar kookboeken zijn overal ter wereld vertaald en hebben mijn tante schatrijk gemaakt.

Dat kun je van Matthews boeken niet zeggen; ik ken inmiddels de oplages van zijn boeken en de verkoop daarvan is de laatste twee jaar drastisch afgenomen. Matthew mag zichzelf dan succesvol vinden, als hij zijn ideeën over management geen nieuw leven inblaast weet ik zeker dat Ben zijn boeken niet langer zal uitgeven.

Matthew moet aan me merken dat ik me ongemakkelijk begin te voelen. Hij veert op, en op die zoete toon die ik ook van hem ken vraagt hij of ik in staat ben om me aan te kleden en samen wat te gaan eten.

'Wat zal ik laten komen?' vraagt hij. 'Wat vind je lekker: Thais, Surinaams, Chinees, Italiaans...?'

'Italiaans,' antwoord ik stellig. 'Heb ik je ooit verteld over Bella, mijn tante, het jongere zusje van mijn moeder?'

Gespannen wacht ik op Matthews reactie. Zonder zich te bewegen kijkt hij me uitdrukkingsloos aan. Daarop fronst hij zijn voorhoofd.

'Nee, Lynn, ik kan me niet herinneren dat je het ooit over een tante hebt gehad. Hoezo? Hoe kom je daar ineens zo bij?'

Ik adem langzaam uit, me afvragend of Bella echt nooit ter sprake is gekomen, of dat hij doet alsof hij het is vergeten.

'Mijn tante is vermist, net als mijn moeder. Vier jaar geleden is ze spoorloos verdwenen,' zeg ik.

Weer wacht ik even. Geen reactie. Matthew kijkt op zijn horloge.

'Ze was kok, tv-kok, ze kookte uitsluitend Italiaans met een Hollandse twist, wat haar uniek maakte. Ze is het laatst gezien in Drenthe. Ken jij mensen in Drenthe, Matthew?'

Mijn stem hapert, mijn hartslag versnelt.

'Nee, niemand; waarom zou ik?' zegt hij haastig. 'Wie zou ik in Drenthe moeten kennen? Jezus, Lynn, begin je weer? Is dit een kruisverhoor?'

Matthew staat op, kwaad loopt hij weg.

'Maar blijkbaar ken jij daar wel mensen. Logeer je daar zelfs bij iemand zonder het aan mij te laten weten. Lekker stiekem, vind je niet?' Met een klap slaat hij de deur achter zich dicht. Ik hoor hem de trap af rennen.

Ik sta op en terwijl ik mijn spijkerbroek aantrek, voel ik even in mijn broekzak of de brief uit Drenthe daar nog in zit. Nadenkend over de dreigende taal die daarin staat, staar ik naar de dichte deur en vraag me af wat Matthew drijft en waarom hij tegen me liegt.

37

Het is bijna middag als ik vanuit de hal beneden kibbelende stemmen hoor klinken. De meiden zijn weer thuis. Matthew heeft vandaag een vrije dag genomen om ze op te halen.

Onze avond verliep gisteren behoorlijk ongemakkelijk. Tot mijn opluchting werd er niet meer over zijn zoekgeraakte agenda gepraat, en ook over mijn logeerpartij bij Sjouk stelde hij gelukkig geen moeilijke vragen. Dus toen Matthew over een vrouw in een gele jurk begon en mij daarbij beschuldigde van gewauwel, haalde ik laf mijn schouders op en zei dat ik een nachtmerrie had gehad.

We aten onze pizza's maar voor de helft op en ik moest een paar keer herhalen dat ik geen contact zou opnemen met de politie. Volgens Matthew hadden zij hem verzekerd dat ze alles in het werk zouden stellen om mijn moeder te vinden. Daarna zette hij de tv aan, en terwijl hij zich van mij afsloot door te gaan zappen, vertrok ik naar boven.

Matthew slaapt voorlopig in de logeerkamer. Dat leek hem niet alleen voor mij beter, maar ook voor zijn eigen nachtrust. Hij was moe, had hij gezegd, moe van al deze toestanden met mij en mijn moeder. Hij benadrukte dat als ik niet snel aan mezelf ging werken, hij niet wist of we onze relatie nog wel moesten laten voortduren. 'Misschien pas je toch minder goed bij me dan we aanvankelijk dachten,' had hij koeltjes opgemerkt. De opmerking stak me recht in mijn hart. Hoe kon hij zoiets zeggen, juist onder deze omstandigheden?

Om niet toe te geven aan de onrust die me weer in zijn greep krijgt, ga ik de bedden verschonen. Ik heb net de laatste hand gelegd aan Ambers bed als ik mijn telefoon hoor zoemen. Na mijn moeders verdwijning heb ik hem standaard bij me. Want wat ik Matthew niet verteld heb, is dat ik vannacht, toen ik weer niet kon slapen, contact heb gezocht met de politie. Ik heb alle informatie die ik had over mijn moeder – recente foto's van haar, haar vriendinnenclubjes, haar wandelroutes, kortom: alles wat haar dagelijks bezighield – naar ze doorgestuurd. Ook heb ik ze duidelijk gemaakt dat haar zusje Bella vier jaar geleden hetzelfde is overkomen en dat we tot op de dag van vandaag niet weten wat er met haar gebeurd is.

'Ja, met Lynn van Waasdorp,' zeg ik verwachtingsvol. Iemand van de politie zou me tijdens kantooruren terugbellen hadden ze vannacht gezegd.

'Met Sjouk, ben je thuis?'

'O, Sjouk, ben jij het?' De teleurstelling in mijn stem kan ik niet verbergen. 'Ja, ja, ik ben thuis. Sorry, ik zou je bellen, maar...'

'Kun je praten?' Sjouk klinkt opgewonden. Ze praat met die typische stem die het midden houdt tussen een bariton en een bas.

'Ja, ik... Hoe bedoel je of ik kan praten?'

'Is hij er? Jouw man?'

'Ja, hij is beneden bij de kinderen; ze zijn net weer thuisgekomen van hun logeerpartij. Maar waarom doe je zo geheimzinnig, Sjouk? Is er iets gebeurd, iets met het chalet, of...'

'Ik heb onderzoek gedaan naar hem,' antwoordt ze kort.

Er valt een stilte waarin ik me afvraag of ze het nu over Matthew heeft of over iemand anders. Weet Sjouk iets over die geldkwestie?

'Naar wie heb je onderzoek gedaan, Sjouk?' vraag ik. Ik voel me warm worden, bang voor het antwoord dat ik niet wil horen en dat ergens ver weg in mijn hoofd sluimert: Sjouk weet iets over Matthew.

'Dat kan ik niet telefonisch of via appjes bespreken,' zegt ze. 'Wanneer ben je weer hier?'

Een lichte schok gaat door me heen. Ga ik dan terug? Ik kan toch niet zomaar weggaan, niet nu ik net weer thuis ben en de komende week de school begint?

'Ik... heb geen idee, hoezo, ik...' Haperend probeer ik mijn gedachten te ordenen.

Beneden klinkt gestommel, er rolt iets over de vloer, de voordeur klapt dicht. Noa roept tegen Matthew dat het zijn schuld is.

'Lynn?! Lynn, ben je boven?' Matthews stem vult het trapgat.

Ik ga op bed zitten. Kan ik dit geschreeuw nog aan?

'Het is belangrijk,' hoor ik Sjouk in mijn oor zeggen. De toon in haar stem wordt dwingend als ik niet reageer. 'We hebben een hoop te bespreken, over Bella en je moeder... Zorg dat je hier uiterlijk morgenmiddag bent. Oké?'

Als een naderend onweer stampen de twee meiden achter elkaar de trap op. De verbinding met Sjouk is verbroken. Nog enigszins beduusd zit ik met de telefoon tegen mijn oor gedrukt als Amber als eerste boven is en haar kamer in loopt. Ze legt haar handen ter hoogte van haar middel en klaagt over pijn. Ademhalen kost haar moeite. Terwijl ze op me afkomt, lacht ze flauwtjes. Ze draagt nieuwe, spierwitte sneakers met dikke zolen waardoor ze ineens een stuk langer lijkt. Haar haar heeft ze in een staartje bij elkaar gebonden, haar donkere ogen nemen me peilend op. Ik zou haar moeten omhelzen, welkom moeten heten, vragen hoe ze zich voelt... In plaats daarvan kom ik langzaam overeind.

'Hi,' zegt ze. 'Heb je ons gemist?'

Ik knik en zwijg; ik zit op slot. Mijn keel heeft zich afgesloten, mijn lichaam lijkt bevroren. Houterig kom ik in beweging als ook Noa zich bij ons voegt.

'Lynn, daar ben je dan,' zegt Noa op overdreven toon. 'Pap zei dat je een burn-out hebt. Oprecht?! Wat fokking kut voor je. Ben je nu depri? Toch niet van ons, hè?'

Ik kijk in het brutale gezicht van Noa. Haar beugel licht op als haar lippen iets wijken. Ze draagt een nog strakkere jeans dan anders. Een broek die ik niet ken, die ze vermoedelijk van oma heeft gekregen en die als een panty om haar dikke billen sluit. In de pijpen zitten zoveel scheuren dat de bleke huid van haar benen er kouwelijk doorheen schemert. Haar ogen zijn zwaar opgemaakt met grijze oogschaduw, zwarte eyeliner en donkerblauwe mascara. Haar nagels heeft ze nachtblauw gelakt.

Matthew en ik hebben er regelmatig discussies over gehad, over make-up bij de meiden. Ik vond het niet kunnen, hem maakte het niet uit. Het resultaat staat nu voor mijn neus; een meisje van dertien dat eruitziet als een hoer. Ik kijk er met afgrijzen naar en tegelijk kan het me geen bal meer schelen; ze doet maar. Ik heb belangrijkere dingen aan mijn hoofd.

Mijn houding blijft ijzig; ik vraag kort of de logeerweek leuk was en zeg dat ik inderdaad tijdelijk gestopt ben met mijn werk omdat het me te veel werd. Ik zeg bewust niets over mijn moeders vermissing, omdat ik de indruk krijg dat Matthew hen daar niet over heeft ingelicht. Ergens kan ik hem dat niet kwalijk nemen – mijn moeder heeft nooit aandacht besteed aan zijn kinderen – aan de andere kant vind ik het bizar. Het is wel míjn moeder.

Als er een stilte valt heeft Noa haar aandacht alweer bij haar telefoon. Amber is zo lief om te vragen of ze haar vuile lakens in de wasmachine moet stoppen. Ik schud mijn hoofd en wijs haar op haar gekneusde ribben. Dan wacht ik even, en wat ik een maand geleden nooit over mijn hart had kunnen verkrijgen, doe ik nu. Ik hoor mezelf zeggen dat ik een paar dagen uit logeren ga.

'Ik ga naar een vriendin,' zeg ik. 'Heus, dat is beter. Beter voor ons allemaal,' voeg ik eraan toe als Amber begint tegen te sputteren en vraagt wie haar dan als ze weer beter is naar paardrijles brengt.

'Dat weet ik niet,' verzucht ik bits. Ik schrik van mijn eigen stem, maar kan de toon erin niet meer ombuigen. 'Vraag dat maar aan je vader, misschien dat hij daar iemand anders voor kan inhuren,' zeg ik.

Amber kijkt me met grote ogen aan. Misschien is dit wel de eerste keer dat ik zo hard en onterecht tegen haar ben uitgevallen. De spijt die ik voel opkomen kan ik niet uiten. Ik gun haar een normaal gezinsleven met een stabiele moeder.

'Oprecht?' mengt Noa zich erin. 'En ik dan? Fok, Lynn, jij laat ons toch niet zomaar barsten?' Noa trekt haar bekende pruillip. De aansteller. 'Dat valt me van je tegen, Lynn. Fok, wat ben jij sneu. Dat noemt zich een moeder.'

Ik trek mijn wenkbrauwen op en reageer niet. Integendeel, ik pak de vuile was bij elkaar en loop op de deur af. Nagestaard door Amber hoor ik Noa zeggen dat ik oprecht niet spoor.

De woede laait in me op. Ik draai me om, mijn handen beven. Ik knijp zo hard in de lakens dat mijn knokkels wit worden.

Dit gaat voorbij, het is een fase, het is een puber... je hebt veel belangrijkere dingen aan je hoofd.

Van beneden klinkt opnieuw de stem van Matthew. 'Meiden?! Komen jullie? Ik ben een lunch aan het maken. Wie komt mij helpen met de hamburgers?'

Noa schiet als eerste weg. Amber volgt traag haar zusje. Als ze langs mij loopt, houdt ze even haar pas in en kijkt me hooghartig aan. Haar nog zo kinderlijke gezicht staat ernstig als ze zegt dat ze het met Noa eens is. 'Jij bent niet onze moeder, Lynn, en dat zul je ook nooit worden.'

38

Als ik wat later beneden kom heeft Matthew de tafel gedekt. Deze lunch, die hij doorgaans alleen bereidt met verjaardagen en andere hoogtijdagen, hoort bij zijn gevoel van gezelligheid. Ik ruik de frituur en weet wat er op het menu staat: patat en hamburgers.

Matthew staat met Amber in de keuken; ik hoor hem plagerige opmerkingen maken over een tofuburger, hij noemt haar zijn gezonde vega-meisje. Amber moet lachen. Onwillekeurig moet ik aan haar laatste opmerking over mijn stiefmoederschap denken; het deed me pijn, maar het was wel de waarheid. Een waarheid die me heeft gesterkt in mijn voornemen om terug te gaan naar Drenthe.

Ik stap de woonkamer binnen. Noa zit op de bank. Benen gestrekt naar de salontafel, vuile sneakers op het smetteloze glas. Ze kijkt even op van haar telefoon als ze mij ziet. Een spottend lachje verschijnt om haar mond als ik vraag of ze haar voeten van tafel wil halen. Het is erin gesleten; ik weet niet beter dan dat ik de afgelopen paar jaar voornamelijk Matthew napraat als het om dingen gaat die niet mogen of horen. Ik vraag me ineens af of mijn invloed er nog toe doet, nu hij en ik op dit dode punt in onze relatie zijn aangekomen.

Noa moet mijn twijfel zien. Ze haalt haar schouders op, en tegen alle verwachtingen in zet ze een voor een haar voeten onder groot gesteun op de grond. Voorheen zou ik haar bedankt hebben, nu draai ik me om en loop door naar de eettafel. Werktuigelijk controleer ik of alles erop ligt. Melkglazen voor de kinderen, waterglazen voor ons, bestek, mayonaise, tomatenketchup, glutenvrij en gewoon. Als ik zie dat Matthew de servetten is vergeten, loop ik naar de servieskast en open gedachteloos een van de lades.

Meteen wordt mijn aandacht getrokken door een stapeltje post dat daar gisteren nog niet lag. Aanvankelijk ziet het ernaar uit dat dit dezelfde post is die ik gisteren op tafel had gelegd. Ik zie dezelfde bankenveloppen, maar nu geopend.

Ik haal de servetten tevoorschijn en net als ik de la weer wil sluiten valt mijn oog nogmaals op de post. Een schok gaat door me heen als ik zie dat er een vergeelde envelop met een Italiaans logo uitsteekt. Ik werp een blik over mijn schouder op Noa, die strak op haar telefoon kijkt, en voel in mijn broekzak. De verfrommelde brief uit Drenthe zit er nog in. Hoe kan...?

Roerloos blijf ik voor de kast staan. Beseffend dat er kennelijk nóg een envelop uit Drenthe bij zat die ik blijkbaar over het hoofd had gezien, trek ik de envelop voorzichtig naar me toe.

Hij is dichtgeplakt en uiteraard gericht aan Matthew; weer lees ik de verkeerd gespelde achternaam, weer gaat het logo voor een deel verborgen onder het poststempel, maar tot mijn verbazing is dit keer de naam van het restaurant wel helemaal leesbaar: Ristorante Casabella...

'Er zat vandaag geen post voor jou bij, Lynn.'

Ik krimp ineen. Matthew staat vlak achter me. Hij drukt zijn kin even op mijn schouder om te zien wat ik aan het doen ben. Mijn vingers, waartussen ik de envelop hou, verstijven. Mijn hart bonkt zo hard in mijn lijf dat ik bang ben dat Matthew het kan horen. Hij moet doorhebben dat ik iets voor hem verberg en toch laat hij dat niet merken. Integendeel, hij neemt die zo typische, achteloos elegante houding van hem aan en vraagt of ik wijn bij het eten wil.

'Noa, kom je ook aan tafel?' vraagt hij terwijl hij achter me blijft staan.

Ik kan geen kant op. Seconden tikken voorbij, lijken een eeuwigheid te duren. Ik voel de warmte van Matthews lichaam op me afstralen en durf niet te ademen. Gespannen wacht ik op het moment dat hij vraagt wat ik in mijn hand hou. Het gebeurt niet. Matthew maakt zich van mij los en richt zich op de tafel. Ik hoor hem bestek verleggen, hij maakt plaats voor de schaal met friet.

Amber komt nu ook binnen. Haar ogen prikken in mijn rug; ik voel hoe ze me onderzoekend opneemt. Ze vraagt wat ik aan het doen ben. Ik slik even en antwoord gesmoord dat ik het slacouvert zoek. Ondertussen schuif ik de envelop uit Drenthe met tegenzin tussen het stapeltje post terug en probeer zo natuurlijk mogelijk te reageren.

'Zo, dat ruikt lekker,' zeg ik.

Mijn stem trilt. Niemand die het opvalt. Ik forceer een glimlach en pak het slacouvert uit de la. Ik vraag of er dit keer tomaten door de sla mogen. Noa vist ze er altijd uit en Amber eet ze met lange tanden.

Als ik Matthew passeer naar de keuken grijpt hij me onverwacht bij mijn bovenarm beet. Zijn vingers boren zich pijnlijk in mijn vlees; hij knijpt zijn ogen samen en zet die bekende blik op waarmee hij wil laten merken dat we ons best gaan doen voor de meiden. Geen moeilijke tafelgesprekken, zegt de blik, je houdt je in. Ik kijk van hem weg en probeer mijn arm los te trekken. Zijn greep wordt steviger. Op scherpe fluistertoon zeg ik dat hij me pijn doet. Hij reageert niet.

'Lynn,' zegt hij zacht, zodat de kinderen hem niet kunnen horen. 'Dat wat ik over onze relatie zei, dat spijt me. Je maakt het me de laatste tijd alleen zó verschrikkelijk moeilijk... Ik hou van je, heus...'

De woorden klinken hol in mijn oren. Matthew laat mijn arm los als Noa naar ons kijkt. Zodra ze haar aandacht weer bij haar telefoon heeft, gaat Matthew verder.

'Luister, ik begrijp dat je werk je boven het hoofd groeit; maar *please*, zoek alsjeblieft hulp. Doe het niet alleen voor jezelf, maar ook voor mij, en de meiden. We zijn zo'n mooi gezinnetje.'

Ik wrijf over mijn arm en draai me weg van Matthew. Mijn bloed kookt, maar ik vertrek geen spier.

Mooi gezinnetje, schei toch uit.

Even later, als iedereen op zijn vaste plek aan tafel zit en ik zwijgend met een bevroren glimlach op mijn gezicht de verhalen van de kinderen aanhoor – hoe oma hen verwend heeft, en hoe dankbaar ze zijn voor zo'n lieve oma – moet ik aan mijn moeder denken.

Voor wie zou ze hebben opengedaan? Heeft die persoon haar toen meteen iets aangedaan of heeft ze hem eerst binnengelaten? Waarom heeft hij haar meegenomen, of erger, misschien wel vermoord en ergens gedumpt? Ik voel hoe het bloed uit mijn gezicht wegtrekt. De politie móét me helpen. Ik ga straks bij ze langs en laat me niet wegsturen. Niet voordat ze me alles over mijn moeders verdwijning hebben verteld.

'Lynn? Gaat het, schat? Je bent mijlenver met je gedachten.' Matthew probeert mijn aandacht te krijgen. Noa kijkt me met een scheef, spottend lachje aan. Als ze haar mond opent om weer het woord te nemen, ben ik haar voor.

'Ik kan niet blijven,' zeg ik, en ik schuif abrupt mijn stoel achteruit. 'Het spijt me, het gaat niet goed met me. Je hebt gelijk, Matthew. Ik moet hulp zoeken en tot mezelf komen, dingen op een rijtje zetten; maar dat kan niet hier.'

Matthew staart me met open mond aan. Amber verzucht dat ze niet meer tegen mijn buien kan en Noa begint weer over hockey te zeuren, dat ze haar teamgenoten beloofd heeft dat ik dit weekend zal rijden.

Ik antwoord niet. Ik snel naar boven om mijn spullen te pakken.

Als ik voor mijn kledingkast sta, besef ik dat een groot deel van mijn kleding nog in Drenthe ligt. Ik pak wat extra ondergoed, een pyjama en sokken en gooi ze in een weekendtas. Mijn hoofd bonkt; vechtend tegen de tranen pak ik mijn slaaptabletten en de telefoonoplader van het nachtkastje. Ik open het laatje van het nachtkastje om te kijken of daar nog iets in ligt wat ik zou kunnen vergeten.

Vertrouwde dingen als een pakje zakdoeken, een strip paracetamol, oordopjes, nagellak en een tube handcrème liggen verspreid over de bodem van de la. Geen belangrijke dingen. Net als ik de la weer dichtschuif, valt mijn oog op iets wat achter de zakdoeken ligt. Het is een zwart boekje met een elastiek eromheen. Ik deins achteruit. De agenda van Matthew!

'Lynn?'

Ik draai me met een ruk om en pers mijn lichaam tegen het nachtkastje als Matthew de slaapkamer binnenkomt. Zo onopvallend mogelijk druk ik de la achter me dicht. Matthew kijkt me vertwijfeld aan.

'Waar ga je naartoe?' vraagt hij. Met zijn hoofd gebaart hij naar mijn weekendtas die op het bed staat.

'Naar een vriendin,' zeg ik. Mijn lichaam verstijft.

'Aha, dezelfde als bij wie je de afgelopen dagen was?'

Ik knik.

Er valt een lange stilte waarin ik mijn angst onder controle probeer te krijgen. Het enige waaraan ik kan denken is dat ik kennelijk Matthews agenda mee naar boven heb genomen.

'Jammer,' zegt Matthew. Hij zucht en ziet er echt teleurgesteld uit. 'Ik had gehoopt dat je zou blijven, maar ik begrijp dat het hier bij ons te druk is. Hoe lang denk je bij je vriendin te blijven?'

Ik haal mijn schouders op en voel dat ik begin te transpireren. Mijn lichaam gloeit. Mijn benen drukken zo zwaar tegen het blad van het nachtkastje dat ik bang ben dat het ieder moment onder mijn gewicht kan bezwijken.

Matthew doet een stap naar voren. Als hij zijn armen uitstrekt om me te omhelzen, maak ik een afwerend gebaar.

'Lynn! Verdomme, wat is er toch met je?' Hij ziet nu hoe ik mezelf krampachtig tegen het nachtkastje pers.

'Lynn? Hou je iets voor mij verborgen?'

Ik schud mijn hoofd; ik sta in brand, de vlammen slaan om mijn hals en wangen.

Matthew vloekt. Het volgende moment pakt hij me ruw bij mijn schouder, trekt me opzij en opent de la. Als hij zijn agenda ziet liggen kijkt hij me niet-begrijpend aan.

'Ik kan het uitleggen,' zeg ik, en hoewel mijn stem trilt, verman ik me. 'Maar dat verwacht ik dan ook van jou,' zeg ik met klem.

Rotterdam, jaren tachtig

Een maand voor de bruiloft van Bella

Annabelle heeft hem vandaag geschreven; er gaat geen dag voorbij dat ze hem niet schrijft. Velletjes blauw vloeipapier gaan in even zijdezachte blauwe enveloppen om die hele luchtreis naar hem af te leggen.

Tot nu toe heeft hij haar niet één keer geantwoord, terwijl ze er toch zeker van is dat het adres dat hij aan haar had gegeven klopt. Hij had gezegd dat hij daar zo nu en dan woont. In dat verre land waar zij nog nooit is geweest. Deze week heeft ze dat nog gecheckt bij de overzeese scoutingclub. Ze vermoedt dat hij niet durft te antwoorden. Niet na wat er gebeurd is.

O, god, als ze de klok kon terugdraaien zou ze dat onmiddellijk doen. Dan zou ze nooit naar de spartelvijver zijn gegaan, maar op hem gewacht hebben tot na het kamp.

De lust was sterker. Dat moet ze nu bezuren.

Soms doet ze alsof het een nachtmerrie was. Zoals de nachtmerries die haar de eerste dagen – vlak nadat Kelly was gevonden – voortdurend teisterden. Het was geen nachtmerrie, het was echt. Kelly was dood.

Dat vreselijke kind had Giovanni opgejut, uitgedaagd en meegenomen naar de vijver om hem te laten zien hoe trouw zijn vriendinnetje was. Giovanni was witheet. Vloekend had hij zich op Annabelles droomprins gestort. Het gevecht dat volgde was verschrikkelijk. Twee jongens door het dolle heen, ze sloegen elkaar tot moes. Ze gruwt weer bij die herinnering.

Huilend had ze haar kleren bij elkaar gepakt, zich aangekleed en gesmeekt of ze wilden stoppen. Maar wat ze ook riep en hoe ze ook klaagde, de jongens hoorden haar niet. Het gevecht ging in alle hevigheid door. Temeer omdat dat stomme kind zich ermee ging bemoeien. Die Kelly, die het presteerde om Giovanni nog meer op te jutten.

Ja, nadat Kelly zich erin mengde, raakten de jongens helemaal buiten zinnen. Langzaam verschoof het geweld tussen hen zich naar Kelly en richtte zich nog uitsluitend op haar.

Het trappen en stompen hield niet meer op. Het was te donker om te zien wie er geraakt werd. Als een dolgedraaide machine rolden de figuren over de grond. Annabelle had erbij gestaan, ontredderd, stemloos. Trillend op haar benen en niet wetend wat ze moest doen, wachtte ze af.

En toen ineens was Kelly gaan schreeuwen. Annabelle weet nog precies hoe in die laatste seconde die kreet van Kelly klonk. Als een sirene, een luchtalarm. Iets wat er plotseling is, heel kort maar, en dan, voor je het weet, net zo snel weer stilvalt.

Want stil werd het daarna. Doodstil.

En in die stilte hoorde Annabelle hoe haar droomprins een gesmoorde zucht slaakte. Een zucht, bijna zoals hij even daarvoor nog geslaakt had. Toen hij in haar klaarkwam.

39

Onbewogen sta ik voor Matthew. Hij gaat niet in op mijn opmerking, integendeel; driftig zwaait hij met zijn agenda. Kwaad vraagt hij waarom ik niet gewoon gezegd heb dat die in mijn nachtkastje lag.

'Lynn, ik was dat ding al dagen kwijt. Ik heb het hele huis bij mijn moeder binnenstebuiten gekeerd omdat ik dacht dat ik hem daar had laten liggen, terwijl jij hier...' Matthew schudt zijn hoofd. Zijn donkere ogen achter de brillenglazen fonkelen. 'Ik begrijp niets meer van jou,' zegt hij hoofdschuddend. 'Waarom ben je opeens zo wantrouwend naar mij toe? Heb ik je daar een reden toe gegeven?'

'Ja, dat heb je!' antwoord ik fel.

Ik kom weer in beweging, stap om Matthew heen en begin nerveus te ijsberen.

'Het staat allemaal in die agenda.' Ik wijs verstoord naar het boekje dat hij in zijn hand houdt. 'Al jouw afspraken op de dinsdagen wanneer ik er niet ben. "Lynn weg" staat er. Ben je daarom nu zo in paniek? Omdat je weet dat ik erachter ben gekomen?'

'Hè? Waarachter ben gekomen?! Wat klets je toch?'

Ik stap naar voren en gris de agenda uit Matthews hand.

'Hier,' schreeuw ik.

Matthew staart me verbouwereerd aan en doet een poging de agenda terug te pakken. Ik ben sneller. Ik sla de agenda open, en terwijl mijn vingers razendsnel door de bladzijden gaan, veeg en zoek ik naar de eerste de beste dinsdag waarop hij een afspraak heeft staan met G.

Ik kijk bij twee weken geleden, maar vind niks. Nog driftiger sla ik de bladzijden om, nog verder ga ik terug in de tijd: dagen, weken, maanden – niets. En hoewel ik me herinner dat het papier scheurde de vorige keer dat ik dit deed, ziet alles er nu ongeschonden uit. Ook ontdek ik nergens een telefoonnummer dat rood omcirkeld is.

'Nee, nee, dat kan niet,' roep ik. Paniekerig ruk en trek ik nog harder aan de bladzijden. 'Ik weet het zeker, het stond hier, het stond hier!'

Ik voel hoe het bloed uit mijn gezicht wegtrekt. Mijn ogen flitsen van de agenda naar Matthew. Ik zie hoe hij me vol afgrijzen aanstaart.

'Het moet, het moet,' herhaal ik hysterisch. 'Ik ben niet gek, het stond hier echt!' Ik tik met mijn wijsvinger tegen het papier en wijs op een dinsdag waarbij Matthew heeft aangetekend dat ik naar yoga ben. 'Hier staat het: "Lynn weg", lees dan! En daaronder stond een G!' Ik voel tranen branden. 'Jij hebt het gewist! Dat kan niet anders, je hebt het uitgegumd... Waarom?!' Mijn lichaam schokt als ik begin te huilen.

Matthew gaat op de rand van het bed zitten. Hij laat zijn hoofd hangen, haalt zijn bril van zijn neus, veegt over zijn gezicht en zucht. 'Lynn, dit gaat zo niet langer,' zegt hij. Hij klinkt vermoeid. 'Ik kan hier niet meer tegen, begrijp je dat? Je beschuldigt mij van dingen die er niet zijn, je bent achterdochtig en raaskalt als een bezetene.'

Mijn mond hangt open. Sprakeloos kijk ik Matthew aan. Word ik gek, zoals hij veronderstelt?

Van beneden roept Amber of alles goed gaat. Er klapt een deur dicht en Noa schreeuwt dat er zo een hockeyvriendin langskomt en of papa kan helpen met een instelling op de telefoon. Matthew reageert door ter geruststelling te roepen dat er niets aan de hand is en dat hij zo naar beneden komt. Daarop klopt hij met zijn hand op het bed en vraagt of ik even naast hem wil gaan zitten.

Aarzelend kom ik in beweging. Stijfjes neem ik plaats naast

Matthew op ons bed. Hij slaat meteen zijn arm om me heen en zegt dat alles goed komt. De agenda valt open in mijn schoot. Nog steeds vol ongeloof en in de hoop iets te vinden wat met die G te maken heeft, sla ik nu kalm een voor een de bladzijden om.

Matthew laat het toe. Ik blader door en lees dezelfde dingen als de vorige keer: afspraken voor de kinderen, aantekeningen met betrekking tot yoga en "bloemen kopen voor Lynn"... Mijn adem stokt. Ik slik moeizaam. Mijn stem weigert dienst als ik een excuus wil maken.

'Kom,' zegt Matthew. Kalm haalt hij de agenda uit mijn hand, legt hem op het nachtkastje en trekt me naar zich toe. Ik ruik zijn vertrouwde, mannelijke geur en leg mijn hoofd tegen zijn borstkas. Ik hoor zijn hartslag, een kalme, regelmatige klop, en voel me heel klein en ongelukkig.

'Kom, Lynn, de kinderen vragen zich af waar we blijven.' Matthew duwt me zachtjes van zich af. Hij heeft zijn bril weer opgezet en kijkt me indringend aan. 'Jij gaat nu naar je vriendin in Drenthe,' zegt hij resoluut. 'Heb je Ben al laten weten dat je voorlopig niet komt?'

Ik schud mijn hoofd. 'Nog niet.'

'Doe het dan zo, en nogmaals, Lynn: ik wil dat je naar een psycholoog gaat. Je bent ziek. Ik wil niet beweren dat je paranoïde bent, maar het zit er dicht tegenaan. Je ziet dingen die er niet zijn, dat weet je zelf toch ook?'

Ik zucht. In weerwil van mezelf geef ik een kort knikje. Ik recht mijn schouders en sta op. Als ik naar het zelfvoldane gezicht van Matthew kijk, loopt er een rilling over mijn rug. Ik plaats mijn voeten iets uit elkaar, zet mijn handen in mijn zij en maak me breed.

Het moet, je moet nu zeggen dat er niets mis is met je en dat je je geen dingen verbeeldt. Dat je heel duidelijk in die agenda hebt gezien dat hij met een zekere G afspreekt. Je moet de dreigbrief uit Drenthe pakken, je moet vragen waarom hij zo achterlijk veel geld aan iemand van een Italiaans restaurant gaat betalen... of hij soms banden heeft met de maffia...

'Lynn?'

'Ja, ik...'

Verder kom ik niet; overspoeld door twijfels komt er geen stom woord over mijn lippen. Matthew zal me uitlachen; de maffia... Moedeloos laat ik mijn armen langs mijn lichaam hangen. Matthew veert op en pakt mijn weekendtas. Ik kijk naar zijn gekromde rug als hij de rits ervan dichttrekt. Voor een man van zijn leeftijd heeft hij nog steeds een mooie gespierde rug met dito schouders en armen.

Als hij zich heeft omgedraaid en met de tas in zijn hand naar de deur loopt, volg ik hem gelaten. Onwillekeurig vraag ik me af of ik hem met een vrouw in een gele jurk zag lopen.

'Je hebt gelijk,' zeg ik. 'Ik ga een afspraak maken met een psycholoog en ik zal zo meteen Ben bellen.'

Matthew draait zich een halve slag en werpt een blik over zijn schouder. Zijn mondhoeken krullen, hij glimlacht flauwtjes. Zichtbaar opgelucht zegt hij dat ik een verstandige vrouw ben en dat hij niet anders van me verwacht had. 'Wil je dat ik je naar je vriendin breng?' vraagt hij.

'O, nee, nee, liever niet,' antwoord ik snel en veel te stellig.

Matthew fronst; mijn reactie moet ondankbaar klinken.

Ik verontschuldig me door haastig te zeggen dat hij er nu voor de kinderen moet zijn en dat ik me wel red. 'Trouwens, zonder auto ben je daar niets,' voeg ik eraan toe. 'Ik wil graag onafhankelijk zijn, begrijp je? Mijn vriendin is al zo gastvrij om me bij haar te laten logeren, ik wil niet ook nog eens gebruikmaken van haar auto.' Vlug wend ik mijn blik af. Straks merkt hij nog dat ik lieg.

'Ik snap het,' zegt hij. 'Maar goed, je weet zeker dat je het daar redt? In dit jaargetijde op zo'n verlaten park; het is daar hopelijk niet gevaarlijk?'

Ik verstar.

Matthew wacht mijn antwoord niet af. Hij draait zich weer om en vervolgt zijn weg naar de overloop. Als ik hem naar beneden hoor lopen staar ik nog steeds vertwijfeld naar de deuropening waardoor hij zojuist verdween. Ik graaf in mijn geheugen, maar er komt niets naar boven. Peinzend vraag ik me af wanneer ik tegen hem heb gezegd dat ik op een park verblijf.

40

Een paar uur later ben ik weer op weg naar Drenthe.

Nadat ik eerst een bezoek bracht aan het politiebureau, kreeg ik wederom de mededeling dat ze er alles aan doen om mijn moeder te vinden. Er is een onderzoek gestart en er zitten meerdere rechercheurs op de zaak. De vrouw aan de balie wenste me veel sterkte en herhaalde met klem dat het geen zin had om nog eens langs te komen. Daarop gaf ze me een speciaal telefoonnummer dat ik altijd mocht bellen. Op de een of andere manier kreeg ik het gevoel dat ik een hinderlijke verstoring van haar dagelijkse werk was. Verslagen stapte ik daarna in mijn auto.

Het is inmiddels halverwege de middag. De zon staat laag en zet het landschap in een diffuus licht. Hoewel het de komende dagen volgens de weerman mooi najaarsweer wordt, voel ik me somber en lijkt de wereld alle glans te hebben verloren.

Ik zet de radio uit. Tegen beter weten in hoop ik steeds dat er iets op het nieuws is over mijn moeders vermissing. Het is ijdele hoop. Van de politie heb ik begrepen dat er jaarlijks meer dan 16.000 mensen vermist raken. In mijn geval is het al bijzonder dat de politie een onderzoek is gestart. Doorgaans gaat men niet uit van een misdrijf. De meeste mensen komen vanzelf weer terug.

Een misdrijf. Waarom moest juist mijn moeder daar het slachtoffer van worden? Wat ben ik zonder mijn moeder? Ook al kan ik haar soms superirritant vinden, zij is mijn enige naaste familie bij wie ik me heel vertrouwd voel. Een tijdje heb ik gedacht dat Matthew en zijn kinderen ook mijn familie waren, maar dat gevoel brokkelt steeds sneller af. Het afscheid van de meiden verliep gelukkig zonder al te veel protesten. Matthew zou de komende week wat vaker thuis werken en ik moest me daar in Drenthe vooral geen zorgen maken, vond hij.

'Rust eerst maar eens goed uit,' zei Amber op heel volwassen toon nadat we elkaar kort omhelsd hadden. Het ontroerde me dat zij altijd het goede voorbeeld probeert te geven aan Noa, die zonder van haar telefoon op te kijken 'relax' en 'tot later' zei. Alsof ik een van haar klasgenoten ben.

Als ik er niet zo slecht aan toe was als nu, zou ik geneigd zijn mijn schouders eronder te zetten en alles op alles te zetten voor dit gezin. Maar alleen al bij die gedachte trekt mijn middenrif samen en voel ik een drukkende pijn op mijn borst, alsof ik ieder moment kan stikken.

Ik adem diep in en probeer me te concentreren op wat me in Drenthe te wachten staat; daarbij verdring ik zo veel mogelijk tobberige gedachten over Matthew. Maar hoe ik ook mijn best doe, telkens hoor ik weer die laatste opmerking van hem over het park waar ik verblijf en vraag ik me af hoe hij daarachter is gekomen.

Hij moet het van Sjouk hebben gehoord.

En dan is er nog die brief in dat ronde en kinderlijke handschrift die me maar niet loslaat. Een brief waarin iemand Matthew een ton zwijggeld aanbiedt. Krankzinnig veel geld.

Ik verwacht van Sjouk dat zij me daar meer over kan vertellen. Ze kwam in dat telefoongesprek nogal mysterieus op me over. Het vooruitzicht om straks dingen te horen over Matthew die me nog meer uit balans zullen brengen, drijft mijn zenuwen op. Het lijkt alsof er een strakke band om mijn maag zit en alle lucht uit mijn longen wordt geperst.

Volgens Ben, die ik een paar minuten geleden aan de telefoon had, kan ik onmogelijk aan een burn-out lijden. 'Je hebt pas vakantie gehad,' hielp hij me herinneren. 'Een extra lange vakantie vanwege je stiefkinderen.' Nee, volgens Ben was die whiplash de oorzaak van mijn hoofdpijn. Ben weet alles, en als hij iets niet weet, vraagt hij Google om raad. Hij vond dat ik het nog even kalm aan moest doen. 'Maar niet te lang, schat,' voegde hij er met klem aan toe. En toen noemde hij een paar bijzondere boektitels en namen van schrijvers die hij had binnengehaald. Gek genoeg werd ik er niet warm of koud van.

Ik trek de sjaal van mijn hals en open de bovenste knoopjes van mijn blouse. Ik adem diep in en terwijl ik de sjaal op de stoel naast me neerleg, moet ik ineens aan een andere sjaal denken. Een ietwat ouderwets aandoende bruine sjaal met blauwe streepjes die ik een paar dagen geleden in Matthews auto vond. Ik heb er niet meer bij stilgestaan, maar in die brief aan Matthew werd gesproken over een sjaal waarmee de afzender naar de politie dreigde te gaan. Het duizelt me.

Sjaals, brieven, agenda's en een vrouw in een gele jurk; is er een verband? Zoekend naar een verklaring stokt opeens mijn adem. Ik rem af en rij de auto de vluchtstrook op. Ik zet mijn alarmlichten aan en leg mijn hoofd tegen de hoofdsteun. Ik sluit mijn ogen om beter te kunnen denken.

Matthew beweert dat ik gek ben, dat ik psychiatrische hulp nodig heb. Maar diep vanbinnen weet ik dat er niets mis is met mij en dat er iets anders aan de hand is. Ik kan alleen niet verklaren wat.

Adem in, adem uit.

Stel, deze absurde gedachte die me nu overvalt, is niet absurd, maar klopt. Dan heeft Matthew een tweede agenda die gelijk is aan de eerste. Alleen heeft hij in die tweede agenda alles tot in detail en haarfijn gekopieerd. Alles, behalve één ding: zijn afspraken met G.

Rotterdam, jaren tachtig

Een maand voor de bruiloft van Bella

Giovanni was meteen weer op de been. Hijgend had hij zijn broek afgeklopt en zijn sweater binnenstebuiten aangetrokken. Niemand hoefde de bloedvlekken te zien, vond hij. Annabelle had hem vol afgrijzen aangestaard, en daarna had ze naar haar droomprins gekeken die nog steeds naakt was.

Zijn gebutste lichaam vertoonde sporen van zand en striemen. En net als Giovanni, maar in tegenstelling tot Kelly, was hij ook opgestaan en had hij zich bij hen gevoegd. Gedrieën stonden ze daar, kijkend naar Kelly, die bewegingloos voor hun voeten lag.

Annabelle had bevend haar zaklamp op Kelly gericht. Over Kelly's wangen liep bloed. Haar mond stond iets open, de tanden staken naar buiten en er zat een sjaal tussen.

Giovanni maakte zich direct uit de voeten. Annabelles droomprins haastte zich ook naar zijn kleren. En terwijl hij zich in het donker aankleedde, nam Annabelle de leiding. Met alle kracht die ze in zich had, trok ze het lichaam van Kelly naar de lage begroeiing langs de oever. Ze dekte het af met bladeren en takken zodat niemand haar zou vinden.

Dat heeft ze vandaag aan hem geschreven. Dat zij alle sporen heeft gewist en dat niemand er ooit achter zal komen dat Kelly is gestikt in zijn scoutingsjaal. Niemand, behalve zij en Giovanni – en die heeft gezworen te zwijgen – weet ervan.

Annabelle schreef dit in de hoop dat als hij dit leest, hij eindelijk zal reageren. Omdat de tol die zij moet betalen voor hun verschrikkelijke avontuur heel hoog is. Maar dat heeft ze er niet bij verteld. Want als haar droomprins Matthew de waarheid hoort, is al haar hoop verloren.

41

Als ik na een tijdje bij het park aankom en een verlaten parkeerplaats voor de slagboom aantref, bekruipt me datzelfde paniekgevoel dat ik hier ook de eerste keer had: een gevoel van omkeren en wegwezen. Ik druk het gevoel snel weg en rij stapvoets verder. Ik passeer de slagboom en vervolg mijn route over het doodstille park. Links ligt het door rolluiken geblindeerde huis van Bob. Voor de garagedeuren stoeien twee katten.

Inmiddels vertrouwd met de doolhof aan weggetjes, neem ik dit keer de juiste afslag die me naar het chalet van Bella voert. Vanuit de verte zie ik dat de Saab van Sjouk er niet staat. Een mengeling van teleurstelling en opluchting gaat door me heen. Ik merk dat Sjouk ongemerkt al een grote invloed op me heeft gekregen en ik vraag me af of het niet beter is om eerst zelf dingen te onderzoeken. Wilde ik er via de brieven van Bella niet achter komen of haar vermissing met de moord op dat meisje te maken heeft?

'Mooie voornemens,' mompel ik in mezelf, denkend aan de onzekerheden die zich meer en meer opstapelen. Zou mijn moeder ooit nog terugkomen en zullen Matthew en ik elkaar hierna nog recht in de ogen kunnen kijken?

Een lichte huivering loopt over mijn rug als ik de motor van de auto uitzet en de stilte me acuut bij de keel grijpt. Bangig kijk ik om me heen. Vlug herpak ik mezelf en stap uit.

Ik haal mijn weekendtas van de achterbank en tast in mijn zak naar de sleutelbos van het chalet. De uitgesleten tegels van het kronkelpaadje naar de voordeur schitteren fel in het lage zonlicht. Tussen de takken van de heesters klinkt geritsel van vogels, de wind is gaan liggen, een warme vrede verwelkomt me. Een gevoel van thuiskomen daalt op me neer. Ja, als ik niet met zoveel onzekerheden te maken had, zou ik zomaar blij kunnen worden bij het vooruitzicht me hier voor een wat langere tijd te kunnen terugtrekken.

Ik open de deur van het chalet en ruik meteen iets vreemds. Een sterke geur die ik niet herken en nog het meest op rottend fruit lijkt, beneemt me de adem. Terwijl ik mijn jas losmaak wordt mijn aandacht door een hoopje vliegen getrokken. Ze liggen langs de plint van het raam. De meeste zijn dood. Degene die nog leven verplaatsen zich traag over het glas. Als ik me uitstrek om het raam te openen hoor ik Sjouk roepen. Ze moet net zijn thuisgekomen.

'Lynn? Ben je daar?'

'Ja... ik ben hier.' Mijn stem klinkt hees.

Ik open de voordeur. Zodra Sjouk me ziet, vraagt ze of alles goed gaat. 'Je ziet spierwit, Lynn. Ben je ziek?'

'Ik... nee, het zijn die vliegen. Het zijn er zoveel en ik begrijp niet waar ze vandaan komen.' Ik wijs met een vies gezicht naar de vloer, waar ik nog meer vliegen heb ontdekt.

'Hm, heb je eten in huis?' vraagt Sjouk.

'Uiteraard... maar...'

'Kom, we halen eerst een stofzuiger,' onderbreekt Sjouk me. Ze trekt haar vest uit en rolt de mouwen van haar bloemetjesjurk op. Een paar sterk behaarde onderarmen komen tevoorschijn. Ik schrik een beetje en als ik hierdoor niet in beweging kom, keert Sjouk zich vastberaden om. Ze loopt de kleine, volgestouwde logeerkamer in, opent doelgericht een van de schuifkasten en haalt er een stofzuiger uit.

Als ze niet veel later alle dode vliegen heeft verwijderd, vraagt ze waar ik het eten heb opgeslagen. Ik open een aantal keukenkastjes om mijn voorraad te tonen. Bij het laatste deurtje dat ik opendoe, schiet er iets langs mijn hand. Ik slaak een gil.

Sjouk begint te lachen. 'Muizen,' zegt ze opgelucht. 'Niks anders dan muizen. Het stikt hier op het park van die krengen. Mijn katten zijn lui en vangen alleen nog muizen om mee te spelen,' voegt ze er spijtig aan toe.

Ik reageer met een afwezig knikje.

'Bella had indertijd overal muizenvallen gezet en gif gestrooid,' gaat Sjouk breed lachend verder. 'Ik vermoed dat er weer een aantal lijken onder het chalet ligt.'

Ik huiver zichtbaar en vraag wat ik daaraan moet doen.

'Niets,' antwoordt Sjouk. 'Deze vliegenplaag hebben we nu gehad. Als jij zorgt dat er niks te halen valt voor die muizenkrengen, blijven de maden vanzelf weg.'

Ik schokschouder; als ik niet in beweging kom maar peinzend naar de keukenkastjes blijf staren, neemt Sjouk opnieuw het initiatief. Ze loopt het kleine kamertje in, haalt een doos van een van de planken en duwt hem in mijn handen.

'Hier, neem jij deze videobanden mee, dan dweil ik de vloer. Dit is een selectie van Bella's kookprogramma's. Ik wil dat je goed kijkt of je iets opvalt. Dat is belangrijk voor me; ik wil je niet op ideeën brengen, je moet het zelf ontdekken, goed?'

Weifelend kijk ik naar de doos; mijn hoofd staat eigenlijk niet naar opnames van Bella. Moet ik niet eerst die brieven lezen en horen wat Sjouk wilde vertellen over Matthew?

'Vort nou,' zegt Sjouk. Ze merkt mijn besluiteloosheid op en duwt me zachtjes maar dwingend in de richting van de buitendeur. 'Je bent hier toch naartoe gekomen om dingen over Bella aan de weet te komen? Dan mogen deze banden niet ontbreken. De videorecorder vind je onder in de boekenkast. Je moet hem nog wel even aansluiten, het wijst zich vanzelf.'

Als ik tegensputter wordt Sjouk ernstig. De kuiltjes in haar wangen zijn weg, ze likt langs haar droge lippen, steekt haar wijsvinger in de lucht en kijkt me streng aan.

'Jij en ik hebben een boel te bespreken,' zegt ze op een toon die geen tegenspraak duldt. Ze ademt zwaar; ter verdediging voert ze haar zwakke hart op. Ze zoekt steun bij de deurknop, haar borstkas zwoegt als ze haar mond opent.

'Want als het waar is wat ik vermoed,' vervolgt ze, 'dan heeft iemand het op jou gemunt.'

42

Nog enigszins overrompeld door de woorden van Sjouk, staar ik even later omringd door twee nieuwsgierige katten naar een videorecorder uit het jaar nul. Ik besluit dat er voor nu niets anders opzit dan Sjouks raad op te volgen en een van de banden te bekijken. Haastig haal ik de videorecorder uit de boekenkast en loop ermee naar de tv. Stofwolken vermijdend draai ik het toestel een halve slag en zoek op de tast naar de aansluiting voor de recorder. Ik worstel met snoeren en stekkers en geef een van de opdringerige katten een zetje als hij spinnend op mijn rug springt.

Niet veel later installeer ik me op de bank voor de tv. Alle opnames zijn uit de begintijd van mijn tantes carrière, ik schat de jaren negentig. Ze zijn niet in haar chalet gemaakt, maar in een studio. Ze moet rond de dertig zijn – zo oud als ik nu ben – maar in tegenstelling tot mij is Bella lang en slank. Ze heeft golvend haar tot op haar schouders en die mooie, gulle, bijna spottende lach die ik herken van mijn moeder.

Ik slik; denkend aan mijn moeder twijfel ik of dit wel het geschikte moment is om hiernaar te kijken. Opnieuw vraag ik me af waarom Sjouk vindt dat ik dit per se moet zien en wie het op mij gemunt zou hebben.

Ongeduldig en met mijn duim boven de forwardknop vlieg ik door Bella's kookrubriek, die veelal hetzelfde aandoet. Telkens zie ik een energieke en vrolijk uitgedoste tante. Steeds weer in een ander schort en met hetzelfde doekje over haar schouder, tussen groentes, pasta's en sauzen. Zwaaiend met pollepels en als een tovenaar roerend in dampende pannen. Om ten slotte aan het eind van iedere aflevering steevast de deksel met het doekje op te tillen en boven het gerecht 'Basta!' te roepen.

Na een tijdje word ik het zat. Ik kan me niet langer concentreren op de zoveelste variatie van pasta met spruitjes, een boerenkoollasagne, of spaghetti met een Hollandse bal gehakt. De schemering zet in en ik voel mijn aandacht verslappen. Terwijl ik me voorneem terug te lopen naar mijn chalet om Sjouk om opheldering te vragen, kom ik niet in beweging maar brengt de ijle stem van mijn tante me in een zoete roes. Mijn ogen vallen dicht en langzaam zak ik weg in een diepe slaap.

'Lynn, word eens wakker!'

Ik open mijn ogen. Sjouk staat op een armlengte van me vandaan. Ze heeft een kat tegen haar gebloemde boezem gedrukt en ziet er verhit uit.

'Heb je het gezien?' vraagt ze gespannen.

Ik kom overeind en masseer mijn pijnlijke nek. Ik voel me duf. Als ik me nog wat verder opricht, zie ik dat de tv uitstaat en dat het buiten donker is. Schuldbewust kijk ik Sjouk aan.

'Sorry, ik ben...'

'Heb je Bella gezien? Heb je goed gekeken naar haar en iets opgemerkt?' Weer die gespannen toon in Sjouks stem.

'Ik, eh...?' Ik schud mijn hoofd. Wat moet ik hebben opgemerkt? Het laatste waar ik zin in heb zijn raadsels. 'Sorry, maar ik weet niet wat je bedoelt,' zeg ik geïrriteerd, en ik sta op. 'Vind je het goed als ik hier later nog eens naar kijk? Ik wil eigenlijk verder met Bella's brieven. Als mijn moeder terug is, dan...'

Sjouk laat haar hoofd vertwijfeld hangen. Ik zie haar peinzen.

'Het is complex,' zegt ze. 'Ik heb alleen maar vermoedens, geen bewijzen. Misschien heb je gelijk, moet je eerst Bella's brieven lezen en wordt het dan duidelijk.'

'Sjouk, ik begrijp nog steeds niet waar je het over hebt,' zeg ik. Het ongeduld in mijn stem kan haar niet ontgaan. 'Wát moet mij duidelijk worden?'

Sjouk schokschoudert, ze zet de kat op de grond en vraagt of ik wil mee-eten. 'Ik heb de kip voor ons bewaard,' zegt ze terwijl ze zich naar de keuken wendt.

Ik strijk langs mijn gezicht en veeg mijn haar naar achteren. Het kost me moeite om vriendelijk te blijven. Maar dan zie ik weer die vliegen voor me en denk ik aan de muizenplaag en hoe dankbaar ik ben voor de hulp van mijn overbuurvrouw. Ik voel ook mijn lege maag en zie mezelf op dit moment in het chalet van Bella geen maaltijd bereiden.

'Oké,' verzucht ik. Met moeite forceer ik een luchtige toon in mijn stem. 'Ik eet graag mee. Maar vertel jij me dan waarom je aan de telefoon zo mysterieus deed over Matthew en wie het op mij gemunt heeft?'

43

'Zo nu en dan heb ik nog contact met collega's; mijn oude werk laat me nooit helemaal los,' begint Sjouk nadat ze de kip in de oven heeft gezet. Ze heeft een vest aangetrokken, haar sneakers verruild voor een paar pantoffels en de houtkachel aangemaakt. Het vuur verspreidt een warme gloed door de kamer. Ze is tegenover me gaan zitten en schenkt een glas witte wijn voor zichzelf in. Regelmatig steekt ze haar hand in een schaal met nootjes en eet er ongemerkt een flinke hoeveelheid van weg. Ze smakt en eet met open mond.

Als ze ook voor mij een wijnglas neerzet, wijs ik dat af. Dit keer wil ik helder blijven. Ik moet ieder moment als dat nodig is naar mijn moeder kunnen. Ik werp een blik op mijn telefoon die ik voor me op tafel heb gelegd en blijf hopen dat iemand belt met nieuws over haar. Terwijl ik dat doe moet ik ineens weer aan een opmerking van Matthew denken; hij verweet mij dat ik de telefoon niet had opgenomen toen hij mij verschillende keren had gebeld om te zeggen dat er iets met mijn moeder was gebeurd. Ik pak de telefoon en scrol door het menu. Als ik bij de recente oproepen kijk, zie ik op de dag van mijn moeders verdwijning geen nummer van Matthew oplichten.

'Bella moet toen iets ontdekt hebben,' vervolgt Sjouk.

Ze heeft net uitgelegd dat Bella zich vlak voor haar vermissing anders gedroeg; alsof ze ergens bang voor was.

'Ik heb altijd gedacht dat het met Bob te maken had. Hij was er rond diezelfde tijd achter gekomen dat Bella bij dat zomerkamp van zijn nichtje had gezeten. Bella ontkende aanvankelijk, maar Bob deed navraag en kwam erachter dat ze loog. Bella bekende dat ze het vergeten was, ze had zoveel zomerkampen geleid, het was haar ontschoten. Ik kende Bella al heel wat jaartjes en voelde dat er iets niet klopte aan haar verhaal. Zo'n gewelddadige moord vergeet je niet. Ik weet zeker dat Bella indertijd ook ondervraagd is. Bovendien denk ik dat als ze had geweten dat Bob familie was van Kelly, ze hier nooit een chalet had gekocht. Ze vertelde me dat ze hier met nostalgische gevoelens was neergestreken. Ze was gescheiden en had mooie herinneringen aan dit gebied; het had iets met een oude liefde te maken. Na wat drank werd ze altijd heel sentimenteel. Ze vertelde een keer dat ze die oude liefde altijd was blijven volgen en schrijven. Bella hield van ouderwets brieven schrijven, zoals je nu weet. Ze geloofde er heilig in dat hij uiteindelijk vanzelf hiernaartoe zou komen. Als ik dan vroeg waar hij vandaan moest komen, deed ze daar heel geheimzinnig over. Eén keer liet ze zich ontvallen dat hij een buitenlander was. Ik dacht toen dat het om een Italiaan ging.'

'Een Italiaan?' vraag ik.

Ik moet meteen aan Giovanni denken en aan die eerste brief die Bella aan mijn moeder schreef over haar huwelijk met hem. Zou dat de reden geweest zijn dat Bella zo ongelukkig was, omdat ze eigenlijk verliefd was op een andere Italiaan? Zou ze daarom van Giovanni zijn gescheiden?

'Ja, ja, de Italiaanse keuken is Bella's specialiteit, nietwaar? Ze moet dat toch van iemand geleerd hebben,' zegt Sjouk.

Ik kijk haar peinzend aan. Blijkbaar kent ze Bella minder goed dan ze doet voorkomen en heeft Bella haar niet alles verteld over dat zomerkamp.

Onwillekeurig moet ik aan al die brieven denken die aan de overkant op tafel liggen. Wie is die oude liefde van mijn tante, en wat is de reden dat ze niets met elkaar gekregen hebben? Kende ze hem voor of na dat zomerkamp, en wist Giovanni hiervan?

'Denk je dat we het antwoord in die brieven zullen vinden?'

vraagt Sjouk, alsof ze mijn gedachten kan lezen. 'Eerlijk gezegd ben ik altijd heel nieuwsgierig geweest naar de inhoud,' voegt ze eraan toe.

Als ik vraag waarom een rechercheur als zij ze dan niet geopend heeft, gaat ze de vraag uit de weg door opnieuw een hand met nootjes naar haar mond te brengen. Na een ongemakkelijke stilte, waarin alleen het malen van Sjouks kaken te horen is, neemt ze weer aarzelend het woord.

'Eerlijk gezegd heb ik verschillende keren op het punt gestaan ze te lezen...' Ze gaat iets verzitten, slaat haar benen over elkaar en kijkt me onderzoekend aan. '... maar iedere keer verwachtte ik Bella terug. Zo gaat dat met achterblijvers,' zegt ze vermoeid.

'Achterblijvers?' vraag ik.

'Ja, ja, zolang de vermiste persoon niet gevonden is, spreek je niet van nabestaanden, maar van achterblijvers. Er blijft altijd de hoop bestaan dat de persoon nog leeft, snap je wel?'

Ik knik. Denkend aan mijn moeder snap ik opeens heel goed wat Sjouk bedoelt.

'Op mijn verzoek heeft de politie een jaar na Bella's vermissing de hele boel hier rond haar chalet opengegooid,' gaat Sjouk verder. 'Het was vreselijk. Zwarte hekken om de tuin, apparatuur, het doordringende geluid van graafmachines, en dagenlang stond er op mijn parkeerplaats een lijkwagen geparkeerd. De aanleiding om naar Bella te gaan graven was een telefoontje van een verzekeringsmaatschappij. Ze hadden contact gezocht met jouw moeder om de gegevens van Bella te controleren. Je kent het wel, zo'n verkapt verkooppraatje. De verzekeringsmaatschappij kon vanwege de privacy niet tegen je moeder zeggen wat voor verzekering Bella had afgesloten. Je moeder kreeg argwaan en belde mij nadat ze tevergeefs in Wassenaar op zoek was gegaan naar een polis. Ze wist dat Bella en ik bevriend waren en vroeg of ik er hier naar wilde zoeken. Al snel vond ik de polis van een lijfrenteverzekering. Ik wist dat Bella geen kinderen had en dat ze blij was met jou, haar nichtje.'

'O?' Ik schiet spontaan in de lach. 'Wat vreemd dat ik dat dan nooit gemerkt heb,' antwoord ik sarcastisch. 'Ik kende mijn tante nauwelijks, en wat heeft die lijfrenteverzekering met mij te maken?'

'Aanvankelijk dacht ik dat haar ex haar iets had aangedaan,' zegt Sjouk. 'Vanwege die andere buitenlander, begrijp je?'

'Giovanni?' zeg ik.

Sjouk geeft een aarzelend knikje. Ik zie dat ze schrikt.

'Jij kent hem?' vraagt ze.

'Nee, ik... nou ja, dat wil zeggen: niet persoonlijk. Ik was nog heel klein toen Bella met hem trouwde.'

'Aha.' Sjouk peinst. Haar voorhoofd is gefronst, haar ademhaling gespannen. Ze zegt dat ze Giovanni alleen van een paar oude foto's kent. Foto's van dertig jaar geleden. Ze beklaagt zich erover dat de politie zonder bewijs niets kan doen.

'Bella werd niet gevonden, er waren geen sporen van geweld en haar ex woonde op dat moment in Italië; waar zouden ze hem van moeten verdenken?' Sjouk blaast puffend haar adem uit en schenkt nog een glas wijn in. Ik zie aan haar houding dat het gebeuren van toen haar nog steeds dwarszit. Ze staat op en loopt naar de keuken.

'De pollo is bijna klaar. Heb je trek? Wil je echt geen wijn?' vraagt ze.

'Je hebt nog niet verteld wat er in die polis van die lijfrenteverzekering stond, Sjouk,' zeg ik om haar bij de les te houden. Ik staar naar haar rug als ze zich bukt naar de oven. De stof van de bloemetjesjurk kruipt iets omhoog waardoor ik zicht krijg op haar bovenbenen. Ze draagt geen panty maar huidkleurige kniekousjes. Het vlees van haar bovenbenen blubbert een beetje over het elastiek en steekt bleek af bij het bruine nylon. Ik vraag me ineens af hoe iemand als Sjouk ooit gewerkt kan hebben als rechercheur; toch niet in zo'n jurk en met dat soort kniekousjes? Ik ben ervan uitgegaan dat wat zij me vertelde waar is, maar is dat ook zo? Wat weet ik eigenlijk van Sjouk, behalve dat ze de sleutel van Bella's chalet heeft, Bella's brieven heeft bewaard en beweert dat ze goede buren waren?

Onder veel gesteun recht ze haar rug en haalt de ovenschotel met de kip uit de oven.

'Ik denk dat Bella voornamelijk wilde dat haar geld goed terechtkwam,' zegt ze. 'Dit jaar zou ze vijftig zijn geworden. Het geld van de verzekering komt binnenkort vrij en...'

'Maar natuurlijk!' roep ik. Mijn gezicht klaart op. 'Het stond bij ons thuis op de verjaardagskalender: Bella is op 3 november jarig.'

Even kijkt Sjouk me niet-begrijpend aan, dan vervolgt ze: '... iemand anders moet daar ook van op de hoogte zijn. Bella kennende heeft ze in haar onschuld vast een keer laten ontvallen dat als het bedrag vrijkomt, jij heel rijk zult zijn.'

44

Mijn hart bonkt in mijn keel. Mijn oren sluiten zich af als ik de opmerking van Sjouk goed tot me laat doordringen. Op Bella's verjaardag krijg ik geld van haar verzekering.

Laat het niet waar zijn, laat het niet zo zijn dat Matthew hierbij betrokken is. Laat het over iemand anders gaan, laat die brief die aan Matthew gestuurd is per ongeluk aan de verkeerde gestuurd zijn.

Ik voel hoe de warmte van de kachel naar mijn wangen stijgt en me draaierig maakt. Ik zie ineens een onbekende sjaal in Matthews dashboardkastje liggen. De sjaal waarvoor hij wordt afgeperst? Alle gevoel van ruimte en zwaartekracht wordt me ontnomen. Alsof de vloer langzaam onder mij wegzakt en ik in het luchtledige zweef, staar ik naar de mond van Sjouk. Open, dicht, open, dicht, gaat de mond zonder dat er geluid uitkomt.

'... het was zijn stem, ik meende zijn stem aan de telefoon te herkennen... Het was dat accent, onmiskenbaar... en daarom, Lynn...'

Heeft ze het tegen mij?

'Ik begrijp niet over wie je het hebt,' mompel ik. Ik schrik van mezelf; ik ben weer terug. Gelukkig, ik ben niet doof. Het was maar tijdelijk. Ik heb alleen iets gemist. Over wie heeft ze het?

Niet over Matthew. Alsjeblieft, laat het niet over Matthew gaan.

'Het gebeurde vlak voor haar vermissing, heb ik je dat al verteld?' vraagt Sjouk.

Ik schud mijn hoofd. Het lijkt alsof ik langzaam stik.

'Bella was toen niet zichzelf. Gespannen was ze; ze had geen eetlust en geen enkele zin om iets te ondernemen. Ik weet nog heel goed dat als ik bij haar aanklopte, ze als een zombie in die hangstoel voor zich uit zat te staren. Beangstigend vond ik dat; later heb ik wel eens gedacht dat zelfmoord ook niet uitgesloten was... Tja, hoe dan ook, het kan niet anders dan dat het met hem te maken had. Een halfjaar daarvoor was hij hier voor het eerst geweest. In de zomermaanden ontgaat je niets. De chalets mogen dan achter hoge hagen verscholen liggen, zodra het buitenleven begint, is het hier gewoon een ordinair vakantiepark. Met barbecues en partytenten, met blaffende honden, ruziënde buren en gillende kinderen. Een maand geleden was er zelfs nog iemand die de godganselijke dag van die Italiaanse opera's draaide. Zou je nu niet zeggen, hè?' Sjouk grinnikt.

Ik neem een slok water en hoor nog steeds maar half wat ze zegt. Ik dwing mezelf op te staan. Bang om te vallen omdat alles aan mijn lichaam op slot zit, zoek ik steun bij de bank.

Sjouk merkt niets aan me. Ze vraagt welk deel van de kip ik wil: de rug, een vleugel of een poot. Ze heeft aardappelpuree op de borden gelegd en raspt er nootmuskaat over.

Zodra ik de bank loslaat voel ik dat er niets mis is met mijn benen. Ik sta misschien wat onvast, maar ik kan gewoon naar de eettafel lopen. Zwijgend neem ik plaats achter een van de borden waarop Sjouk nu een kippenpoot legt.

'Bella straalde in die tijd toen ik voor het eerst zijn stem hoorde. Een stem dus met een accent. Ik begreep meteen dat het om die buitenlander ging. Geen Italiaan, zoals ik altijd gedacht had. Ik moet er wel heel eerlijk bij zeggen: ik heb de persoon die bij de stem hoort nooit gezien. Niet eens een glimp van hem opgevangen, alsof hij precies wist hoe hij hier onopgemerkt kon verschijnen en weer kon weggaan. Vreemd, niet?'

Ik reageer niet.

'Ik besteedde er niet veel aandacht aan, er kwamen wel vaker mensen langs voor Bella: cameramensen, journalisten, vriendinnen... Bovendien was ze altijd heel happy als hij haar had opgezocht. Ik had haar nog nooit zo gelukkig gezien. Ze noemde hem haar diepste geheim van lang geleden. Dat bevestigde voor mij dat dit de man moest zijn op wie ze altijd verliefd was gebleven.'

Sjouk neemt tegenover mij plaats aan tafel. Ze opent haar servet en legt het op haar schoot. 'Weet je zeker dat je geen wijn wilt, ook niet een heel klein beetje?' vraagt ze terwijl ze een fles chianti omhooghoudt.

Ik schud mijn hoofd en neem een hap aardappelpuree. Het is gek, maar naarmate de onrust over Matthew en zijn aandeel in Bella's vermissing me meer en meer in beslag neemt, voel ik een hongergevoel opkomen en een enorme drang om die te stillen. Alsof het beest dat angst heet alleen bestreden kan worden met voedsel.

Sjouk proeft van de wijn en schraapt haar keel om verder te gaan. Intussen steek ik mijn mes en vork in de kip en scheid met kracht het vlees van het bot. Gulzig laat ik de vette massa in mijn mond glijden. Ik voel hoe Sjouk me gadeslaat als de jus langs mijn lippen over mijn kin loopt. Het kan me niet schelen. Ook niet als er een drukkende stilte tussen ons ontstaat naarmate ik de rest van het eten naar binnen schrok.

Ik kijk niet langer naar Sjouk. Ik kan het niet meer opbrengen. Niet nu we beiden weten over welke man en grote liefde van Bella het gaat.

Mijn grote liefde, mijn man.

Matthew.

Drenthe

Een halfjaar voor de vermissing van Bella

Het is hoogzomer en de atmosfeer lijkt zich te hebben vernauwd tot een te warm gewassen wollen trui. Iedere poging om adem te halen wordt in de kiem gesmoord. Een even verstikkende Saharawind waait over het stuifzand van het heidegebied. Alleen de spartelvijver biedt op dit moment nog enige verkoeling.

Bella heeft haar handdoek langs de plas uitgerold en een van haar kookschriften uit haar tas gehaald om zomerse recepten in te noteren. In het chalet is het snikheet. Erbuiten te veel rumoer van de vakantiegangers. Als ze morgenochtend niet die afspraak had, was ze in Wassenaar gebleven.

Ze heeft het chalet nu bijna tien jaar. Het voldeed indertijd aan haar eisen om opnames te maken voor haar kookprogramma *Basta!* Inmiddels is het haar handelsmerk.

Maar dat was niet de enige reden om het chalet juist op deze plek in Nederland te kopen. Ze had bewust voor déze omgeving gekozen vanwege de herinnering. Die zoete herinnering aan toen, met hem. Haar jeugdliefde op wie ze altijd was blijven wachten. Die ze ontelbare keren had geschreven, maar die haar nooit een brief terugstuurde.

Op het park is ze de bekende tv-kok en de schrijfster van al die kookboeken. Niemand kent haar achtergrond, niemand weet met welk geheim ze al bijna dertig jaar rondloopt. Zelfs Sjouk – die verbouwde rechercheur die op het park woont en met wie ze wel eens samen eet – weet niets van haar betrokkenheid bij de moord op Kelly. Zo gek kan het lopen.

De tijd maakt alles minder scherp; als je maar lang genoeg wacht ga je vanzelf in je eigen alibi geloven. Want hoe angstig was ze niet geweest toen Giovanni kort na de moord in het bezit kwam van Matthews scoutingsjaal. Volgens Giovanni was zij medeplichtig aan de moord op Kelly. Had zij niet het lichaam verplaatst, en was zij niet degene die de sjaal van Matthew, het moordwapen, had meegenomen?

Ze had zich door Giovanni laten manipuleren. Hij was woedend op zijn rivaal, noemde die Amerikaan een bevlieging. Ze zou hem vanzelf vergeten als zij met Giovanni trouwde. En toen Matthew niet reageerde, gaf ze Giovanni tijdelijk zijn zin. Ze trouwde met hem en deed alsof ze Matthew nooit meer hoefde te zien.

Over het gebeuren werd niet meer gepraat. Pas toen ze de sjaal weer in handen kreeg en de onvermijdelijke scheiding volgde, leek er rust in haar leven te komen. Ze verhuisde terug naar Nederland en hoorde nooit meer iets van Giovanni.

Ze was jong, kreeg succes, en naarmate ze vermogender werd kwam Giovanni weer in beeld. Zijn restaurant in Italië liep slecht. Hij had geld nodig om hier iets op te zetten en dreigde alles openbaar te maken over de moord op Kelly als zij hem niet liet delen in haar weelde. Ze was een mooie single vrouw met een eigen tv-show en een groot geheim. Het werd de bitterste tijd van haar leven.

Toen ontstond het idee om een groot deel van haar vermogen vast te zetten in een verzekering. Niet voor haarzelf, maar voor de dochter van Hester, Lynn.

'Van een kale kip kun je niet plukken,' had ze tegen Giovanni gezegd toen hij haar voor gek verklaarde. En ze had hem erop gewezen dat als hij haar ging verraden, hij zelf ook hing. Chantage was minstens zo strafbaar, had ze gezegd, en ze had eraan toegevoegd dat de grote som geld pas vrijkwam rond haar vijftigste, en dat zij daar niets van zou krijgen.

Giovanni droop af. Inmiddels is hij een ongevaarlijke schim uit haar verleden geworden en zal ze eindelijk haar grote liefde, haar droomprins terugzien. Ze was hem altijd blijven volgen. Ze had gezien dat hij iets met management deed, boeken publiceerde, was gescheiden en met zijn twee dochters in Rotterdam woonde.

Ze weet nog goed hoe ze contact legde via social media. Dit keer beantwoordde hij haar oproep wel. Al snel hadden ze elkaar berichtjes gestuurd, een correspondentie opgezet. Hij wilde haar zien; hij was haar ook nooit vergeten, schreef hij.

Ze vraagt zich af hoe het zal zijn, het weerzien. Op de foto's die ze van hem op Instagram zag is hij nog steeds die mooie, gespierde scoutingjongen met dat golvende haar tot op zijn schouders.

Morgen, morgen is het zover, het jarenlange wachten zal worden beloond. Haar diepste wens gaat in vervulling. In de loop der tijd is het verlangen nooit minder geworden. Sterker nog, het voelt als de dag van gisteren dat ze Matthew liefhad.

45

Mijn bord is leeg, mijn maag gevuld, maar het hongergevoel blijft. Sjouk is zojuist opgestaan om een nieuwe fles wijn te halen uit haar wijnkelder, zoals ze het schuurtje naast haar chalet noemt.

Ik kan tijdens ons gesprek alleen maar knikken; er komt geen stom woord over mijn lippen. Alle gedachten over Matthew heb ik naar één kant van mijn hersens geschoven. De kant van de twijfel. Als ik mezelf toesta mee te gaan in Sjouks verdenkingen, veroordeel ik zonder enig bewijs mijn man voor dingen waarbij hij niet betrokken hoeft te zijn geweest. Sjouk vertelde dat ze Matthew nooit gesproken of gezien had. Ze heeft hem één keer aan de telefoon gehad, dat was laat op de avond, na veel drank en ook nog eens heel kort. Uit zo'n momentopname kun je geen conclusies trekken, lijkt me.

Bullshit, Sjouk is niet gek.

Hoewel alles in zijn nadeel uitpakt, kan ik momenteel niets anders doen dan Matthew verdedigen. Wat moet ik anders? Er zijn veel te veel dingen die vaag zijn en waar ik geen verklaring voor heb.

'Je hebt me nog niet verteld waar jij en Matthew elkaar van kennen,' zegt Sjouk als ze terug is.

De nieuwe fles wijn wordt ontkurkt. Sjouk lacht liefjes naar me, ontspannen leunt ze achterover in haar stoel. Ze kijkt me aan alsof we al jaren vriendinnen zijn. De sfeer tussen ons moet voor haar vertrouwelijk voelen.

Weer word ik verscheurd door twijfels. Als ik met Sjouk meega in haar verdenkingen jegens Matthew, krijg ik misschien meer over hem, Bella, en wie weet, mijn moeder te horen. Maar als ik nu stop – wat ik liever zou doen omdat ik me afvraag waarom ik dit wildvreemde mens informatie over mijn man zal verschaffen – krijgt mijn hoofd ook geen rust.

'Ik was Matthews eindredacteur,' zeg ik. Ik moet mezelf dwingen om nu niet weer in stilzwijgen te vervallen. 'Het klikte meteen tussen ons, we waren op slag verliefd, en niet veel later zijn we getrouwd. Matthew is een heel charmante en lieve man, hij is een goede vader. Zijn dochters zijn alles voor hem.'

Ik hoor mezelf vol lof over Matthew praten; de woorden klinken hol en leeg in mijn oren, alsof ik iemand verdedig die ik niet ken.

'Je zegt dat jullie snel trouwden. Was daar een reden voor?' gaat Sjouk verder met haar quasionschuldige vragen die steeds meer op een politieverhoor beginnen te lijken. 'Hadden jullie soms net een huis gekocht, een hypotheek afgesloten of andere zaken geregeld waarvoor je naar de notaris gaat? Zat er misschien een erfenis aan te komen?'

Ik voel waar Sjouk op aanstuurt. Als ik haar vertel dat ik uit liefde met Matthew trouwde en in gemeenschap van goederen, zet dat Matthew in een nog kwader daglicht.

'Ik geloof dat ik al eerder heb gezegd dat Matthew uit een steenrijke familie komt; overal zit geld. In Amerika, België, en daarnaast heeft hij genoeg verdiend met zijn managementboeken. Het is uitgesloten dat hij met mij...'

'... trouwde om je geld?' onderbreekt Sjouk me. Ze lacht een beetje en schudt meewarig haar hoofd. 'Arm, naïef kind, laat zich verleiden door de rijpe, verstandige man. Je bent toch wel op huwelijkse voorwaarden getrouwd?'

Ik voel hoe ik begin te koken; heeft deze aseksuele vrouw ooit een relatie gehad? Wat weet zij van de liefde? Welke man valt op een vrouw met behaarde onderarmen, vleeskleurige kniekousjes en het lichaam van een kerel?

'Nee, ik ben niet op huwelijkse voorwaarden getrouwd!' roep

ik. 'En geloof het of niet: Matthew kan nooit geweten hebben dat ik dat geld van Bella zou krijgen... Hoe had hij dat moeten weten? Van wie?' gil ik, alsof ik door mijn stem te verheffen mijn zojuist verkregen kennis teniet kan doen. 'De enige die het wist was jij. Jij en mijn moeder... en mijn moeder is nu spoorloos... O, ik...' Mijn hart lijkt opeens te worden samengeknepen, mijn longen schreeuwen om lucht, happend naar adem begin ik te huilen. 'O, ik weet het niet meer. Ik ben zo moe, zo moe...' verzucht ik.

Hortend en stotend komen de woorden naar buiten. Ik probeer mezelf te herpakken. Het lukt niet. Mijn rationele denken is gestopt; ik kan het niet langer opbrengen om tegen beter weten in Matthew te verdedigen. Mijn lichaam schokt, ik krom mijn rug. Straks ga ik nog iets over die dreigbrieven zeggen, flap ik er dingen uit over Matthews agenda en dat daarin afspraken stonden met een zekere G, straks... straks begin ik over een vrouw in een gele jurk.

Sjouk schuift haar stoel naar achteren en komt op me af. Ze legt een hand op mijn schouder. Haar stevige knuisten vegen hardhandig over mijn hoofd en door mijn haar, waardoor ik automatisch nog meer in elkaar krimp. Ik veeg langs mijn neus en richt me op.

'Mijn leven is een puinhoop,' zeg ik hees.

'Ik weet het,' zegt Sjouk.

Het klinkt niet echt bemoedigend voor iemand die wat troost nodig heeft.

'Ik zou willen dat ik een oplossing had, maar die heb ik niet,' vervolgt ze. 'Althans, nog niet.' Ze wacht even en kijkt me peinzend aan. 'Het is aan jou, Lynn, om ervoor te zorgen dat die puinhoop niet groter wordt. Hoe moeilijk het nu ook lijkt, je moet erachter zien te komen wat Matthew beweegt. Je moet uitzoeken of hij jouw moeder en Bella iets kan hebben aangedaan. Ik vermoed dat Bella indertijd Matthew heeft verteld over het geld dat voor jou vrij zou komen. Wist jouw moeder van Bella en

Matthew? Heeft jouw moeder zich ooit wantrouwend over hem uitgesproken?'

Ik open mijn mond; alweer lukt het niet om wat te zeggen. Ik zie mijn moeder weer voor me toen ze de laatste keer bij mij was en iets verzweeg over Bella. Dat moet hierover gegaan zijn.

'Uit het politieverslag bleek dat je moeder zou hebben opengedaan voor een bekende,' gaat Sjouk verder. 'Kan die bekende Matthew geweest zijn?'

Ik schokschouder. De volgende seconden zitten we zwijgend tegenover elkaar. Uiteindelijk spreekt Sjouk hardop de woorden uit die al duizenden malen door mijn hoofd zijn gegaan en die ik keer op keer verdring.

'Als Matthew eerst Bella heeft laten verdwijnen en daarna je moeder iets heeft aangedaan, deinst hij er vast niet voor terug om jou ook uit de weg te ruimen, Lynn.'

46

Wat later, als ik terug ben in mijn chalet, zie ik dat het iets na middernacht is. Sjouk heeft net de deur achter zich dichtgetrokken. Ik kijk haar na en draai de deur op slot.

Op aanraden van Sjouk moest ik maar met een extra slaappilletje de nacht ingaan. Als een bezorgde moeder liep ze met me mee naar de overkant van het weggetje dat onze chalets van elkaar scheidt.

Ze deed de deur voor me open en liet het chalet aan me zien alsof ik daar voor de eerste keer binnenkwam. Ze toonde me de badkamer die was opgefrist, de woonkamer en de keuken; alles was vliegvrij en gedweild. Trots wees ze me op een aantal flesjes met geurstokjes die ze preventief geplaatst had zodat ik de stank van dooie muizen niet langer zou ruiken. Ik vroeg me af wat erger was. Daarop zei ze dat ik haar altijd kon bellen en dat het belangrijk was dat ik goed sliep.

'Wij hebben samen nog een boel werk te verrichten,' zei ze.

En terwijl bij mij op dat moment de moed al heel diep in mijn schoenen was gezonken, begonnen Sjouks rechercheursogen nog meer te glinsteren. Ik bedankte haar, en als een zoet kind beloofde ik meteen naar bed te gaan.

Tegen alle adviezen in heb ik geen slaappillen ingenomen, heb ik de flesjes met geurstokjes buiten in de vuilnisbak gegooid en daarna koffiegezet. Als er een onderzoek moet komen naar Matthew doe ik dat zelf wel. Ik heb geen tijd te verliezen.

De kille ruimte van het chalet warmt langzaam op. Ik heb een trui aangetrokken en de laptop aangesloten op het lichtnet. Gewapend met een pak chocoladekoekjes en een beker zwarte koffie wacht me nog één ding: de brieven van Bella. Ik moet erachter zien te komen wat haar bewoog om mij zoveel geld te schenken en vanaf welk moment Matthew daarbij in beeld kwam. Nu ik weet dat mijn moeder deze brieven nooit heeft ontvangen, kon ze niets anders doen dan gissen over Matthews bedrog. Zonder bewijs kan ik de politie niet inschakelen. Dat wist mijn moeder en dat weet Sjouk ook.

Ik stroop de mouw van mijn trui iets op, buk me naar een van de gootsteenkastjes en tast achter de pannen waar ik de brieven heb verstopt. Mijn vingers dansen over de bodem van het kastje. Ik schuif de pannen opzij, duw mijn arm tot aan mijn oksel naar binnen, maar vind geen brieven.

'Verdomme, die Sjouk weer!' roep ik en sta op.

Ik grijp mijn telefoon en terwijl ik het nummer van Sjouk intoets, hoor ik buiten het chalet iets rammelen. Alsof er een raam kleppert. Met de telefoon tegen mijn oor gedrukt loop ik naar de kleine kamer waar het geluid vandaan komt. Ik open de gordijnen en stuit op een afgesloten raam. Hetzelfde doe ik in de badkamer en mijn slaapkamer. Alles zit op slot. Ik kijk uit het raam, en terwijl de voicemail van Sjouk wordt ingeschakeld is het buiten weer stil. De nacht is helder, een volle maan glimt boven het dak van mijn overbuurvrouw. Ik moet het me verbeeld hebben.

Terug in de keuken kijk ik vertwijfeld om me heen naar het opgeruimde chalet en naar het keukenkastje. Had ik die brieven daar nou wel of niet in gelegd? Ik weet zeker van wel. Stom om te veronderstellen dat Sjouk hier alleen maar achterbleef om de boel schoon te maken. Ze moet zijn gaan neuzen. Kwaad pak ik opnieuw de telefoon.

'Ha Sjouk, nog even een paar vragen: heb jij misschien de brieven van Bella verplaatst? Ik kan ze nergens vinden. En o, ja, wat ik al eerder had willen vragen: heb jij Matthew toevallig verteld dat ik, of eigenlijk jij dus – want hij weet niet beter dan dat ik bij jou ben – op een vakantiepark verblijf? Ik hoor het graag! Tot zo!' spreek ik in op de voicemail.

Afwachtend staar ik naar het toestel.

Als Sjouk na vijf minuten nog niet gereageerd heeft en het inmiddels tegen enen loopt, besluit ik de rest van de koffie te laten staan en dan toch maar naar bed te gaan. Ik poets mijn tanden en was mijn gezicht.

In de slaapkamer is het fris. Snel kleed ik me uit en trek mijn pyjama aan. Behalve de cv, die Sjouk hier moet hebben uitgedraaid, is alles nog hetzelfde als een paar dagen geleden. Op het tafeltje naast het bed ligt mijn telefoonoplader en een kookboek van Bella dat ik uit de boekenkast had meegenomen. Het bonnetje van de supermarkt zit er als bladwijzer tussen. Ik weet nog dat ik op een recept was gestuit dat me niet te moeilijk leek om te maken. Iets met zalm en tagliatelle. Op een drafje loop ik naar de verwarming en draai de kraan helemaal open.

Klappertandend kruip ik onder het dekbed. Ik laat de lamp aan en pak het kookboek op.

Peinzend kijk ik naar de cover waarop een stralende Bella met een schaal spaghetti in haar handen staat. Zoals altijd draagt ze een jurk. Het is een zomerse, mouwloze en diep uitgesneden groene jurk met fijne witte stippen. Haar donkere haar is door de zon gebleekt; het steekt mooi af bij haar gebruinde huid. Mijn blik dwaalt verder, langs haar hals tot in haar decolleté. Ze heeft kleine borsten. Ze is het tegenovergestelde van mij, besef ik. Precies het type vrouw waar Matthew op valt.

Ik laat het boek zakken en sluit mijn ogen. Mijn hoofd bonst van alle nieuwe informatie. Ik zou willen dat het allemaal één boze droom is. Dat ik straks wakker word en dat Matthew gewoon naast me in bed ligt en ik de kinderen beneden hoor bekvechten.

Dát is een droom, een droom waarin ik ben gaan geloven.

Ik heb het gevoel alsof ik in drijfzand ben beland. Alsof ik langzaam wegzink in een duistere poel waar geen redding meer mogelijk is. De enige die me op dit moment kan helpen is Sjouk. Een vrouw die ik nog maar een paar dagen ken.

Ik hoor haar opnieuw over Matthew praten. 'Matthew heeft Bella laten verdwijnen en je moeder deed open voor iemand die ze kende.' Matthew.

47

De kamer vult zich snel met warmte en algauw val ik in slaap. De slaap duurt kort en heeft meer weg van een dutje. Als ik wakker schiet, zie ik op mijn telefoon dat het nog geen halfuur later is. Een koortsachtige hitte drukt op mijn lichaam. Puffend sla ik het dekbed van me af en sta op. Klaarwakker staar ik naar de tijd op het display van mijn telefoon: 01:43 uur.

Ik open mijn appberichten en zie dat Matthew me halverwege de avond een selfie heeft gestuurd van hem en de meiden. Met z'n drieën blazen ze een kushandje in de richting van de camera. WE DENKEN AAN JE, staat er onder de foto.

Schijnheilige klootzak met je stomme dochters.

IK DENK OOK AAN JULLIE XXX, tik ik terug. Het lijkt me het beste om vanaf nu mee te veren.

Ik stuur Sjouk opnieuw een appje waarin ik vraag naar de brieven. Ze moet nog wakker zijn, ze moet. Ik wacht een paar seconden en als er niets gebeurt, bel ik haar op. Weer krijg ik de voicemail.

Ik negeer het feit dat het midden in de nacht is, het enige waaraan ik kan denken is dat ik iemand moet spreken. Ik moet met iemand over mijn angst en vertwijfeling praten, iemand die me kent. Ik denk aan de vriendinnen die ik heb, een handjevol. Allemaal onder de pannen met een man en een gezinnetje. Het is zaterdag, dan is er voetbal, hockey, golf, de boodschappen voor het weekend, de familie… We maken snel een afspraak, we bellen of appen, zullen ze zeggen, net als anders. Doe ik doorgaans niet hetzelfde?

Mijn duim hangt boven de telefoon en ik scrol door mijn contacten; ik lees namen waar ik gezichten bij zie en bij wie ik op dit tijdstip beslist niet zonder lichte verwijten of moeilijke vragen hoef aan te komen. De enige die ik ook vrij recent gebeld heb en blijft hangen op mijn netvlies is Ben, mijn baas. De snelle single in zijn dure maatpak met iets te korte pijpen zodat de met lef gekozen sokken in de suède puntschoenen zo mooi opvallen. Waar zou hij op dit tijdstip uithangen? Ik druk spontaan op zijn nummer. Er wordt meteen opgenomen.

'Lynn, lieverd, hoe later op de avond hoe schoner het volk...' schalt Ben in mijn oor. Hij praat met een dubbele tong, waaruit ik kan opmaken dat hij hem al aardig geraakt heeft. Op de achtergrond hoor ik lachende stemmen en muziek.

Ben heeft geen gezin, er is niemand die thuis op hem wacht, zelfs geen kanarie. Hij is rechtstreeks van kantoor naar zijn vrijdagmiddagborrel in ons stamcafé gegaan, wat natuurlijk uitliep. Hij noemt de naam van een nieuwe club in Rotterdam waar hij zit en vraagt of ik de club ken.

Ik antwoord niet. Wanneer ben ik voor het laatst in een club geweest?

'Lynn, schat, wij gaan hier een keer samen naartoe. Of vindt dat mannetje van jou het niet goed als je met mannen van je eigen leeftijd afspreekt?' Ben lacht. Het is de lach die ik van hem ken: hard, balorig en zelfverzekerd.

'Hoe is het eigenlijk met onze Matthew? Ik heb het je nooit verteld, en misschien is dit niet het juiste moment, maar goed, ik ben nu een tikkeltje aangeschoten... dus vergeef me...' Ben valt even weg, ik hoor hem zeggen: 'Ja, graag en zonder ijs.'

Ik hoor een vrouw giechelen en glazen rinkelen. Ik zou de verbinding moeten verbreken en niet langer naar dit monotone gewauwel van een dronkaard moeten luisteren. In plaats daarvan omklem ik de telefoon en druk hem nog steviger tegen mijn oor om maar niets te hoeven missen.

'... waar was ik, Lynn?' gaat Ben verder. Met veel geluid inhaleert hij; ik vermoed dat hij aan het blowen is.

'Je had het over Matthew,' zeg ik. Ik leg een belangstellende toon in mijn stem.

'Aha, o, ja, jouw mooie, zichzelf overschattende Matthew...' Weer neemt Ben een slok en onder veel gesteun trekt hij aan zijn joint. '... zoiets deed ik misschien vier jaar geleden, toen ik net begon, maar zoiets zou ik nu nooit meer doen... Lynn. Zeg dat maar tegen hem...'

Ben haalt snuivend zijn neus op. Hij kucht luid in mijn oor, ik schrik ervan. En hoewel ik tot het uiterste gespannen ben en voel hoe mijn lichaam zich na ieder woord van Ben meer en meer aanspant, wil ik alles horen.

'Ik begrijp je niet, Ben, wat moet ik tegen Matthew zeggen, wat zou jij nu niet meer doen?'

Mijn stem trilt, tranen branden.

Niet gaan janken, hou je in, niet gaan janken. Blijf gewoon doorademen.

'Geld aanpakken voor een publicatie, Lynn! Die Matthew van jou met dat stomme managementboek van hem dat ik nooit zou hebben uitgegeven als hij niet... En nogmaals: ik begon net, hè?'

Mijn keel sluit zich af, ik wil antwoorden, maar er komt slechts een stomme zucht uit mijn mond.

'Lynn, schat, weet je dat hij alles zelf gefinancierd heeft? De drukker, de pr, het redactiewerk; jouw werk, Lynn! Alle onverkochte exemplaren – ik garandeer je: dat waren er nogal wat – heeft hij teruggenomen en opgekocht. Hahaha, o god, man, zo zielig. Ik weet het, ik heb het zelf laten gebeuren, tot twee keer toe zelfs... geld stinkt niet en ik kon daar een ander, wel succesvol, project mee opzetten, maar...'

Ik sluit mijn ogen om het draaien van de kamer tegen te gaan. En alsof iemand zojuist een tijdbom in mijn hoofd geplaatst heeft die over enkele seconden kan afgaan, begint het bij mijn slapen te tikken.

'Lynn, *darling*? Ik hoor je stemmetje niet meer, waar belde je nou voor? Sorry hoor, je kent me; op vrijdagavond moet ik even detoxen. Zie ik je maandag… of moet dat mooie hoofdje van jou nog even rust houden? Zeg het maar. Ik ben een baas met veel begrip… maar niet te lang…' Ben lacht weer.

'Dank je, Ben,' zeg ik. 'Het ging per ongeluk, ik toetste per ongeluk jouw nummer in, het spijt me… ik… Ik bel je maandag, oké?'

Ik hoor Ben nog steeds lachen; hij praat niet langer tegen mij. Ik wens hem een fijn weekend en verbreek de verbinding. Roerloos zit ik met de telefoon in mijn hand op de rand van het bed. Mijn voeten bungelen iets boven de schapenvacht die ervoor ligt. De tijdbom in mijn hoofd is niet afgegaan, ik leef nog.

Weer heeft zich iets voorgedaan waardoor ik anders naar mijn man ben gaan kijken. Hoe vreselijk en onverklaarbaar ook, Matthew moet vier jaar geleden bewust mijn leven zijn binnengekomen. Ik kan het bijna niet geloven. Hoe hij me zijn liefde verklaarde en met me wilde trouwen. Niet vanwege zijn toekomstige erfenis, maar de mijne.

48

Ik ben opgestaan, heb thee gezet en mijn laptop gepakt. Ik ben in de hangstoel bij het raam gaan zitten en doe wat ik nooit eerder gedaan heb: ik bekijk Matthews LinkedIn-pagina. Alles ziet er heel professioneel uit – een aantrekkelijke foto van Matthew in pak, een uitstekend cv en veel posts van personen uit zijn netwerk. Links naar TED Talks, managementgoeroes en oud-maar-nog-lang-niet-dood vrouwen in strakke mantelpakjes op torenhoge pumps die zichzelf aanprijzen voor counseling.

Zonder dat ik precies weet waar ik naar zoek, scrol ik door Matthews eigen posts en zie dat de laatste die hij geplaatst heeft van meer dan twee jaar geleden is. Zijn nieuwe boek kwam toen bijna uit en hij maakte daar veel reclame voor. Ik weet nog dat het toen een hectische periode was op de uitgeverij. Ben had een succesdeal gesloten met een aantal musea in Nederland om kleurboeken te verkopen: mandala's, vlinders, een Rembrandt of een Van Gogh; alles viel in te kleuren. Er was toen weinig aandacht voor Matthews boek en na mijn recente telefoongesprek met Ben begrijp ik nu dat dat niet alleen aan de kleurboeken lag.

Ik stond er toen niet bij stil. Matthew was een van de vele auteurs uit het fonds en bovendien was ik weinig thuis. Ik reisde indertijd veel voor mijn werk. Ik verving een zieke collega en bezocht veel buitenlandse beurzen, en voelde me de helft van de tijd schuldig omdat ik vond dat ik Matthew en de kinderen tekort deed.

Onze relatie was nog heel pril, en toch, als ik er nu wat langer bij stilsta, leken er op de een of andere manier toen al barstjes in ons huwelijk te ontstaan. Ik vond Matthew vaak gespannen; hij was gauw boos of raakte geïrriteerd om kleine dingen en maakte dan meteen ruzie. Nu ik daaraan terugdenk voel ik opnieuw die drukkende pijn op mijn borst waar ik toen last van kreeg. Ik was doodsbang dat ik aan hartfalen leed.

Na een cardiologisch onderzoek bleek er niets mis met mijn hart. Volgens de arts ging het om een wat lage weerstand waardoor ik chronisch verkouden was. Nachtenlang lag ik wakker met een uitputtende hoest. Matthew en ik sliepen in die tijd voor het eerst gescheiden.

Ondanks het slaapgebrek werkte ik gewoon door. Ik slikte zoveel pijnstillers om op de been te blijven, dat ik met gemak kan zeggen dat ik eraan verslaafd raakte. Ik deed verschrikkelijk mijn best om Matthew niet kwijt te raken. We zagen elkaar weinig. Als ik thuis was, ging hij op pad. Uit alle macht probeerde ik een moederlijke band met de kinderen op te bouwen. Ik herinner me dat ik toen geen minuut voor mezelf had, maar ervan uitging dat dit mijn tropenjaren waren en dat die vanzelf voorbijgingen.

De tweede zomer van onze relatie gingen we met het gezin een maand op vakantie naar Frankrijk. Hoewel ik een groot deel van die vakantie sliep, waardoor de zorg voor de kinderen op Matthew neerkwam, geloof ik dat ik in die vakantie heel gelukkig was. Achteraf begrijp ik niet hoe ik het daarna nog een jaar heb volgehouden om in die schijnwereld te leven. Ik denk dat ik zó graag wilde dat het zou lukken – onze relatie, het gezin, mijn werk – dat ik niet de tijd nam om erbij stil te staan en me af te vragen hoe ik daarin beland was. Starend naar de LinkedIn-pagina van Matthew waarop mijn zogenaamd drukke zakenman al twee jaar niet meer actief is geweest, vraag ik me af wat deze notoire bedrieger nog meer te verbergen heeft.

Terwijl ik me losmaak uit de hangstoel is het daar ineens weer. Een knerpend geluid dat van buiten komt. Alsof er ergens een luik open- en dichtgaat. Meteen sta ik weer op scherp. Ik grijp mijn telefoon en doof het licht in de kamer. Ik sluip naar het raam dat uitzicht biedt op het tuinpad. Niemand. Zijn het die stomme muizen? Daar is het weer. Ik hou mijn adem in.

Een tik, als bij een hamerslag, piepende scharnieren. Er verschuift iets, grind knerpt. Het geluid is vlak achter me. Ik draai me om. Haastig beweeg ik me door het donker naar het raam bij de eettafel.

'Au!'

Ik stoot mijn tenen tegen een stoelpoot. Als daar al iemand is, heeft hij me nu zeker gehoord. Ik schuif het gordijn wat opzij. Luisterend naar de stilte, kijkend naar het door maanlicht beschenen groen, zie ik iets bewegen.

Een schim, waarvan de contouren deels aan het zicht worden onttrokken door het struikgewas, verplaatst zich langs het chalet. Ik druk op de zaklamp van mijn telefoon en terwijl ik op de figuur wil richten, klinkt er een ping van een binnenkomend appje. Sjouk.

Opnieuw knerpt het grind onder het raam. Ik druk mijn wang tegen het glas en alsof de figuur precies weet waar een vluchtroute is, zie ik hem onder de omheining van de naastgelegen tuin verdwijnen.

Trillend open ik het appje van Sjouk.

SORRY, KIND, IK WEET NIETS VAN BELLA'S BRIEVEN, HEB ZE NIET GEZIEN. NET ZOMIN ALS IK MATTHEW VERTELD HEB DAT JIJ OP EEN PARK VERBLIJFT.

49

Ik ontwaak uit een coma. De nacht lijkt heel ver weg, scherp zonlicht stroomt naar binnen langs de versleten overgordijnen. Ik rol me op mijn zij en trek mijn benen op.

Als de zoemer van mijn telefoon gaat, hijs ik mezelf overeind. Ik herken het nummer op het display niet. Ik zie wel dat de batterij bijna leeg is; het snoer van de oplader ligt doelloos naast de telefoon. Een strip met slaaptabletten is uit het doosje gehaald, hij is zo goed als leeg.

'Met Lynn,' zeg ik versuft.

'Liefje, hoe gaat het met je? Je klinkt niet goed.' Het is Matthew. Ik ben in één keer wakker. Ik duw een kussen in mijn rug en ga rechtop in bed zitten. Hij belt niet met zijn eigen toestel, gaat het door me heen. Ik gris naar het snoer van de oplader, steek het stekkertje in de telefoon en zet hem op de luidspreker.

'Lynn? Ben je er nog?'

'Ja, ja, ik was net wakker, je kent mijn slaappatroon,' lach ik een beetje. Mijn hart bonkt zwaar door mijn borstkas.

'Zeg, luister, ik ben op dit moment bij mijn moeder en vroeg me af hoe je het zou vinden als ik vanavond naar je toe kom. Het wordt de komende dagen mooi weer, dan gaan we vanavond uit eten en morgen wandelen. Wat denk je daarvan?'

Bij zijn moeder dus. Waarom is dat telefoonnummer dan afgeschermd? Hij wil hierheen komen, wandelen, eten… neuken? Ik huiver. Kun je lustgevoelens veinzen?

'Ik… eh… ik weet niet… Komen de kinderen ook mee?'

'Nee, die blijven bij oma. Vandaag hebben ze nog vrij van sport, volgende week begint alles weer en...'

Goddank, van Noa zal ik geen last hebben.

Er valt een stilte. Matthew ademt zwaar.

'Lynn, ik mis je.'

Die stem van hem, zacht en krachtig tegelijk.

Laat je niet misleiden, hij belazert je. Denk aan je voornemens.

'Je weet toch dat ik bij een vriendin verblijf?' Als Matthew niet meteen antwoordt, ga ik door. 'Ze heeft maar weinig ruimte, zeker geen logeerkamer voor twee personen. Als je hier in Drenthe wilt overnachten moeten we naar een hotel.'

Mijn lijf trilt, ik durf bijna niet te ademen. Als hij hier regelmatig bij Bella is geweest, moet hij nu door de mand vallen.

Er valt weer een lange stilte waarin ik mijn hartslag in mijn keel voel kloppen.

'Lynn, de laatste keer dat we elkaar spraken zei je dat je op een bungalowpark zit in een chalet van je tante, dat je daar de boel aan het opruimen bent. Is dat niet zo dan?'

Ik verkramp. Razendsnel probeer ik me het moment voor de geest te halen dat ik tegen Matthew heb gezegd dat ik in Bella's chalet verblijf; ik kan het me niet herinneren.

'Wanneer heb ik dat gezegd, Matthew?' Mijn stem klinkt nasaal. Mijn keel sluit zich af en belet me om verder te praten.

'Nadat je mijn agenda had gevonden; je was niet jezelf. Ben je dat vergeten, Lynn? Komt het door je slaapgebrek dat je zo vergeetachtig wordt?'

'Ik... weet het niet meer... ik kan me niet voorstellen dat ik...'

'Hoe laat zal ik bij je zijn?' onderbreekt Matthew mij. 'Geef me even het adres en het nummer van het chalet. Weet jij een goed restaurant daar in de buurt? Zal ik alvast een tafeltje reserveren?'

Hou op, klootzak! Stop met liegen, je weet donders goed waar ik ben. Alles draait bij jou om mijn geld. Je krijgt mijn geld niet, nooit, nooit, hoor je?!

Ik bijt op mijn lip. Er is geen bewijs. Al die vragen waar ik nog geen antwoord op heb. Ik adem diep in en uit en noem een tijdstip. Daarop geef ik Matthew het adres door. Ik hoor hem kalm alles herhalen als hij de gegevens opslaat in zijn telefoon. Ik zou hem willen uitkafferen. In plaats daarvan zet een stille woede zich in mij vast.

Terwijl Matthew verder mompelt, laat ik me van het bed glijden en haal mijn spijkerbroek die over een stoel hangt naar me toe. Ik frommel in de zakken, trek de envelop die daarin zit eruit en wrijf het papier glad. Ik open mijn mond.

'O, ja,' zeg ik, en ik leg een neutrale toon in mijn stem alsof me iets spontaan te binnen schiet. 'Ik denk dat ik wel een restaurant in de buurt weet; het ligt hier vlakbij in een dorpje. Het is een Italiaans restaurant, misschien ken je het?'

Geen reactie.

'Ik weet niet of de keuken goed is, maar we kunnen het allicht proberen... Even nadenken, eh... ja, ik weet het weer: Casabella, heet het. Zoek jij het even op om te reserveren?'

Geen antwoord. Ik hoor Matthew weer zwaar ademen.

'Dan zie ik je vanavond,' zeg ik opgewekt. Mijn stem valt weg, mijn lichaam versteent nadat ik het contact met Matthew verbreek.

Drenthe

Een paar maanden voor de vermissing van Bella

De ochtend begint met luid vogelgezang. De lenteregen tikt zachtjes op het dak.

Bella opent haar ogen; ze voelt hoe Matthew haar bij haar middel vastpakt en naar zich toe trekt. Zijn hand zakt naar haar warme onderbuik en met zijn vingertoppen masseert hij de plek vlak boven haar venusheuvel. Ze sluit haar ogen weer en drukt haar hoofd wat dieper in het kussen. Als ze zijn adem langs de huid van haar nek voelt glijden, kreunt ze zachtjes en laat ze haar benen losjes uit elkaar vallen.

Nog steviger trekt hij haar tegen zich aan; ze voelt zijn erectie in haar onderrug.

'Ga door,' zegt ze als ze voelt dat ze nat wordt. 'Niet stoppen nu, ik wil dit,' verzucht ze bozig als zijn vingers zich abrupt van haar losmaken.

Hij grinnikt en drukt zich op. Leunend op zijn elleboog duwt hij zijn neus in haar hals. Hij likt haar oorlelletje en hapt erin.

'O, ja, wil je dit?' fluistert hij. 'En weet je wat ik wil?'

Hij richt zich nog verder op, grijpt haar bij haar armen en legt ze boven haar hoofd. Met zijn knie drukt hij haar benen uiteen, hij kust haar, wacht even op haar reactie en stoot dan bij haar naar binnen. Haar lichaam siddert, haar bekken schokt, vol overgave laat ze zich meevoeren in zijn dierlijke bewegingen. Met ongeloof kijkt ze tussen haar wimpers door naar dat machtige lijf dat over haar heen hangt. Waarom heeft ze dit zo lang moeten missen, waar was hij al die tijd? Niet nadenken nu. Ze is gelukkig, eindelijk heeft ze hem voor haar alleen.

50

Het leugenachtige telefoontje van Matthew verschaft me nieuw inzicht; ik weet zeker dat ik hem niets over een park heb verteld, en Sjouk dus ook niet. Niet langer kan ik me laten leiden door angst en twijfels. Ik moet op zoek naar bewijzen.

Ik neem een hete douche, kleed me aan en föhn mijn haar tot het halfdroog is; het zit al dagen beroerd, gemakshalve schuif ik het bij elkaar in een staartje. Haastig stort ik me op de keukenkastjes. Nadat ik alles binnenstebuiten heb gekeerd besef ik dat de brieven van Bella écht weg zijn.

Als Sjouk ze niet gepakt heeft, kan het niet anders dan dat mijn onbetrouwbare echtgenoot hier is geweest. Ik vermoed dat Bella hem ooit een reservesleutel van het chalet heeft gegeven. Misschien heeft ze hem toen ook verteld van de brieven aan mijn moeder? Het kan niet anders dan dat Matthew hier in mijn afwezigheid naar die brieven heeft gezocht. Het moet eergisternacht gebeurd zijn. Toen ik ontdekte dat hij niet thuis had geslapen.

Paniekerig kijk ik om me heen. Matthew had gezegd dat hij toen bij zijn moeder was. Hij zal toch niet hier...? In Bella's bed... waar ik... Nee! Hoe wist hij anders dat ik weg was? Zat hij toen al in de buurt, hier in Drenthe... toch niet... op dit park?!

Ik heb geen enkel bewijs. Onwillekeurig moet ik aan vannacht denken, aan die figuur die om het chalet liep; zou dat Matthew geweest zijn?

Een nieuwe gedachte flitst door mijn hoofd. Die ene keer dat ik hier aankwam, verkeerd reed en achter in het park bij een hek uitkwam; aanvankelijk leek toen alles verlaten, terwijl ik toch écht iets meende te horen. Beverig adem ik uit. Nee, nee, god, nee. Matthew was op dat moment op reis, hij was onderweg naar Duitsland. Tenminste, dat zei hij.

En als hij loog? Het laat me niet los.

Bob vertelde dat een aantal chalets verhuurd wordt voor langere tijd. Stel, Matthew heeft hier een chalet gehuurd en houdt mijn moeder daar vast. Er is hier niemand die controleert wat er in zo'n chalet gebeurt. 'Criminelen die onder de radar van de politie willen blijven,' zei Bob.

Al snel kan ik nergens anders meer aan denken. Ik moet terug naar dat chalet om poolshoogte te nemen. Ik sta al bij de deur om mijn jas aan te trekken, als een gevoel van nervositeit me bekruipt en tegenhoudt. Wat doe ik als ik niet alleen mijn moeder daar aantref maar ook Matthew tegen het lijf loop? Hij is beresterk en zal niet aarzelen ons iets aan te doen.

Mijn hand ligt op de deurknop. Besluiteloos staar ik naar buiten. Het is beter om Matthew voorlopig in de waan te laten dat ik hem vertrouw.

Ik laat alle dingen de revue passeren die ik tot nu toe met zekerheid van hem denk te weten.

Matthew heeft Bella gekend, hij wist van het geld dat ik zou krijgen, net als de persoon die hem vanuit Drenthe daarover een dreigbrief stuurde. Iemand van een Italiaans restaurant die Matthew chanteert met een sjaal. Waarom een sjaal?

Peinzend draai ik me om. Ik richt mijn blik op de deur van de slaapkamer en stap naar binnen. De foto van Bella en het scoutinggroepje haal ik nogmaals van de wand. Bij daglicht zijn de personen op de foto duidelijker te onderscheiden. Ik neem de kleine, donkere jongen naast haar nog wat beter in me op. Om zijn mond ligt een zelfverzekerd, wrang lachje. Het lachje trekt naar links, waar het oplost in zijn wang. Het bezorgt me kippenvel. Stel dat dat Giovanni is? Ik kan dat checken bij Sjouk; zij had het over foto's van vroeger waar hij op staat.

Achter Bella staat die lange, gespierde jongen met dat donkere haar tot op zijn schouders. Zou dat Matthew kunnen zijn? Hoe ik ook probeer hem te herkennen, zijn gezicht blijft vaag.

Ik focus nog beter en dwing mezelf iets op de foto te ontdekken wat me op een spoor kan zetten. Niet wetend waarnaar ik moet zoeken dwaalt mijn blik onrustig over de uniforme kleding van de groep. Kakikleurige broeken, gele overhemden met daaromheen dat groene sjaaltje met een oranje streep. De ene scout heeft misschien iets meer insignes dan de andere, maar verder ziet iedereen er identiek uit.

Dan wordt mijn aandacht opnieuw door de lange jongen achter Bella getrokken. In tegenstelling tot de rest van de groep draagt hij een rood overhemd en is zijn sjaal niet groen met oranje, maar bruin met blauw. Bruin met blauw, maar... hè? Is dat niet dezelfde sjaal die ik in Matthews auto zag liggen?

51

Gewapend met de foto en de brief in mijn tas, ben ik op weg naar het dorp met de brink en vele bomen. Hoewel ik precies dezelfde route rij als vorige keer, lijkt de weg ernaartoe vandaag korter.

Alweer moet ik goed opletten. Niet de storm of de ontwortelde bomen bemoeilijken ditmaal mijn rit, maar dagjesmensen die vanwege het zomerse weer hun huis uit zijn gejaagd. Fietsers slingeren drie rijen dik naast elkaar. En als ik niet goed oplet zou ik zomaar iemand kunnen raken.

Hoewel ik er alles aan doe om mijn aandacht bij het verkeer te houden, dwalen mijn gedachten ook telkens af naar Matthew; ik vraag me af of ik vanavond met hem alleen durf te zijn. Mijn angst wordt versterkt door de afwezigheid van Sjouks auto. Toen ik net wegreed stond de Saab er niet. Ik reken op haar steun, maar wat moet ik doen als ik haar niet kan inschakelen? Ik besluit haar straks te bellen en in te lichten over Matthews komst.

Naarmate ik het dorp nader, neemt de drukte alleen maar toe. Een groepje wandelaars heeft een picknicktafel langs de weg ingenomen. Een mountainbiker die al een tijdje voor mij rijdt moet abrupt afremmen als een van de wandelaars plotseling de weg op stapt. Bijna rij ik de mountainbiker aan. Gestrest parkeer ik mijn auto bij de eerste de beste parkeerplaats in het dorp en bel Sjouk.

'Lynn, hoe is het? Zit je lekker in de tuin, genietend van het mooie weer?'

De betrokkenheid in de stem van Sjouk grijpt me aan. Ik voel me kwetsbaar en moet mijn best doen me niet te laten gaan. Ik hakkel een beetje dat ik onderweg ben om boodschappen te doen. Ik noem de naam van het dorp waar ik ben en vraag hoe laat ze denkt thuis te zijn.

'Och, kind, ik zit in Assen bij een oud-collega. Het hele Kelly-verhaal is weer opgerakeld door jouw aanwezigheid hier. We zitten oude dossiers door te spitten, en ik moet je zeggen: niet zonder borrel erbij. Ik vrees dat ik vanavond niet meer thuiskom. Ik blijf gezellig bij Vera slapen.'

Mijn adem stokt. Ik hoor iemand op de achtergrond lachen. Is dat Vera? Een steek van jaloezie gaat door me heen. Is er iemand anders nog belangrijker dan ik?

Doe niet zo idioot, iemand komt gewoon een nachtje niet thuis, zit bij een collega in Assen. Een week geleden kende je Sjouk nog niet eens.

'Lynn? Ben je er nog? Gaat het wel?'

'Ja, ik eh...'

Nee, het gaat niet, er liep vannacht iemand om mijn chalet, Matthew heeft dreigbrieven gekregen en vanavond komt hij me opzoeken, we gaan uit eten bij Casabella waar de dreigbrieven vandaan komen en...

'Ja, het gaat goed. Het is druk hier, veel toeristen. Als ik de boodschappen heb gedaan ga ik snel weer terug naar het chalet. Verder met Bella's brieven...'

Ik adem snel. Het kost me moeite om Sjouk voor te liegen.

'Heel goed, je hebt de brieven dus weer gevonden? Mooi! Ik begreep alleen die opmerking niet over Matthew; je vroeg je af of ik hem had verteld waar je verbleef. Zoiets zou ik nooit doen. Je weet dat ik hem niet vertrouw. Hij moet het van iemand anders gehoord hebben. Je hebt het toch niet zelf verteld, Lynn?'

Ik antwoord niet. Vertwijfeld staar ik door het autoraampje naar de brink met de weelderige herfsttuinen en de achtergelegen huizen. Alles ziet er zo lieflijk en vredig uit. In mij woedt een oorlog.

'Af en toe vind ik je wat verstrooid, afwezig, of beter gezegd: dromerig...' gaat Sjouk verder. 'Net als Bella dat soms kon zijn.' Haar stem klinkt opeens broos. Ze valt stil. Praten over Bella kost haar moeite.

'Ja, dat is waar,' zeg ik vlak, mijn karaktertrek vervloekend. 'Je hebt gelijk.'

Ik maak een eind aan het gesprek door haar nog een fijne avond te wensen. Ze zegt dat ze morgen weer thuis is, en mocht zich iets voordoen, dan kan ik haar altijd bellen.

Als verlamd zit ik in mijn stoel, handen in mijn schoot, telefoon uit. Ik kijk naar de zonovergoten straat waar mensen om me heen genieten van het mooie weer. Ze ogen gelukkig en hoeven zich geen zorgen te maken over zoekgeraakte familieleden of bedrieglijke echtgenoten. Ik prent mezelf in dat ik in beweging moet komen. Dat ik hier ben met een doel.

Ik leg mijn hand om de contactsleutel, start de auto en draai hem de weg op. Stapvoets hobbel ik over de geplaveide weg met keien naar het kleine winkelcentrum bij de kerk. Hoe dichter ik het centrum nader, hoe strakker mijn maag lijkt te worden samengeknepen.

Ik parkeer de auto vlak bij de kerk, stap uit en neem de omgeving goed in me op. Naast de supermarkt, waar ik vorige keer was, zijn een bruin café, een kapperszaak en een drogist gevestigd. Aan het eind van het rijtje winkels is een restaurant. Terrasstoeltjes en tafeltjes staan in groepjes onder een uitgedraaid zonnescherm.

Vanaf deze plek kan ik niet goed inschatten of dat het restaurant is dat ik zoek, maar aan de Italiaanse vlag te zien die uit de gevel steekt, moet het daar zijn. Ik schuif de zonnebril op mijn neus en recht mijn rug. Ik loop een stukje verder en hou dan mijn pas in om mijn tas te checken. Telefoon, portemonnee, zakdoekjes en een brillenetui. De vergeelde envelop die erin zit haal ik tevoorschijn. Mijn hand trilt als ik naar het zonnescherm van het restaurant kijk. In dezelfde goudkleurige sierletters als op de envelop staat daar de naam 'Casabella'.

Ik zit goed.

52

Jengelende kinderen zeuren om ijs. Een van de ouders wordt het zat en verheft zijn stem.

Ik zit in een hoekje van het terras en sla de situatie gade aan het tafeltje voor me. Ondanks mijn wenken duurt het zeker nog twintig minuten voordat ik word opgemerkt door iemand van de bediening. Een verveelde, magere jongeman sloft op me af. Over zijn wangen ligt een rode, vurige waas van acne en zijn mond gaat schuil onder een vlassig baardje. Hij draagt een zonnebril met geelgroene glazen waarin ik mezelf weerspiegeld zie en hij schijnt niet te kunnen praten. Zwijgend richt hij zijn blik op het apparaatje dat in zijn hand ligt. Uiterst bedachtzaam tikt hij mijn gin-tonic in.

Ik moet mezelf moed indrinken.

Hoewel ik daarnet nog lang moest wachten, wordt de gin-tonic nu door een pittig meisje met een strak geblondeerd staartje op haar hoofd voor me neergezet. Ik roer in het glas met ijsblokjes. In de hoop een glimp op te vangen van de man die ik vorige keer bij de supermarkt tegenkwam, kijk ik spiedend naar binnen. De man werd door zijn collega met 'Mario' aangesproken. Tot nu toe zie ik niemand die op hem lijkt. Ook de andere man, zijn collega, kan ik niet ontdekken. De gedachte dat ze hier misschien niet werken verdring ik. Ik weet zeker dat ze een schort om hadden van dit restaurant. Misschien hebben ze vandaag hun vrije dag, of werken ze in de keuken.

Ik drink mijn glas voor de helft leeg en voel wat de alcohol met me doet. Mijn wangen beginnen te gloeien, mijn hartslag versnelt. Het weerhoudt me er niet van om door te drinken. Gespannen kijk ik op mijn horloge. Als ik zie dat het al over vieren is, dwing ik mezelf om tot actie over te gaan. Matthew en ik hebben om vijf uur bij het park afgesproken. De gedachte daaraan jaagt me uit mijn stoel en spoort me aan om niet langer uit te stellen waarvoor ik hier ben.

Ik wenk de jongen en vraag of ik binnen kan afrekenen. De jongen knikt ongeïnteresseerd en vervolgt zijn weg naar een tafeltje met gasten die vertrekken en plaatsmaken voor nieuwe gasten. Het is een goedlopend restaurant. Waarschijnlijk het enige in dit dorp. Onwillekeurig vraag ik me af of Matthew hier gereserveerd heeft voor vanavond. Ik schiet van de zenuwen even in de lach.

Binnen is het schemerig; het mag dan een mooie nazomerse dag geweest zijn, het najaar dat in de lucht hangt is al behoorlijk voelbaar. De sjaal die ik losjes om mijn nek had hangen sla ik een paar keer om mijn hals.

'Zoekt u de wc?' vraagt het meisje dat mijn gin-tonic bracht. Ze staat achter de bar en poetst de wijnglazen.

'Ik... eh, nee, ik ben eigenlijk op zoek naar de eigenaar,' zeg ik. Ik loop haar kant op en blijf naast de bar staan. 'En ik wil graag betalen. Kan dat hier?'

Het meisje knikt; ze is heel beweeglijk. Bij iedere stap die ze zet, danst het blonde staartje dat als een fontein boven op haar hoofd staat, mee. Nadat ze het opgepoetste wijnglas heeft neergezet, gooit ze de theedoek over haar schouder en haalt een pinapparaat tevoorschijn. Behendig tikken haar vingers iets in.

'Alleen een gin-tonic?' vraagt ze met ongeloof in haar stem.

'Klopt,' zeg ik, terwijl ik op zoek ga naar mijn betaalpasje.

Het meisje haalt intussen haar telefoon tevoorschijn. Aandachtig scrolt ze door het menu, vlug tikken haar duimen een tekstje. Ik frons even mijn wenkbrauwen en moet aan Noa denken; alleen maar aandacht voor hun telefoon, die meiden.

'Is de eigenaar er?' vraag ik opnieuw. Mijn stem klinkt zakelijk.

Het meisje schrikt op. Ze stopt snel haar telefoon terug in haar broekzak en kijkt me schuldbewust aan.

'Nee, die is er vanavond laat pas. Als we afsluiten. Zijn broer is er wel, maar ik weet niet zeker of hij nu...' Het meisje werpt een blik over haar schouder in de richting van een deur waarachter keukengeluiden klinken.

'Is dit een familiebedrijf?' vraag ik, en ik probeer een vriendelijkere toon in mijn stem te leggen. Ik forceer daarbij een lachje en wacht bewust even met afrekenen nu ik eindelijk haar aandacht heb.

'Ja, ik geloof het wel,' zegt ze. 'Ik werk hier nog niet zo lang, maar ik heb begrepen dat dit restaurant al heel lang bestaat.'

'Weet je ook waarom het Casabella heet?'

Het meisje schudt haar hoofd. 'Geen idee, maar het klinkt wel lekker Italiaans, vindt u niet?' Ze lacht.

Ik knik. 'En de eigenaar?' ga ik verder. 'Hoe heet hij?'

'Pfff, u stelt wel veel vragen, zeg. U kunt daar pinnen.' Ze wijst ongeduldig op het apparaat en draait zich een halve slag naar de bar, waar een nieuwe drankbestelling binnenkomt. Nadat ze zich ervan verzekerd heeft dat ik heb betaald, geeft ze haar collega een seintje dat ze eraan komt.

'Ik moet door met mijn werk,' zegt ze haastig. 'Maar als u de eigenaar wilt spreken: voor evenementen of het afhuren van ons restaurant kunt u altijd dit nummer bellen.' Ze schuift een kaartje in mijn richting, legt haar wijsvinger bij een telefoonnummer en pakt het nog ratelende pinapparaat op. Het bonnetje dat eruit komt scheurt ze af en werpt ze meteen daarna in een prullenbak.

Ik steek het pasje terug in mijn portemonnee, wacht even tot het meisje uit beeld is en loop dan naar een smoezelige klapdeur achter de bar. Ik werp een korte blik door het kleine ronde raampje in de deur en zie een vijftal jongens in groene schorten druk in de weer rondom een keukeneiland. Ze schreeuwen naar elkaar en werpen elkaar beurtelings paprika's en courgettes toe. Ik kijk nog snel even achterom of niemand me ziet en stap dan naar binnen. Vanuit mijn ooghoek zie ik meteen iemand op me afkomen. Het is een kleine, gedrongen man die me met een driftige handbeweging gebaart weg te gaan.

In één oogopslag heb ik de man herkend. Dit is dezelfde kerel die bij de supermarkt werd aangesproken met 'Mario'.

Hij is nu bijna bij me. Ik blijf hem recht aankijken en zie hoe hij zijn pas inhoudt als hij mij ook herkent. En ik weet niet of het aan zijn verschrikte houding ligt of aan de gin-tonic die me overmoedig heeft gemaakt, maar in plaats van te vluchten bevries ik en blijf stokstijf staan.

'Hallo,' zeg ik en ik steek mijn hand uit om me voor te stellen. Mijn stem versmelt met het kletterende lawaai van servies en pannen.

De man reageert niet op mijn uitgestoken hand. Zijn ogen knijpt hij tot spleetjes.

'Ik ben op zoek naar de eigenaar,' zeg ik en ik laat mijn hand weer zakken. Daarop trek ik mijn beste blufpokergezicht en glimlach zelfverzekerd. 'Een zekere Giovanni?'

Drenthe

Een paar weken voor de vermissing van Bella

'Je vertelde gisteren iets over je nichtje,' zegt hij als ze later met plakkerige lijven tegen elkaar aan liggen.

Ze heeft een sigaret opgestoken; ze is iemand die stopt en dan weer begint. De eerste keer vond hij dat maar niets, nu rookt hij steevast mee. Alleen als hij met haar is, heeft hij gezegd. Tegenover de kinderen kan hij het niet maken om te roken.

'O... ja, dat,' zegt ze en ze inhaleert diep.

Tijdens het eten hadden ze over geld gesproken en had ze hem verteld over Lynn, en dat die over vier jaar een behoorlijke som geld krijgt. Toen Matthew bij het horen van het bedrag haar geschokt en met grote ogen had aangekeken, besloot ze om hem maar de halve waarheid te vertellen. Ze gooide het op een goede investering, zo'n lijfrenteverzekering. In haar geval ook nog met een goed doel, had ze eraan toegevoegd; haar lieve surrogaatdochter, zoals ze Lynn noemde.

Matthew had daarna begripvol geknikt; hij legde uit dat hij wist hoe het was om kinderen, meiden, te hebben. Je hebt er alles voor over, zei hij. Tegelijkertijd had ze iets in zijn houding zien veranderen. Alsof er iets door zijn hoofd spookte wat hem niet meer losliet.

Onwillekeurig vraagt ze zich af waarom hij juist nu, net nadat ze zo lekker hebben gevreeën en nagenieten met een sigaretje, weer over Lynn begint.

'Je moet wel heel veel van haar houden,' gaat Matthew verder.

Hij legt zijn vrije hand op haar buik en streelt met zijn vingertoppen de vochtige huid rond haar navel.

'Hm... vind je het goed als we ergens anders over praten?' vraagt ze.

'Tuurlijk, maar ik ben gewoon benieuwd naar dat nichtje; wat voor iemand ze is en of ze...'

Matthew laat haar buik los. Hij drukt zijn sigaret uit in het asbakje dat tussen hen op bed ligt en maakt een beweging om op te staan.

'Ach toe, blijf je niet nog even bij me?' vraagt ze met een kinderlijk stemmetje.

'Nee, ik heb vandaag nog enkele afspraken in de stad, en de kinderen zijn bij hun oma, die moet ik daarna ophalen,' antwoordt Matthew. Hij buigt zich naar zijn kleren die over de grond verspreid liggen en trekt ze zonder zich te douchen of te scheren aan.

Zwijgend volgt ze zijn handelingen. Ze kijkt naar zijn sterke rug. Ze voelt de neiging opkomen om zich als een aapje op hem te werpen en zich aan hem vast te klampen. Dat heeft ze al eerder gedaan; toen hield hij haar bij haar benen vast en dansten ze bloot en proestend van de lach door de kamer. Iets in zijn houding weerhoudt haar daar nu van. Het is beter om stil te blijven liggen en niet te denken aan straks, als hij weer weg is en zij hem zal gaan missen.

Ze moet oppassen, ze is zich gaan hechten. Dat maakt haar kwetsbaar en zwak, daardoor zou ze bijna de ware reden van de lijfrenteverzekering aan hem vertellen. Matthew hoeft niet alles te weten. Daarvoor is hun relatie nog te onzeker.

Want stel je voor, hij komt erachter dat ze hem in haar brieven en op de video's om de tuin heeft geleid en hiernaartoe heeft gelokt met een kopie van de sjaal die hij in Kelly's mond had gestopt.

53

'Mario? Alles goed?'

Een van de pizzabakkers – een bezwete reus met blote tattoo-armen – maakt zich los van de oven en loopt op me af. Hij veegt de bloem die op zijn handen zit aan zijn schort af en schuift daarna zijn petje iets omhoog. Wijdbeens gaat hij voor me staan. Ik kijk naar hem op en voel me Klein Duimpje.

'Wat moet jij hier?' vraagt hij nors.

De kille blik in zijn ogen zou me doorgaans de stuipen op het lijf jagen; nu raap ik al mijn moed bij elkaar en verankeren mijn voeten zich in de grond.

'Ik zoek de eigenaar, een zekere Giovanni?' herhaal ik kort. Ik kan niet voorkomen dat mijn stem trilt. Het idee om de G uit Matthews agenda te koppelen aan Giovanni, ontstond door de groepsfoto van Bella en de sjaal uit Matthews auto. Ik vermoed dat er een verband is tussen Bella's gedwongen huwelijk met Giovanni en de sjaal waarmee Matthew wordt gechanteerd. Het kan niet anders dan dat de drie elkaar kennen.

'Ik ben familie,' mengt Mario, de gezette, kleine man, zich in het gesprek. Hij gaat tussen de pizzabakker en mij in staan.

Dus toch – zie je wel! Alles juicht in mij. Nu moet ik doorzetten.

'Het is goed, Enzo,' zegt Mario sussend als de reus lastig wordt. 'Ik neem haar wel mee.'

Meteen daarop voel ik een hand in mijn rug en word ik via een andere deur de keuken uit geloodst.

'We kunnen iets verderop rustiger praten,' zegt Mario, die achter me blijft lopen. Zijn voeten sloffen over de vloer. Hij draagt instapschoenen die hem te groot zijn. Als ik mijn pas inhoud en laat merken niet gediend te zijn van een hand in mijn rug, laat hij me onder enige protestuitingen los.

Hij gaat me voor naar een schaarsverlicht gangetje dat uitkomt op een eveneens donkere, kleine ruimte. Mario drukt op een lichtschakelaar naast de deur. Koud, wit tl-buislicht floept aan. Op een tafel liggen oude kranten, bestek en theedoeken. Mario trekt met veel kabaal een stoel onder de tafel vandaan en zegt dat ik kan gaan zitten.

Ik blijf in de deuropening staan en kijk om me heen. Er is niemand te zien; waarschijnlijk is deze kamer alleen voor personeel. Ik voel me onbehaaglijk en vraag me af waarom ik zo gek ben om dit te doen en hoe ik hier straks weer wegkom.

'Waar gaat het om?' vraagt Mario.

Steunend laat hij zich op de stoel vallen. Hij maakt een vermoeide indruk. Vanonder zijn donkere wenkbrauwen kijkt hij me aan met een troebele blik. Hij heeft ingevallen wangen en de huid van een stevige roker; grauw en gerimpeld. Ik schat hem eind vijftig, misschien iets jonger. Als ik me losmaak van de deuropening en hem nog wat beter bekijk, valt het me op dat het wit in zijn ogen rooddoorlopen is van kleine adertjes, als bij een oude, maar ongevaarlijke bloedhond.

'Ga je nog zitten?' Hij wijst op de stoel.

Aarzelend neem ik plaats.

Doorgaan, je moet nu doorgaan, niet slap zijn, denk aan die dreigbrief, denk aan het geld van Bella en je verdwenen moeder.

Ik open mijn tas; mijn vingers trillen als ik de brief eruit haal. Ik lik langs mijn lippen en schraap mijn keel.

'Het gaat om mijn man,' zeg ik. 'Matthew Smith.'

Ik let op het gezicht van Mario; hij vertrekt geen spier.

'Kent u hem?'

Mario schokschoudert. 'Waar zou ik hem van moeten kennen?'

'Dat weet ik niet, misschien kent uw broer hem, de eigenaar van dit restaurant? Misschien heeft hij het er met u over gehad?'

'Mijn broer...?' Een sinister lachje speelt om Mario's mond. 'Waarover gehad?'

'Over dit.'

Ik haal de envelop uit mijn tas, hou hem omhoog en wacht nogmaals op de reactie van Mario.

Geen reactie.

Langzaam haal ik de brief uit de envelop. Ik vouw hem open en schuif hem over de tafel. De bloedhondenblik glijdt over het papier.

'Dit is uw briefpapier, toch?'

'Ja, en?'

'Wilt u dat ik het voorlees?'

Stilte.

Ik trek de brief naar me toe. Voordat ik begin te lezen werp ik een blik over mijn schouder op de deur naar de gang. Ik kan meteen wegrennen als dat moet.

'3 november...' begin ik en ik lees de rest van de brief voor. Ik wacht even. 'Dat is binnenkort. Enig idee wat er op die dag gebeurt?' vraag ik.

Geen reactie.

'... jij weet het, één ton is voor jou,' lees ik nogmaals. Mijn stem klinkt helder, de dreigende toon van de brief kan Mario niet ontgaan. 'Een boel geld, niet?' zeg ik.

Ik kijk nog wat beter naar de man tegenover me. Onbewogen staart hij met zijn waterige ogen naar mijn handen waarin ik de brief hou. Even krullen zijn mondhoeken; het is geen lachje maar een zenuwtic.

'Kom op, ik wil weten waar dit over gaat,' roep ik, aangemoedigd door die tic.

'Ik kan je niet helpen,' antwoordt Mario vlak. Weer is er die tic, hij snuift er nu bij. Dan staat hij op; aftastend dwaalt zijn blik langs mijn lichaam. Hij kijkt naar mijn schouders, naar mijn haar en naar mijn borsten.

'Dat geloof ik niet,' zeg ik. Het opkomende gevoel van machteloosheid, omdat het waar is wat deze man zegt, druk ik weg.

'Als u hier werkt en naaste familie bent van Giovanni, moet u toch weten waarom hij dit soort brieven aan mijn man schrijft? Ik denk dat hij mijn man nog kent van vroeger. Dat hij samen met hem en mijn tante, Bella Blok, met wie hij later trouwde, op een zomerkamp is geweest. Hier...'

Ik rommel opnieuw in mijn tas. Ik haal de groepsfoto van Bella eruit en zie hoe Mario van me wegkijkt. Ik voel hem verkrampen. Dat moedigt me aan.

'Hier,' zeg ik, wijzend op de jongen in het gestreepte shirt die naast mijn tante staat. 'Kijk dan, is dit niet Giovanni?'

Mario doet een stap naar achteren, zijn lippen wijken iets, hij kijkt niet naar de foto maar naar mij. En alsof mijn komst nu pas écht tot hem doordringt, schudt hij meewarig zijn hoofd.

'Je had hier nooit moeten komen,' zegt hij nijdig. 'Jullie Hollandse wijven, allemaal hetzelfde: blond en dom...'

54

Ik voel een luchtstroom langs mijn benen trekken, een deur klapt dicht, voetstappen naderen. Bewegingloos sta ik voor Mario, die een gebaar maakt naar de foto en de brief.

'Weg ermee,' fluistert hij. 'Stop die spullen weg, anders...'

Instinctief doe ik wat hij zegt.

De voetstappen klinken zwaar; ze zijn nu bijna bij de deur.

'Hé, Mario, verdomme, waar blijf je?!'

De deuropening vult zich met de pizzabakker Enzo; zijn bezwete armen en nek glimmen. Hij heeft zijn pet afgedaan. Een wijkende haargrens gaat over in zwart, strak achterovergekamd haar waar de hoofdhuid doorheen schemert. Zijn ogen fonkelen. Eerst werpt hij een blik op mij en daarna op Mario.

'Ze hebben je nodig, er is onenigheid over een reservering.'

Ik hou mijn adem in en moet onwillekeurig aan Matthew denken; zou het om zijn reservering gaan?

'Kom op, er staat een groep van zes man te wachten en er is geen tafeltje meer vrij!' snauwt de reus.

Niet Matthew dus. Beverig adem ik uit.

Enzo keert zich vloekend om. 'Stomme ouwe lul,' moppert hij.

Mario vertrekt geen spier. Pas als Enzo buiten gehoorafstand is richt hij zich weer tot mij. Ik voel de woede van hem afstralen. Hij is gekleineerd in het bijzijn van zo'n domme, blonde Hollandse vrouw. Ruw pakt hij me bij mijn bovenarm en duwt me de gang op.

'Schiet op, wegwezen hier! Nogmaals: jij bemoeit je met zaken die je niet aangaan.'

Het ligt op het puntje van mijn tong om te zeggen dat deze hele bliksemse bende mij wel degelijk aangaat. Dat ik degene ben die straks over het geld beschikt waar zijn broer mijn man voor afperst.

Maar ik hou mijn lippen stijf op elkaar, klem mijn tas onder mijn arm en maak me haastig uit de voeten. Mario komt gelukkig niet in beweging. Ik kijk niet om als ik op een deur af been. Erachter klinkt een geroezemoes aan stemmen. Bekende keukengeluiden dringen tot me door. Ik open de deur waarachter de reus Enzo mij opwacht. Hij trekt me aan de mouw van mijn truitje de keuken in. Ik verdwijn achter zijn grote gestalte en ruik een bezweet lichaam waar een even penetrante pizzalucht omheen hangt. In een reflex deins ik achteruit. Enzo knijpt mijn arm fijn. Ik slaak een kreet. Er is niemand die me hoort of op me let. Onder het hoge geraas van een afzuigsysteem gaat al het keukengeweld gewoon door.

'Wat moet jij van Giovanni?' Enzo buigt zich naar me toe.

Ik open mijn mond zonder dat er geluid uitkomt en probeer te glimlachen.

'Er komen de laatste tijd erg vaak vrouwen langs die Giovanni zoeken,' vervolgt hij. Zijn blik zet zich vast bij mijn haargrens. 'Ik begin me af te vragen wat hij ooit heeft uitgespookt. Het zal wel iets met seks of geld te maken hebben,' verzucht hij. 'Een maand geleden was die ander hier, jouw evenbeeld, alleen een oudere versie. Zelfde haar, zelfde ogen, even vol...' Enzo maakt een gebaar waarmee hij bepaalde lichaamsdelen van een vrouw beschrijft.

Mijn moeder?

'Ook zij joeg Mario de stuipen op het lijf met haar gezeik. Wat moeten jullie toch? Geld?'

Ik schokschouder als Enzo me doordringend blijft aankijken. Zijn woorden treffen me als een stomp in mijn maag.

'Luister,' gaat hij verstoord verder. 'Vanaf nu wil ik hier geen gedonder meer over die Giovanni, hoor je? Ik heb hem nooit gekend. Volgens Mario zat hij vroeger in de zaak en had hij de zaak naar zijn vrouw vernoemd. Hij is al jaren dood. Mijn oudste broer heeft de boel hier een paar jaar geleden overgenomen, toen zat er een andere eigenaar in. Binnenkort stopt Mario er ook mee; hij gaat terug naar Italië.'

Ik voel hoe het bloed langzaam uit mijn gezicht wegtrekt. Mijn armen worden slap, mijn benen trillen.

Giovanni is dood, Mario is familie van hem, een neef, een zwager, een broer... Enzo heeft ook een broer. Hij is de eigenaar van dit restaurant. Schrijft hij die dreigbrieven? Wie anders?

'Zo, en nu hoepel je op.'

Enzo wijst op de deur die naar het restaurant leidt. Ik kom langzaam in beweging en wrijf over mijn arm. Achter me hoor ik Mario binnenkomen; ik hoor het aan zijn sloffende tred.

Ik krijg de neiging me om te draaien en hem te vragen nogmaals naar de foto te kijken. Als hij familie is van Giovanni, dan moet hij toch weten wat zich indertijd op dat zomerkamp heeft afgespeeld? Hij zal in ieder geval Bella gekend hebben; ze was nota bene getrouwd met Giovanni.

'Doorlopen,' zegt Enzo, als hij merkt dat ik blijf staan.

Hij geeft me een forse duw in de richting van de deur. Ik verzet me niet. En als ik een paar seconden later midden in de bedrijvigheid van het drukke restaurant sta, kan ik me weer enigszins ontspannen.

Ik voel de ogen van Enzo in mijn rug prikken. Zijn opmerking over Giovanni's dood laat me niet los, de woorden gonzen na in mijn hoofd. Ik kan het gewoonweg niet geloven – dood? Peinzend draai ik me nog eenmaal om. Enzo is weg, Mario heeft zijn plaats in de deuropening ingenomen. Armen over elkaar, ogen strak op mij gericht. Om zijn mond ligt dat sinistere, scheve lachje.

Mijn adem stokt. Mijn hart gaat als een razende tekeer. Langzaam dringt het tot me door als ik aan de foto denk waarop een jongen in een streepjestrui vlak naast Bella staat. Zelfde lachje, zelfde mond.

Giovanni is niet dood.

Hij staat daar als Mario in de deuropening. Dertig jaar later. Ouder en grijzer, maar nog steeds met diezelfde zenuwtic rond zijn lippen.

Giovanni dus, ik wist het. Hij schrijft de dreigbrieven.

55

Buiten adem kom ik aan bij mijn auto. Ik ben het niet gewend om zo te hollen; dat ik veel zit en niet aan sport doe, breekt me op. Al die extra pondjes rond mijn heupen waar Matthew over klaagt, spelen me nu parten. Maar de tijd dringt; Matthew staat zo op me te wachten bij het park. Ik wil niet dat hij achterdocht krijgt. Hijgend stap ik in en leg mijn handen op het stuur.

Keep calm, keep calm...

Als het waar is wat ik vermoed, en Matthew heeft een sleutel van het chalet, kan hij daar ieder moment gebruik van maken, als hij dat al niet gedaan heeft. Waarom zou ik dan als een idioot gaan rijden?

Keep calm, keep calm...

Ondanks mijn goede voornemens lijkt het alsof iemand een hand om mijn keel heeft gelegd en ik ieder moment kan stikken. Beverig start ik de auto en geef gas. Met een veel te hoge snelheid rij ik het dorp uit. Het stuur trilt als een drilboor onder mijn handen, de auto schudt hevig, toch ga ik niet zachter rijden. Integendeel, met vaart jaag ik de auto over de hobbelige keien in de richting van de provinciale weg.

Eenmaal buiten het dorp volg ik dezelfde, voor mij bekende route. Langs weilanden en bosranden, waar de zon achter de bomen dooft en de koelte van de oktoberavond het snel overneemt van deze zomerse dag. Als een bedreven coureur scheur ik over de slingerende asfaltweg, waar zich nu geen wandelaar of fietser meer laat zien, en aarzel niet om hier en daar de binnenbocht te nemen.

Ik kan alleen maar aan Matthew denken, en hoe ik het hem ga vertellen. Dat ik weet van zijn afspraken met Giovanni, dat ik weet dat hij door Giovanni wordt gechanteerd en dat ik weet dat hij met mij getrouwd is vanwege het geld van Bella. Weet ik dat? Ik heb nog steeds geen bewijs.

Ik knipper met mijn ogen en rem wat af als ik het grootlicht van een tegenligger in de verte zie opdoemen.

Matthew blijft door mijn hoofd spoken. Ik moet hem zeggen dat ik zo snel mogelijk van hem wil scheiden. Misschien moet ik alvast de schijn ophouden dat ik een advocaat heb ingeschakeld. Maar stel dat dat hem pissig maakt; hij zal pas van me willen scheiden als het geld er is. De helft van mijn bezittingen gaat naar hem. De helft bij een scheiding; maar als ik overlijd? Een paniekgolf dient zich aan.

Shit, shit, shit!

Zolang ik niet weet hoe het met die lijfrentepolis zit kan ik niets beginnen. Wat zijn de voorwaarden en wat staat daarin; om hoeveel geld zal het gaan? Had Sjouk die polis niet aan mijn moeder gegeven? Heeft ze dat gedaan, en is mijn moeder daarom...?

'Hé! Kijk uit, idioot!'

Het verblindende witte licht van de tegenligger schijnt opeens recht in mijn gezicht. De auto rijdt op mijn weghelft en lijkt me te willen schampen. Ik knijp mijn ogen samen, ik rem en slip. Verblind door het licht gooi ik mijn stuur om. Ik schiet langs bomen en paaltjes en rij gillend op een open stuk berm af. De wielen van de auto boren zich in de zachte bodem van de berm, de auto draait om zijn as, ik klap met mijn hoofd tegen de hoofdsteun. De motor slaat af en behalve het geluid van mijn eigen versnelde ademhaling hoor ik niets meer. Om mij heen is alles doodstil.

Ik kijk om me heen naar de weg waar niemand te zien is. De tegenligger moet zijn doorgereden. Nog natrillend open ik het portier. Ontsteld staar ik naar de auto die zich tot aan de dorpels heeft vastgeboord in de begroeiing. Behoedzaam stap ik uit. Vlak achter de bumper is een diepe sloot. Het is een wonder dat ik daar niet in ben beland.

Wat nu? Zonder hulp kom ik hier niet weg. Ik kijk opnieuw naar de weg en ril; ik heb geen idee waar ik ben. Achter de bomen liggen uitgestrekte weilanden. In de hele omgeving is geen huis te zien, nergens brandt licht. Nog even en het is aardedonker.

Sjouk is niet thuis, Bob is weg, de enige die ik ken en hier in de buurt moet zijn is Matthew.

Verdomme! Terwijl ik de telefoon uit mijn jaszak haal om Matthew te bellen, zie ik dat er een appje van hem is binnengekomen.

SORRY, ER IS IETS TUSSENGEKOMEN, BEN NOG IN ROTTERDAM. BEL JE ZO SNEL MOGELIJK.

Het bericht is iets na vieren verstuurd; ik besef dat ik op dat tijdstip in het restaurant was en mijn telefoon had uitgezet. Matthew heeft daarna geen contact meer gezocht.

Ik manoeuvreer mezelf moeizaam uit de drassige berm en kijk op mijn navigatiesysteem. Vanaf dit punt is het iets meer dan drie kilometer naar het vakantiepark. De auto staat hier veilig; morgen is Sjouk er weer om hem eruit te trekken. Er zit niets anders op dan te gaan lopen. Misschien krijg ik wel een lift van een voorbijganger. Maar eerst Matthew afwimpelen; haastig tik ik een appje naar hem.

IK GA VROEG NAAR BED, BLIJF JIJ MAAR THUIS. WE ZIEN ELKAAR KOMENDE WEEK, LIEFS VOOR DE MEIDEN XXX.

Gespannen kijk ik naar het appje. Zodra ik twee blauwe vinkjes zie oplichten, haal ik opgelucht mijn tas uit de auto en stop mijn telefoon in mijn zak. Ondanks het feit dat ik nu moet lopen, stemt het vooruitzicht om de avond zonder Matthew door te brengen mij een stuk rustiger.

Ik sluit de auto af en werp een blik naar boven. De lucht is helder, de avond belooft fris te worden. De smalle, slecht verlichte weg strekt zich voor mij uit. Ik huiver. Bijna krijg ik de neiging om de nacht in de auto door te brengen. Wankelend kom ik in beweging. Ik kijk in de richting waarin de tegenligger verdween en dwing mezelf door te lopen. Voordat het donker is moet ik op het park zijn.

Drenthe

Een week voor de vermissing van Bella

Bella heeft uitgebreid gekookt; het chalet ruikt naar verse kruiden en gestoofd vlees.

Ze kijkt op de klok. Matthew kan ieder moment hier zijn. Vlug checkt ze haar jurk en strijkt hem glad over haar heupen. Ze inspecteert haar dunne, zwarte nylonkousen op haakjes of ladders en stapt daarna in haar pumps. Gespannen kijk ze naar het resultaat in de spiegel.

Matthew houdt ervan als ze hooggesloten jurkjes draagt waarvan de zoom net op de knie valt. Hij vindt dat sexy.

Hij houdt van haar, alleen van haar; dat moet ze niet vergeten. Ze huivert ineens. Stop, niet doen, geen onzekere gedachten toelaten.

De tafel is gedekt, een plankje met bruschetta en tomaat staat klaar om de eerste trek te stillen. Een langspeelplaat met Italiaanse muziek vult de kleine ruimte. Sinds ze het chalet heeft is er nooit een tv geweest, alleen de platenspeler. Dat de tv-opnames hier werden gemaakt was voor haar al genoeg. Een tv associeert ze met werk. Dit was ook haar plek om te relaxen, te koken, te lezen en te wachten op hem.

Ze zet de versterker wat harder als Paolo Conte inzet. Fluisterend zingt ze mee met de zoetgevooisde, diepe stem: *'Max era Max. Pi tranquillo che mai. La sua lucidit. Smettila, Max...'*

Dromerig danst ze door de kamer en laat ze zich leiden door een denkbeeldige danspartner die haar tegen zich aan drukt.

'Max... non si spiega. Fammi scendere, Max...'

Alles is klaar voor haar laatste avond met Matthew. Ze pinkt een traan weg terwijl ze zich zo had voorgenomen niet te gaan huilen. Hij heeft wel honderd keer gezegd dat het goedkomt, dat ze zich geen zorgen hoeft te maken, dat ze het doen om hierna de rest van hun leven samen te zijn. Ze heeft bijna dertig jaar op hem gewacht, daar kunnen die laatste paar jaar ook nog wel bij.

Hij en zij, in een mooi huis, ergens in het buitenland, waar ze maar wil. Ze zal dan alleen nog koken voor hem. Geen hectiek meer vanwege tv-optredens, geen deadlines voor een nieuw boek, maar een kalm leven waar ze al die jaren naar uit heeft gezien.

Eindelijk samen met Matthew. Dat hij met haar nichtje Lynn gaat trouwen hoort bij dat vooruitzicht. Wiens idee het was, weet ze niet meer. Het plan ontstond nog niet zo lang geleden, nadat ze een heerlijke avond samen in haar chalet hadden doorgebracht.

56

De schemering gaat snel over in diepe duisternis. Als ik de zaklamp van mijn telefoon niet had, zou ik geen hand voor ogen zien. Ik volg de rand van de asfaltweg, die hier en daar zodanig is afgebrokkeld dat ik in mijn haast al een paar keer ben gestruikeld. Daardoor heb ik mijn tempo noodgedwongen moeten aanpassen.

Als ik na een tijdje het gevoel krijg geen millimeter te zijn opgeschoten, blijf ik even staan om een blik te werpen op Google Maps. Mijn gevoel zat ernaast; bijna ben ik bij het park, nog één bocht en dan...

Achter me klinkt opeens het geronk van een naderende auto. Ik draai me om. In een reflex steek ik mijn telefoon omhoog. Ik kijk naar de naderende koplampen. De automobilist moet mij gezien hebben; hij mindert vaart. Hoewel het niet ver meer is naar het park, zou een lift op dit moment me heel goed uitkomen.

Ik ben doodop. Mijn voeten branden pijnlijk en ook ben ik veel te dun gekleed. De korte mouwen van het zomerse truitje dat ik vanochtend had aangetrokken waren voor overdag misschien heel geschikt, nu lijken mijn armen op bevroren ijsstaafjes. De sjaal die ik er als een stola omheen heb geslagen is veel te kort.

Ik werp opnieuw een blik op de auto, die nu is gestopt. Zou de bestuurder verwachten dat ik naar hem toe loop? Iets houdt me opeens tegen. Aarzelend wacht ik af, ik laat mijn arm zakken. Nutteloos schijnt de zaklamp van mijn telefoon op mijn voeten. Een paar seconden lang gebeurt er niets. Dan dooft het licht van de auto.

Mijn hartslag versnelt. Het gevoel dat er iets niet klopt doet me verstijven. Ik probeer te zien wie er in de auto zit, maar het is te donker. Waarom blijft hij daar stilstaan, wacht hij op iemand?

Ik besluit niet toe te geven aan mijn angstgevoel en keer me om. Nog maar net heb ik mijn weg weer vervolgd of ik hoor hoe de auto achter mij wordt gestart. Ik werp een korte blik over mijn schouder en zie dat hij weer rijdt. Zonder verlichting rijdt hij stapvoets verder.

Elke spier in mijn lijf spant zich aan; behalve die auto en ik is er op deze godverlaten weg niemand te zien.

Onwillekeurig ga ik sneller lopen. Kijkend naar het lichtschijnsel van de zaklamp blijf ik niet langer aan de rand van de weg hangen, maar verplaats me naar het midden. En alsof ik hier een dagelijks rondje aan het joggen ben, begin ik te rennen.

De auto achter me trekt op. Iets in mij zegt dat dit dezelfde auto is die me probeerde te schampen. De motor brult, ik slaak een kreet en verhoog mijn tempo. Sneller en sneller gaan mijn voeten over het hobbelige asfalt. Mijn hand omklemt de telefoon, die niet langer dienstdoet als lamp. Blindelings stort ik me op het zwarte gat van de weg voor me.

Dan voel ik ineens een zee aan licht op mijn rug schijnen. Met grote sprongen zie ik mijn langgerekte schaduw vooruitschieten in het felle schijnsel van een paar koplampen. De laatste bocht met bomen doemt spookachtig wit voor me op. Het licht van de koplampen trekt insecten aan; ze vliegen in mijn haar en slaan tegen mijn gezicht. Ik knijp mijn ogen tot spleetjes en pers mijn lippen op elkaar.

Laat me het halen, laat me het halen. Na deze bocht ben ik er. Een klein stukje rechte weg en dan... Het moet! Sneller, sneller...

Mijn benen horen niet meer bij mijn lichaam. Werktuiglijk rennen ze naar de berm. Oorverdovend hard loeit de motor van de auto achter me. Als ik niet spring, rijdt hij me aan. Ik duik, maak een koprol in de berm en glij met mijn benen recht vooruit naar beneden. De harde ondergrond bonkt pijnlijk tegen mijn billen. Ik gil, kantel en draai. Ik verlies mijn telefoon en hoor het geluid van slippende banden op het asfalt. De auto is gestopt.

Half in het water, half in het riet kom ik op mijn buik tot stilstand. Mijn voeten zuigen zich vast in de modder, mijn handen heb ik opengehaald aan iets scherps. Met mijn gezicht tegen de grond gedrukt blijf ik liggen.

Een paar seconden gebeurt er niets. Dan klapt er een autodeur dicht. Voorzichtig probeer ik mijn knieën te buigen. Maar de modder aan mijn voeten is loodzwaar; bij iedere beweging die ik maak word ik dieper en dieper de sloot in gezogen. Plat op mijn buik schuif ik over de grond, mijn handen maaien door het gras. Met alle kracht die ik in me heb trek ik mezelf uiteindelijk uit het water.

Ik hoor voetstappen naderen; iemand loopt de berm in. Riet kraakt, het licht van een zaklamp schijnt zoekend heen en weer. Ik krabbel overeind en hef mijn hoofd een stukje. Witte sportschoenen komen mijn kant op. Een lange, donkere schim in een jas met een capuchon komt op me af.

Ik open mijn mond, wil gillen, maar word verblind door fel lamplicht dat midden in mijn gezicht schijnt. Ik voel een luchtstroom en hoor iets suizen. En net als ik mijn armen uitsteek om mezelf te beschermen, treft iets me met een keiharde klap tegen mijn hoofd.

57

'Ze heeft wat schaafwonden, meer niet. Nee, dat weet ik zeker, ja, dat kan altijd nog. Nee, ze slaapt. Ik weet het, ja, het was puur toeval dat ik daarlangs kwam en haar auto zag staan. Nogmaals, geen idee. Oké, wat spreken we af?'

Ik open mijn ogen, het is schemerig om me heen. Ik lig in het chalet van Bella. Ik herken de foto aan de wand naast de deur. Onder de deurdorpel zie ik licht branden in het kleine halletje. Hoor ik daar Matthew praten? 'Au!' Een pijnscheut schiet door mijn hoofd als ik me iets opricht. Ik krimp meteen weer in elkaar en sluit mijn ogen; roerloos blijf ik liggen. In het halletje wordt het abrupt stil. Alleen het geluid van een krakende vloer is hoorbaar.

Ik probeer me te herinneren wat me is overkomen. Ik zie een auto zonder koplampen waar ik voor op de loop ga. Ik voel me wegglijden in de berm, water rond mijn benen, modder aan mijn voeten, ik voel een klap tegen mijn hoofd...

De deur van de slaapkamer gaat open.

'Lynn, meisje, je bent wakker. Hoe is het?'

Matthew! Ik heb het dus goed gehoord. Wat doet hij hier?!

'Jezus, Lynn, ik ben me rot geschrokken. Wat is er gebeurd?'

Matthew komt de kamer binnen; zonder het licht aan te doen gaat hij naast me op bed zitten. Hij haalt mijn hand onder het dekbed vandaan. De plotselinge beweging doet pijn. Vanuit de schaduw kijk ik naar mijn hand. Er lopen donkere strepen van geronnen bloed overheen. Ik herinner me weer de steile helling met riet waaruit ik omhoog probeerde te klauteren.

'Ik... weet niet... hoe ben ik hier...'

Praten kost moeite, mijn keel voelt droog. Als ik begin te hoesten laat Matthew mijn hand los en staat op. Hij loopt de slaapkamer uit, het halletje door; ik hoor hem keukenkastjes openen. Ik sluit mijn ogen. Denken gaat al net zo slecht als ademhalen. Iedere gedachte die bij me opkomt wordt onmiddellijk meegesleurd in een wervelwind van angst.

'Hier, drink wat.' Matthew is terug; hij houdt me een glas water voor en geeft me er meteen een pil bij. Ik zie nu dat hij zijn jas nog aanheeft. Het is een gewatteerd, cognackleurig sportjack dat hij meestal aanheeft als hij gaat golfen.

'Toe, Lynn, het is een pijnstiller. Je bent aardig tegen je hoofd geraakt. Hier, laat me eens voelen...?' Matthew zet het glas water op het nachtkastje en strijkt voorzichtig door mijn haar.

Zijn aanraking emotioneert me; ik voel tranen branden. Versuft kom ik overeind.

'Iemand reed me van de weg,' mompel ik.

'Was je dan lopend?'

Ik schokschouder.

Matthew heeft me weer losgelaten. Hij heeft een hand in zijn jaszak gestoken, alsof hij het koud heeft. Als ik naar het water reik, pakt Matthew het glas op en drukt het in mijn hand. Ik voel mijn handpalm schrijnen. Ik neem de pijnstiller in en laat me voorzichtig terug in de kussens vallen.

'Ik had je een appje gestuurd,' zeg ik. 'Heb je... o, shit, mijn telefoon. Ik moet hem hebben verloren...'

'Kalm, Lynn. Kijk, hier is je telefoon.' Matthew houdt even mijn telefoon omhoog en legt hem dan terug op het nachtkastje waar hij aan de oplader ligt. 'Ik heb hem gevonden, dus maak je geen zorgen. Maar wat is er nou precies gebeurd?'

Ik zoek vertwijfeld naar de juiste woorden.

Matthew is gevaarlijk, hij heeft Bella en mijn moeder iets aangedaan, hij wordt gechanteerd door Giovanni die zich Mario noemt, en hij pro-

beert mij gek te maken door een identieke agenda aan te leggen en daar dingen uit weg te laten.

'Ik kwam uit het dorp, het was al laat en ik dacht...' begin ik stotterend.

Stilte.

'... en toen ik jouw appje las, dacht ik... het was dezelfde auto, ik weet het zeker...' Ik hap naar adem. Ik voel hoe Matthew naar me kijkt, ik ruik bijna het ongeloof dat om hem heen hangt. Nog even en ik stik.

'Tja, ik was al onderweg. Vermoedelijk reed ik niet ver achter jou toen je mij dat appje stuurde,' antwoordt Matthew.

Door de duisternis in de kamer kan ik zijn ogen niet goed zien.

'Op een gegeven moment zag ik een auto met de alarmlichten aan langs de kant van de weg staan,' gaat hij verder. 'Doordat de straatlantaarns weer brandden kon ik alles redelijk goed volgen. Aanvankelijk dacht ik dat het om iemand met autopech ging, maar toen zag ik een vrouw de berm in rennen en vertrouwde ik het niet. Ik reed erlangs en keerde iets verderop de auto. Toen ik nogmaals langsreed was de auto weg en zei mijn gevoel dat ik moest gaan kijken. Toen vond ik jou...'

Matthew strijkt over mijn wang. Zijn koele vingers schrikken me af. Aan de ene kant ben ik blij dat hij me vond, tegelijkertijd baal ik ervan dat hij nu weer alle controle heeft en ik het slachtoffer ben.

'Wat deed je daar, Lynn? Waar was je auto?'

'Iemand reed me van de weg, daardoor kon ik niet verder rijden. Heb je mijn auto dan niet zien staan?'

Matthew schudt zijn hoofd. Ik kan nog steeds niet de uitdrukking op zijn gezicht zien.

'Die auto gaan we morgen zoeken. Maar waarom reed iemand je van de weg? Deed hij dat bewust?'

Ik knik.

'Onbegrijpelijk. Waarom zou iemand jou bewust aanrijden? Wie doet zoiets?'

'Geen idee, en daarna reed diezelfde gek nogmaals op me in. Ik kon nog net op tijd wegspringen, anders... als jij er niet geweest was, dan...' Ik vecht tegen de tranen, maar het lukt me niet langer om ze tegen te houden.

'Ja, ja, ik weet het. Het is al goed.'

Weer die hand en die koele vingers op mijn wang om het traanvocht weg te vegen.

'Ga nu eerst maar slapen. Wil je ook nog een slaappil?'

'Nee, ik... jij moet...'

Ik sla het dekbed van me af en gooi mijn benen buiten het bed. Ik wil de regie terug.

Jij moet weg, weg, je bent met me getrouwd vanwege het geld, je bent een bedrieger, een klootzak...

Zodra ik opsta begint het me te duizelen. Machteloos grijp ik naar mijn hoofd en val terug op het bed.

'Blijf nou liggen, Lynn.' Matthew wordt kwaad. Hardhandig pakt hij me bij mijn schouders. Ik slaak een pijnkreet als hij me dwingt te gaan liggen. 'Je hoeft je om mij geen zorgen te maken. Ik slaap wel in die kamer hiernaast; zijn daar dekens? Het is hier stervenskoud.'

Jij weet toch dat daar dekens liggen, je weet toch waar de thermostaat van de kachel is? Je bent hier honderden keren eerder geweest, waarom doe je dan alsof je hier voor het eerst bent?

'Matthew? Met wie sprak je daarnet?' Mijn stem klinkt klein en is nauwelijks hoorbaar.

'Heb je me dan gehoord?'

'Ja en nee; ik kon niet woordelijk alles verstaan wat je zei, maar...'

Stilte.

Matthew loopt naar de deur.

'Het was mijn moeder,' zegt hij.

Daarop wenst hij me zoals altijd voordat we gaan slapen welterusten en trekt hij de deur achter zich dicht. Mijn hoofd bonkt en mijn lichaam schudt koortsachtig onder het dikke dekbed.

Zijn moeder. Altijd zijn moeder. Ik sluit mijn ogen; niet langer in staat om me te verzetten voel ik mijn lichaam verslappen en geef ik me over aan de slaap.

Matthew liegt…

58

Ik ruik gebakken eieren en geroosterd brood. Het is aangenaam warm in de slaapkamer, water borrelt zachtjes in de radiator. Ik kom iets overeind en zie op het nachtkastje een dienblad met ontbijtspullen staan. Tegen een glas jus d'orange staat een briefje. Ik herken het blokkerige handschrift van Matthew.

BEN JE AUTO OPHALEN, MOOI WEER VOOR EEN WANDELING ;-) IK ZIE JE STRAKS. KUS.

Goddank, hij is weg.

Ik veer nog verder op en laat me uit bed glijden. Ietwat draaierig en onvast op mijn benen steek ik het kleine halletje over naar de badkamer. Als ik langs de grote spiegel loop, werp ik er onwillekeurig een blik in en schrik bij het zien van mijn spiegelbeeld. Vanaf mijn haargrens tot aan mijn wenkbrauw loopt een vurige striem en vlak boven mijn linkeroog zit een zwelling. Mijn huid verkleurt van blauw naar groen.

Voorzichtig betast ik de plek met mijn vingertoppen, mijn huid tintelt en prikt. Als ik daarna mijn haar iets omhoog schuif voel ik een fikse bult op mijn hoofd. Ik besef dat iemand me knock-out moet hebben geslagen. Als Matthew niet in de buurt was geweest had ik daar misschien nog steeds gelegen. Ik mag hem wel dankbaar zijn. Die gedachte verwart me.

Als ik – zoals ik gisteren van plan was – naar de politie stap om aangifte te doen tegen Matthew, zullen ze vragen gaan stellen. Ik moet kunnen bewijzen dat hij met mij getrouwd is voor het geld van Bella en dat hij vermoedelijk ook mijn moeder iets heeft aangedaan. Maar hoe doe ik dat zonder bewijs?

Ik moet erachter zien te komen wat Matthew gaat doen. Ik zal de confrontatie met hem moeten aangaan, vertellen wat ik weet, hem misschien wel doen geloven dat ik meer weet... Peinzend kom ik in beweging. Iets houdt me tegen. Mijn aandacht wordt door het schoenenrek onder de kapstok getrokken; naast mijn sneakers en laarzen staan een paar sportschoenen die ik niet eerder heb gezien. Ze moeten van Matthew zijn. Hij als schoenengek heeft nu ook al van die witte sneakers... Witte sneakers! Voordat ik werd neergeslagen...

Ik hou mijn adem in. De schoenen in de berm waren wit. Ik grijp de schoenen, inspecteer of er gras en modder aan zit maar moet tot mijn teleurstelling constateren dat dat niet het geval is. De schoenen zijn brandschoon, alsof ze zo uit de schoenendoos komen.

Vanuit de slaapkamer zoemt mijn telefoon. Met de schoenen nog in mijn hand snel ik naar het toestel. Als ik zie dat het Sjouk is, neem ik onmiddellijk op.

'Ha Lynn, goed geslapen?'

'Nee, Sjouk, luister. Ik ben gisteren door iemand klemgereden en daarna in elkaar geslagen. Ik denk dat het Matthew is geweest. Het was iemand op witte sportschoenen, ik heb ze hier in mijn hand. Alleen zien ze er ongebruikt uit, maar dat zegt niets, hij moet ze hebben schoongemaakt en nu is hij naar mijn auto...'

'Ho, ho, Lynn, wacht even,' onderbreekt Sjouk me. 'Ik kan je niet volgen. Begin even opnieuw: wat is er precies gebeurd?'

Ik probeer mijn ademhaling onder controle te krijgen en ga op het bed zitten.

'Sjouk, ik kan niet meer,' verzucht ik. 'Ik weet niet meer wat ik moet doen. Je moet me helpen, er zijn zoveel dingen die ik niet begrijp. Sjouk... ik ben bang dat...' Mijn stem breekt.

Ik hoor op de achtergrond iemand tegen Sjouk praten. Het klinkt alsof ze onenigheid hebben.

'Sjouk? Sjouk, ben je er nog?' roep ik.

'Lynn, luister, je laat Matthew even met rust, oké? Hij kan je voorlopig niets aandoen. Het geld van de verzekering wordt alleen aan jou overgemaakt als jij nog in leven bent. Dat moet hij weten. Ik ben over een paar uurtjes thuis; tot die tijd ga jij iets doen wat ontspant. Neem een warme douche, maak een mooie wandeling… Heb je de klok al op wintertijd gezet? Over niet al te lange tijd ben je hiervan af en is alles voorbij. Heus, let op mijn woorden. Maar dan moet je wel meewerken en tegenover Matthew doen alsof je van niets weet. Beloof je dat?'

Ik slik de brok uit mijn keel en knipper de opkomende tranen weg.

'Lynn? Zeg iets.'

'Ja, het is goed, ik doe wat je zegt,' verzucht ik.

'Mooi, dan hoor ik straks je verhaal.'

Ik staar naar de telefoon en daarna naar de witte sneakers die ik op de grond heb laten vallen. Hoe kan ik hier rustig afwachten en doen alsof er niets gebeurd is? Sjouk heeft geen bult op haar hoofd, Sjouk is niet van de weg gereden, Sjouk weet niet dat Matthew wordt afgeperst door Giovanni die iets verderop in het dorp werkt. Mijn blik verplaatst zich naar het onaangebroken ontbijt; ik lees opnieuw het briefje van Matthew en laat de gebeurtenis van gisteravond nogmaals door mijn hoofd gaan.

Denk na, denk na, waar ging het mis?

Een lange figuur in een jas met een capuchon en op witte sneakers heeft me neergeslagen. Matthew is lang, hij droeg zijn golfjack met capuchon en daar op de grond liggen een paar witte sneakers… Alles klopt – waarom heb ik dan het gevoel dat dat niet zo is?

Ik sluit mijn ogen en concentreer me op de situatie van gisteravond. Als een film laat ik het voorval in mijn hoofd voorbijtrekken. Beeld voor beeld, geluid na geluid… Maar natuurlijk, dat is het! Ik heb me blindgestaard op Matthew en dat hij me iets wilde aandoen. Logisch dat ik dacht dat hij me van de weg reed. Maar de auto die mij achtervolgde was beslist niet de Tesla van

Matthew, want daarvan herken ik het geluid. Een Tesla maakt geen geluid. Deze auto had een benzinemotor, terwijl Matthews auto elektrisch is. Als de Tesla al geluid maakt, dan is dat slechts het zachte knerpen van banden op asfalt. Nu ik me dat realiseer en uit Sjouks woorden begrijp dat Matthew er geen belang bij heeft dat ik word aangereden of doodga: wie heeft dat dan wel?

59

Ik draai net de douchekraan dicht als ik iemand aan de voordeur hoor rammelen.

Dat moet Matthew zijn. Vlug sla ik een handdoek om mijn natte lichaam en loop de gang in naar het halletje. Ik schrik als ik oog in oog sta met Bob.

Zijn haardos heeft hij strak naar achteren gekamd in een staartje waardoor de rimpels in zijn verweerde voorhoofd nog meer opvallen. Fronsend kijkt hij me aan. Ik voel me naakt. Mijn natte haar hangt in slierten langs mijn gezicht. Druppels water vallen op mijn blote schouders. Ik open de deur tot op een kiertje, en alsof Bob dat zou kunnen ontgaan, zeg ik dat ik net gedoucht heb en dat het me nu niet uitkomt.

'Gevallen?' vraagt hij. Hij tikt boven tegen zijn wenkbrauw.

Ik knik kort en vraag wat hij komt doen.

'Het gaat om die auto op mijn parkeerterrein. Hoort die bij jou?'

Bob werpt een onderzoekende blik naar binnen, alsof hij verwacht dat daar iemand staat.

Ik antwoord dat ik niet weet waar hij het over heeft. Het gaat hem niks aan of ik bezoek heb. Als hij niet antwoordt en ik begin te rillen, vraag ik of hij later terug kan komen.

'Nou, dat is niet nodig, hoor. Als je maar tegen je bezoek zegt dat ik voor zulk soort nieuwigheid op mijn park geen stroom heb.' Hij draait zich om en wenst me nog een fijne dag.

'Ik... hé, wacht even... eh, ik begrijp dat daar een elektrische auto staat?' roep ik Bob achterna, beseffend dat Matthews Tesla daar geparkeerd staat.

Bob draait zich om. 'Wanneer wordt het verkocht?' vraagt hij, zonder op mijn vraag in te gaan. Hij maakt een beweging met zijn hoofd in de richting van het chalet.

'Dat weet ik niet, misschien wel nooit,' roep ik kwaad.

Ik stap naar binnen en smijt de deur dicht. Als ik zie dat Bob me hoofdschuddend staat na te staren, steek ik mijn middelvinger op. Hijgend trek ik het gordijn voor het deurraam dicht en draai de voordeur op slot. Meteen krijg ik spijt van mijn gebaar; het is niet verstandig om me zo te laten gaan. Ik sta al eennul achter bij die man. Hoe lastig ook, het is beter om me gedeisd te houden.

Met moeite kleed ik me aan. Mijn lijf voelt beurs, ik heb overal pijn, maar het meest nog in mijn nek. Ik probeer het te negeren, borstel voorzichtig mijn haar glad, doe make-up op en werk de blauwe plek rond mijn oog iets bij. Daarna neem ik een paar pijnstillers.

Matthew hoeft niet te denken dat ik lijd. Hij kan me bestoken met leugens; ik laat me door hem niet kisten. Ik denk aan de woorden van Sjouk, die me aanraadde om iets te ondernemen wat afleidt, en kijk op de keukenklok die nog op zomertijd staat. Dat betekent dat Sjouk over ongeveer één uur hier is. Ik werp een blik op de tuin en besluit een kijkje buiten het park te gaan nemen.

Als ik even later bij de hefboom aankom, herken ik de Tesla van Matthew op de parkeerplaats. Ik loop om de auto heen en net als bij Matthews schoenen, ontdek ik geen enkel krasje of schrammetje, noch vuil uit de berm. De auto is ongeschonden. Mijn vermoeden wordt bevestigd. Matthew heeft niets met de aanrijding te maken.

Peinzend laat ik mijn blik nogmaals over de Tesla glijden als mijn aandacht door een van de openstaande garagedeuren bij Bob wordt getrokken. Ik heb geen zin in een nieuwe confrontatie. Stilletjes sluip ik weg van de auto. Bijna ben ik bij de openbare weg als ik Bob mijn naam hoor roepen. Ook de hond slaat aan; het geblaf overstijgt de stem van Bob. Stokstijf blijf ik staan. Als ik merk dat er geen levensgevaarlijke herdershond op me afstormt, durf ik me langzaam om te draaien.

'Komt hij je bekend voor?' Bob heeft me ingehaald en wijst op Matthews auto.

Ik knik afstandelijk.

'Van mijn man,' antwoord ik.

De hond blaft door. Belangstellend doet Bob een stap in mijn richting. Overhemdmouwen opgestroopt, een driekwart broek waar bleke spillebenen uitsteken en donkere sokken in plastic Adidas-slippers. Hij keurt de auto alsof hij van plan is hem te kopen. Ik moet weer denken aan de dingen die Sjouk vertelde over zijn vermoorde nichtje. Misschien is het beter hem te vriend te houden, tenslotte weet ik nog steeds niet wat Bella's aandeel was in de gebeurtenissen tijdens dat zomerkamp. Sterker nog, misschien moet ik hem maar eens uithoren over Matthew. Als het waar is dat Matthew regelmatig bij Bella kwam, dan zal Bob hem toch moeten kennen.

'Ik was net wat geprikkeld,' begin ik. 'Dat spijt me. Ik had het koud, had me net gedoucht en de klap... ik bedoel, de val die ik gemaakt heb, dreunt nog na in mijn hoofd.'

Ik forceer een glimlach waar Bob niet gevoelig voor is. Ik laat een stilte vallen.

'Ik vraag me iets af,' ga ik verder. 'U had het een keer over een chalet dat permanent bewoond wordt en nog een paar andere chalets die verhuurd zijn. Ik ken Sjouk inmiddels, maar...'

Ik lach.

Geen reactie.

De luchtigheid in mijn stem buig ik om naar ernstig.

'... maar eerlijk gezegd ben ik behalve Sjouk nog niemand tegengekomen. Integendeel, het is behoorlijk stil hier.'

'Ben je van de politie?'

'Ik... eh, nee. Hoezo?'

'Aan één Miss Marple hebben we hier wel genoeg,' zegt Bob.

'Aha, ja, u bedoelt Sjouk?'

Ik trek mijn mond in een grijns. Geen antwoord. Uitdrukkingsloos kijkt Bob me aan.

'Kan het zijn dat daar achter in het park...' Ik draai me om en wijs in de richting van het hek. 'Dat daar ook iemand permanent woont?'

'En wat gaat jou dat aan?'

'Niets, niets, natuurlijk; ik maak me alleen zorgen.'

Bob trekt zijn wenkbrauwen op.

'Zorgen?'

'Ja, ik was een keer verkeerd gereden en toen meende ik daar iets te horen rinkelen. Misschien werd er ingebroken, of raakte er iemand gewond...'

'Daar woont een man alleen,' onderbreekt Bob me. 'Ik geef toe: het is een buitenlander, maar geen Pool! Ik heb die man één keer aan de telefoon gehad; hij wilde iets weten over het hek. Verder gaat alles altijd via de makelaar. Zo, nu weet je het. Nog meer?'

Bob knijpt zijn ogen samen, hij slaat zijn armen over elkaar en haalt met veel geluid zijn neus op.

'Jij bent al net zo erg als je tante. Ik zie het aan je. Altijd de controle houden, alles willen weten... Ben je er al achter wat ze met Kelly gedaan heeft?'

'Kelly?'

'Mijn nichtje, weet je nog? Dat vermoord is onder het toeziend oog van jouw tante.'

Bob kijkt me alweer aan alsof ík zijn nichtje vermoord heb. Hij moet toch begrijpen dat ik er niets mee te maken heb. Ik open mijn mond om dat te zeggen en wil verdergaan over die buitenlandse man.

'Ze had een sjaal in haar mond toen ze werd gevonden, zo'n scoutingsjaal... Men ging ervan uit dat ze daarin gestikt was. Pas veel later, toen haar lichaam werd vrijgegeven, bleek de doodsoorzaak verwurging.'

Ik sluit abrupt mijn mond.

Een sjaal, hij heeft het over een scoutingsjaal… Shit, toch niet Matthews sjaal?

'Ik durf mijn hand ervoor in het vuur te steken dat die tante van jou heel goed wist wat er toen gebeurd is.'

Mijn hart lijkt te worden samengeperst onder Bobs beschuldigende woorden. En alsof ik een aanval krijg van hyperventilatie hap ik naar adem.

'Wordt het je te veel?' Bob laat zijn armen zakken, draait zich een halve slag en roept naar de hond dat die moet stoppen met blaffen. Even is het stil. Ik herpak mezelf en adem langzaam uit.

'Ik… nee, ja, ik ben nog wat duizelig na die val,' zeg ik. 'Ik was op weg om een wandelingetje te maken.' Onvast kom ik in beweging.

'Als je naar de spartelvijver wilt, dan is dat die kant op.'

Bob wijst naar rechts, waar een fietspad naast een zandpad ligt.

'De spartelvijver?'

'Ja, het ven, de afgraving waar iedereen voor naar Drenthe komt, onze plas waar geen blauwalg zich ooit laat zien. Waar libellen boven het gladde wateroppervlak scheren en oorverdovende kikkerkoren klinken. Waar de wereld mooi en onbedorven lijkt, waar onze Kelly dood werd gevonden.'

Bobs gezicht verhardt. De toon in zijn stem is die van een verbitterd man.

Ik voel iets van medelijden voor hem en denk aan de scoutingsjaal waarover hij het heeft.

Ik denk aan Matthew en aan Bella en ik denk aan de brief van Giovanni waarin hij verwijst naar een sjaal waarmee hij naar de politie gaat als Matthew niet betaalt.

Drenthe

Een week voor de vermissing van Bella

Bella moet weer denken aan dat moment waarop het idee ontstond. Matthew had weer beschaamd over zijn schulden gepraat. Failliete ondernemingen en stukgelopen huwelijken; hij zat compleet aan de grond en kon Bella in dat opzicht niets bieden.

Toen was ze opnieuw over die lijfrentepolis begonnen. Eerder had ze het gesprek daarover afgekapt. Nu kreeg het een andere betekenis. Ze vertelde dat het verzekerde bedrag op haar vijftigste verjaardag aan Lynn zou worden uitgekeerd.

Matthew had aanvankelijk laconiek gereageerd, totdat ze erbij vertelde dat Lynn dan nog wel in leven moest zijn. Dat had ze in de aanvullende voorwaarden laten vastleggen. Ook kon de polis in de tussentijd niet worden afgekocht. Matthews laconieke houding veranderde op slag; hij vroeg hoe ze zo dom had kunnen zijn.

Zij had zich verdedigd door te doen alsof ze dol was op haar nichtje en had niets losgelaten over Giovanni. Bovendien had ze genoeg geld om van te leven en was er geen haar op haar hoofd die er indertijd over piekerde het geld van Lynn te willen afpakken. Maar door Matthews komst is alles nu gekanteld.

Het plan is verschrikkelijk, maar onder deze omstandigheden de enige manier om het vertrouwen tussen haar en Matthew in stand te houden. Ze heeft hem financieel bijgestaan, ze heeft hem zelfs voldoende geld gegeven om tegenover Lynn de indruk te wekken dat hij gefortuneerd is. Maar zodra de lijfrente vrijkomt voor Lynn, moet hij van haar gaan scheiden en over zijn eigen vermogen beschikken om een nieuwe doorstart te kunnen maken. Hoe wrang het ook is om haar nichtje daarvoor te gebruiken, Bella ziet geen andere mogelijkheid.

Ze tilt de deksel van de pan en keurt het stoofvlees. Haar hand trilt als ze de vork met het stukje vlees eraan naar haar mond brengt. Haar nervositeit hangt samen met haar belofte om Matthew vanavond zijn sjaal terug te geven. Iedere keer als hij naar de sjaal vroeg, verzon zij een nieuwe smoes. Dat de sjaal veiliger was bij haar, dat ze hem in een kluis had gestopt en dat er bij haar geen kinderen waren die de sjaal konden vinden, zoals bij hem thuis.

De sjaal was haar aas. Ze had hem ooit via de Amerikaanse scoutingclub van Matthew besteld. Als oud-scoutingleidster hoefde ze er zelfs niet voor te betalen. Binnen enkele dagen had ze het stukje opgevouwen stof in huis.

De sjaal was de reden om niet op te geven. Eerst was er de verliefdheid en het daarbij horende verlangen naar hem; langzaam sloeg dat kinderlijke gevoel om in angst, de angst voor verraad. Giovanni was niet te vertrouwen, maar was Matthew dat wel? Wat wist hij precies? Ze moest het weten.

Toen hij niet op haar brieven reageerde, zocht ze contact via haar kookprogramma. Ze gebruikte de sjaal als pannenlap of als theedoek. Voor de gewone kijker niets meer dan een gebruiksvoorwerp, voor Matthew veel meer dan dat. Ze was ervan overtuigd dat hij haar een keer op tv zou zien en de boodschap zou begrijpen. Als een spin in het web wachtte ze af, net zo lang totdat haar geduld werd beloond.

Ze heeft de nieuwe sjaal bewerkt zodat hij wat gehavend is aan de randen en ook heeft ze hem voorzien van enkele bloedspetters. Deze sjaal, die niet van de echte sjaal is te onderscheiden, moet Matthew ervan overtuigen dat Kelly daarin is gestikt.

60

De hele route over het zandpad kom ik niemand tegen. Aan de ene kant van het pad, waar akkers worden afgewisseld door lage boompartijen waarvan de meeste hun blad al hebben verloren, ligt een fietspad. Het slingert zich naar het dichte bos van naaldbomen en goudgekleurde beuken. Zonlicht speelt door het koperen blad dat zachtjes knispert in de wind.

Het wandelingetje doet me goed. Ondanks mijn gemangelde lijf komt mijn geest wat tot rust en kan ik dingen beter overdenken. Hoe dichter ik de plas nader, hoe meer het verhaal van mijn tante voor me gaat leven. Een zomerkamp met scouts. Mijn tante als jonge vrouw die de leiding heeft. Denkend aan de groepsfoto heeft ze dan vermoedelijk een vriendje: Giovanni. En dan is daar ook die mooie, buitenlandse jongen, Matthew. Waarschijnlijk de lange jongen op de foto wiens gezicht ik niet kon zien, maar die eenzelfde sjaal draagt als die ik in Matthews auto vond.

Mijn tante wordt verliefd op hem, wat mij heel bekend voorkomt, en er ontstaat een conflict. Twee jongens vechten om mijn tante, één jongen die haar krijgt. Giovanni.

Als ik weer aan de brief van Bella denk die ze vlak na haar huwelijk aan mijn moeder schreef, dan was ze niet vrijwillig met Giovanni getrouwd. Er moet toen iets gebeurd zijn waarmee hij haar chanteerde. Net zoals hij nu Matthew chanteert vanwege een sjaal. De scoutingsjaal waarvan Bob zei dat hij was gebruikt om zijn nichtje mee te vermoorden?

Ik voel mezelf verkrampen bij het idee dat Kelly door Matthew is gewurgd. Dat zou betekenen dat ik getrouwd ben met een moordenaar. Dat ik al die tijd iemand heb liefgehad die ooit een jong meisje heeft omgebracht. Een kind nog, even oud als zijn eigen dochters nu zijn.

Ik huiver bij die gedachte.

Matthew als gewetenloze crimineel die uit is op geld en iedereen die hem in de weg staat ombrengt? Bella, mijn moeder... mij? Ik kan me bijna niet voorstellen dat iemand als Matthew, die zelf toch aardig vermogend is, zoveel capriolen zou uithalen om aan mijn geld te komen. Zou hij wel zo vermogend zijn als hij zegt, en is Giovanni mij vanaf het restaurant achterna gekomen? Heeft hij me neergeslagen? Vertwijfeld schud ik mijn hoofd. Giovanni is klein; degene die me neersloeg was lang en had alle kenmerken van Matthew.

Inmiddels nader ik een splitsing en gaat het zandpad over in een verharde weg. Een ANWB-paddenstoel wijst naar links als ik naar de speelvijver wil en rechtdoor naar het dorp. Ik maak een inschatting van de tijd en verwacht over een kwartiertje bij de plas te zijn. Besluiteloos loop ik naar een bosje waar een deel van een omgevallen boom dienstdoet als bankje. Hoewel ik niet langer dan twintig minuten onderweg ben, voel ik me behoorlijk uitgeput.

Net op het moment dat ik op de boomstronk ga zitten, hoor ik van de andere kant, uit de richting van het dorp, een auto aankomen. Ik kijk op en hoor hoe de auto vaart mindert als hij de bocht nadert. Nieuwsgierig richt ik me nog iets verder op en duik meteen daarop weer in elkaar als ik mijn eigen auto herken met Matthew erin.

Wat doet hij hier? Is hij verdwaald?

Vanuit de bosjes gluur ik naar de blauwe lak van mijn oude Toyota Starlet, die aan de onderkant flink gehavend is door krassen en modderstrepen. De auto maakt een korte slingerbeweging alsof de bestuurder niet zit op te letten en stopt dan abrupt. Ik zak iets verder door mijn knieën en wacht af. Zou Matthew mij gezien hebben? Vertwijfeld staar ik door het gebladerte naar het portier, dat nu ieder moment open kan gaan.

Er gebeurt niets.

De motor van de auto pruttelt zachtjes. Het onmiskenbare geluid van mijn auto die me nooit in de steek laat bij het halen en brengen van de kinderen. Voorzichtig recht ik mijn rug. Ik zie nu heel duidelijk het hoofd van Matthew. Zijn volle, donkere haardos, die meer en meer verschiet naar grijs. De hoekige kaaklijn met de driedagenbaard en zijn priemende ogen die dwars door je heen kunnen kijken.

Nu pas zie ik dat hij niet alleen is. Er zit iemand naast hem. Iemand in een zwarte leren jas. Hij is iets kleiner en smaller dan Matthew en draagt een grote zonnebril en een pet. Giovanni?!

Ik zie hem voornamelijk op de rug, waardoor ik zijn gezicht niet goed kan onderscheiden. Aan zijn bewegingen te zien probeert hij Matthew iets duidelijk te maken. Driftig zwaait hij met zijn armen door de lucht. Als hij Matthew wil slaan, grijpt Matthew zijn arm. Maar net niet snel genoeg. Matthew krijgt een stomp, vol in zijn gezicht. Hij bukt zich, en begint te schelden. Nog een stomp, ditmaal ter hoogte van zijn borstkas. Matthew slaat terug; hij grijpt de figuur bij zijn kraag en drukt hem tegen het zijraam. De persoon verliest zijn zonnebril. Haastig en met ingehouden adem doe ik een stap naar voren; ik moet nu kunnen zien of het Giovanni is.

'Zo, mevrouw Van Waasdorp, al iets op het spoor?'

Met een schok draai ik me om. Achter me staat Bob. Hij is op de fiets. Aan beide kanten van het stuur hangen boodschappentassen waarin lege flessen zitten. Hij zegt dat hij op weg is naar het dorp. Mijn mond valt open; bewegingloos staar ik hem aan.

'Ik... ja, ik was op weg naar de vijver, maar...'

Ik zag opeens mijn auto aankomen met mijn man erin, hij staat daar in de bocht, hij is met iemand aan het vechten. Iemand die ik had kunnen zien als jij verdomme niet was komen opdagen.

Bob neemt me met zijn bekende wantrouwende blik op.

Het volgende moment hoor ik mijn auto optrekken. In een poging nog een blik van de bijrijder op te vangen schiet ik in de richting van de weg. Bob roept me iets na. Ik reageer met een vloek. Vlak voor mijn neus zie ik mijn auto wegrijden. De bijrijder in de zwarte leren jas heeft zijn zonnebril weer opgezet.

Drenthe

Eén dag voor de vermissing van Bella

Bella heeft haar koffer gepakt. Ze neemt maar weinig spullen mee naar dat verre land, waar niemand haar kent en zij verstoken zal zijn van al het wereldse gedoe rondom haar als tv-persoonlijkheid. De meeste dingen blijven gewoon achter. Het moet er zo veel mogelijk op lijken dat haar van de ene op de andere dag iets is overkomen.

Ze weet precies wat er hierna gaat gebeuren. Na vijf jaar mag Hester haar officieel dood verklaren en zal de familie alles erven. Het fijne huis in Wassenaar met de mooie meubels zal verkocht worden, net als het chalet in Drenthe. Bob zal blij zijn dat ze nooit meer terugkomt; hij heeft altijd een vermoeden gehad dat ze meer wist over de dood van Kelly.

Goddank is dat nooit uitgekomen. Zelfs die goedzak van een Sjouk met haar rechercheursachtergrond heeft geen idee met wie ze te maken had. Uit voorzorg heeft ze alle brieven aan Hester bij Sjouk achtergelaten.

Ze heeft haar wijsgemaakt dat de paparazzi nergens voor terugdeinzen als het om privézaken gaat. Ze zouden kunnen inbreken in haar chalet of bij haar thuis in Wassenaar. Ze heeft erbij gezegd dat ze de brieven bewaart voor later. Voor als ze niet meer in de belangstelling staat en iemand een biografie over haar wil schrijven. Sjouk heeft beloofd ze met rust te laten. Na de scheiding van Lynn zal Matthew de brieven bij Sjouk ophalen, heeft hij beloofd.

Gisteren was ze daar voor het laatst. Niet zonder weemoed nam ze afscheid van haar heerlijke plekje in Drenthe, van haar kookspullen en boeken en van haar welige tuin met kruiden. Ze draaide nog eenmaal haar favoriete opera *Manon Lescaut* van Puccini en voelde zich verwant aan haar tragische heldin. Toen de plaat was afgelopen, huilde ze.

Het valt haar zwaar, veel zwaarder dan ze gedacht had.

Matthew heeft inmiddels contact gezocht met de uitgeverij waar Lynn werkt. Ze weet hoe charmant hij is; in no time heeft hij Lynn ingepakt met zijn George Clooney-looks en sexy stem. Ze rilt bij dat vooruitzicht. Ze wil hem niet delen, met niemand, nooit. Zelfs niet met dat mollige nichtje, ook al zegt Matthew daar niet op te vallen.

O, god, kon ze maar terug. Dat verdomde geld ook en die klotemoord. Ze mag niet wanhopen, tot nu toe gaat alles goed.

Ze staat voor de spiegel in de hal en wacht op de taxi. In het huis is alles al donker, alleen bij de oprit brandt licht. Vanaf morgen is Bella Blok voorgoed weg. Vermist geraakt en niemand zal weten wat haar is overkomen. Haar eerste afspraak voor een tv-opname is over twee weken. Tegen die tijd zal men pas echt ongerust worden.

Vanuit de verte naderen koplampen; verrast werpt ze een blik naar buiten. De taxi is eerder dan gepland.

Haastig bukt ze zich naar haar koffer en pakt haar schoudertas. Ze slaat haar wollen cape om en terwijl ze de deur op een kier zet, ziet ze tot haar schrik dat het geen taxi is die met grote vaart op haar huis af rijdt, maar de auto van Matthew. Ze verkrampt; wat komt hij doen?

61

Die vijver hoef ik niet meer te zien. Wat dacht ik daar eigenlijk te vinden? Iets wat naar mijn moeder verwijst? Nog nadenkend over Matthew en de persoon met wie hij in gevecht was, loop ik niet veel later het grindpad op naar het park. Vrijwel meteen zie ik mijn auto op de parkeerplaats naast de slagboom staan. De Tesla is weg. Ik hou mijn adem in en haal mijn telefoon tevoorschijn. Ik scrol door de appjes om te kijken of ik een bericht van Matthew heb gemist.

Niets. Een vreemd gevoel bekruipt me. Zou die persoon nog bij hem zijn? Ik laat mijn ogen over het verlaten terrein dwalen. De hond slaat niet aan als ik doorloop naar mijn auto.

Van dichtbij wordt pas duidelijk hoe erg de schade is. De auto is afgesloten. Ik vraag me af waar Matthew mijn autosleutels heeft gelaten; de reservesleutels liggen thuis in Rotterdam.

Als ik de verzekering erbij betrek, zal ik moeten uitleggen wat er is gebeurd. Ze zullen zeggen dat ik aangifte moet doen. De gevolgen laten zich raden. Misschien wordt er wel een verband gelegd met de vermissing van mijn moeder. Mijn hart breekt als ik aan haar denk; ik voel sterk de neiging opkomen om toch maar alles aan de politie te vertellen. Deze situatie maakt me zo langzamerhand gek van onzekerheid.

Terwijl ik dat besluit en op zoek ga naar het telefoonnummer van de politie in Rotterdam, hoor ik achter mij het bekende geluid van een oude Saab. Blij verrast kijk ik om. Gelukkig, Sjouk is terug.

'Ha Lynn, ik ben er weer. Hoe is het nu?' vraagt ze als ze de auto tot vlak naast me rijdt en het zijraampje laat zakken.

Ik antwoord niet, ik ben nog te veel met Matthew en de politie bezig.

'Hemel, wat is er met je gezicht gebeurd?'

Vertwijfeld kijk ik Sjouk aan. 'Ik ben gisteravond door iemand neergeslagen, dat had ik je toch verteld?' snauw ik vinnig.

'Ik wist niet dat het zo erg was.' Ze werpt nu een blik op mijn auto, schudt haar hoofd en vraagt of hij nog rijdt.

Ik knik afwezig. Ik heb er al eerder mee geworsteld en ook nu weet ik niet zeker of ik alles wel aan Sjouk moet vertellen. Het lijkt me beter om de politie in Rotterdam te bellen.

'Zie ik je zo bij mij?' vraagt Sjouk. 'We hebben heel wat te bespreken, Lynn. Ik denk dat je heel eerlijk moet zijn en mij alles moet vertellen wat je is overkomen. In geen geval mag je de politie inlichten, daarmee zou je alles in gevaar brengen,' voegt ze eraan toe, alsof ze doorheeft wat ik van plan ben. Haar staalblauwe ogen fonkelen fel achter de brillenglazen. Even lijkt ze er nog iets aan te willen toevoegen, maar dan bedenkt ze zich. Ze geeft gas, wacht voor de hefboom en nadat ze die met haar pasje heeft geopend, rijdt ze haastig verder.

Vanuit mijn ooghoek zie ik Bob het terrein opkomen. Zijn fiets zwoegt onder het gewicht van de volle boodschappentassen. Slingerend komt hij op me af. Ik doe alsof ik hem niet zie en maak me uit de voeten. Bob is sneller.

'Nou, mevrouw Van Waasdorp, dat ziet er niet best uit. Alweer een ongelukje gehad?'

Ik zie hem vermaakt naar mijn auto kijken. Ik doe alsof het me niet raakt en knik kort; ik leg uit dat ik gisteravond een bocht miste.

'Dan mag je nog van geluk spreken dat de straatverlichting het weer deed. Soms zitten we hier dagen zonder stroom. Ik waarschuw je maar vast, want...'

Mijn mond valt open, ik verstijf en hoor niet meer wat Bob zegt. Geschokt staar ik hem aan.

'Het was donderdag,' zeg ik. 'Ik wist het, vannacht versprak hij zich. Zie je wel, hij was niet op reis naar Duitsland of bij zijn moeder, hij was hier, verdomme!'

Ik voel hoe ik tril; ik zie Bob fronsen.

'Donderdag,' herhaal ik. 'Toen ik 's nachts naar huis reed en 's morgens de post vond en hij vertelde dat hij in Leiden bij zijn moeder had geslapen. Donderdag deed de straatverlichting het hier niet.'

Bob schokschoudert onverschillig. Hij kijkt me aan alsof ik zojuist bekend heb krankzinnig te zijn.

'Sorry,' zeg ik terwijl ik nog iets anders besef. 'Er schoot me net iets te binnen waar ik al eerder mee zat. Misschien kunt u me helpen?'

Bob veegt verstoord over zijn voorhoofd en trekt zijn wenkbrauwen op.

'U had het eerder over dat chalet, dat ene chalet achter in het park en vlak bij het hek. U zei dat het tijdelijk verhuurd werd aan een buitenlandse man; iemand die u nooit gezien hebt maar wel aan de telefoon hebt gehad?'

'O, gaan we weer op de Miss Marple-tour? Nou vooruit,' verzucht Bob. 'Aan die kant van het park is een andere ingang. Alleen degenen die daar een chalet hebben, krijgen een sleutel van het hek,' vervolgt Bob met duidelijke tegenzin in zijn stem.

Ik wacht even. Ik durf bijna niet te ademen.

'Dus u hebt die man nooit gezien?'

'Dat zeg ik toch.'

'Maar wel gesproken.'

'Zeg, gaan we alles herhalen?'

Kwaad draait Bob zich om.

'Ja, maar, nog één ding dan,' hou ik vol. 'Had die man een Amerikaans accent?'

Bob antwoordt niet. Hij rijdt zijn fiets naar de garage, haalt de boodschappentassen van het stuur en zet ze een voor een voor de garagedeuren. Pas als hij zich weer omdraait en ziet dat ik er nog sta, reageert hij.

'Precies Sjouk, hè? Al die wijven zijn hetzelfde. Vragen stellen, vragen stellen. Laat zo'n man toch met rust! Wat maakt mij het uit of die kerel Engels praat. Zolang het maar geen Pool is, vind ik alles best.'

62

Ik ben nog maar net terug bij het chalet als ik ter hoogte van het slot iets uit de deur zie steken. Ik versnel mijn pas als ik zie dat het een envelop is die me vaag bekend voorkomt. Het logo is onmiskenbaar van Casabella.

Mijn hart bonkt in mijn keel als ik de envelop open gris. Er valt een sleuteltje uit, het belandt voor mijn voeten. Terwijl ik me buk om het op te rapen, haal ik het bijbehorende briefje uit de envelop. Ik vouw het open en zie dat er een simkaart in zit.

Als je je moeder terug wilt zien doe je niets. Geen politie. Op de simkaart staat een filmpje dat bewijst dat je moeder nog leeft. Over een paar dagen heb je het geld. Dat stop je in kluisnummer 243. Zodra het geld veilig is, ontvang je via een app het adres waar je je moeder kunt vinden.

Ik lees de naam van een bank in Rotterdam waar de kluis zich bevindt en kan bijna niet geloven dat dit echt is. Keer op keer herlees ik het briefje, alsof de woorden die erop staan niet voor mij bestemd zijn. Tranen springen in mijn ogen; wie doet me dit aan?

Uit mijn zak klinkt de ping van een appje. Half versuft lees ik het bericht, dat van Matthew komt. ER IS IETS MET DE KINDEREN, BEN NAAR LEIDEN, KOM JE VANAVOND NAAR HUIS? SLEUTEL VAN DE AUTO LIGT ONDER DE BLAUWE BLOEMPOT OP DE VERANDA.

Ik veeg langs mijn ogen en kijk om me heen naar een blauwe bloempot. Matthew is naar zijn moeder, er is iets met de kinderen. Leugenaar. Zonder na te denken toets ik het nummer in van zijn moeder. Nadat de telefoon twee keer is overgegaan klinkt de bekakte stem van Matthews moeder in mijn oor.

'Ach, Lynn, wat aardig dat je belt. Hoe is het nu met je? Ik hoorde van Matthew dat je een ongelukje had gehad met de auto? Waar ben je nu? De meisjes zijn vandaag wat vermoeiend, laatste dag van de vakantie, hè. Ik heb Matthew gevraagd of hij ze kan komen ophalen. Kijk, ik ben ook niet meer de jongste en de laatste tijd zijn ze zo vaak hier... Ik hou van mijn kleinkinderen, maar...' Mijn schoonmoeder zucht.

Het is dus waar, hij is naar zijn moeder.

'Gaat alles wel goed tussen jullie? Matthew is zo vaak op reis, en jij zou te druk zijn met je werk; volgens Noa reageer je alles op hen af. Geloof me, kinderen voelen haarfijn aan als er iets tussen hun ouders speelt. Ik garandeer je dat...'

'Heeft Matthew verteld dat mijn moeder vermist is?' onderbreek ik het geratel. Mijn stem trilt.

'God, nee, Lynn, hoezo: vermist?'

Aansteller. Ze zal niet weten wat er gebeurd is, ha, doen alsof ze echt ontzet is. Matthew heeft het liegen van geen vreemde.

'Ja, het was in het nieuws, dat kan je toch niet ontgaan zijn? Matthew is op het politiebureau geweest. Het was de avond voordat hij bij jou bleef slapen; ik was zelf niet thuis. Even denken, dat moet woensdag op donderdagnacht geweest zijn. Wat vreemd dat hij dan helemaal niets verteld heeft over zoiets ingrijpends,' zeg ik luid.

Er valt een stilte. Mijn schoonmoeder snuift hoorbaar. Ze is beledigd. Intussen kijk ik naar het briefje in mijn hand waarin het kluissleuteltje van de bank en de simkaart liggen. Bevend bal ik mijn hand tot een vuist. Denkend aan Matthew en zijn leugens voel ik het puntje van de sleutel pijnlijk in mijn vlees drukken. Een nieuw vermoeden borrelt naar boven.

Stel, Matthew heeft dit briefje zelf geschreven, en ook die dreigbrieven die hij vervolgens naar zichzelf heeft gestuurd om mij te doen geloven dat ze van Giovanni komen – hoe komt hij dan aan dit briefpapier? De enige verklaring die ik kan verzinnen is dat hij, al dan niet gedwongen, samenwerkt met Giovanni.

Ik hoor mijn schoonmoeder hardop peinzen. 'Donderdag, zeg je? Hm, nee, hoor, Matthew heeft hier in geen tijden geslapen. Meestal dropt hij de kinderen en gaat er dan meteen weer vandoor. Eerlijk gezegd bevalt me dat ook niet aan jou, Lynn. Een beetje moeder zou toch... Zeg, hoor eens, Lynn...'

Ik verbreek de verbinding. Een kille woede zet zich in mij vast. Ik ben het zat. Spuugzat. In het belang van mijn moeder kan ik niet naar de politie stappen, dus dan zal ik iets anders moeten ondernemen.

Ik heb er eerder aan gedacht. Bob bevestigde dat een man met een Engels accent het chalet achter in het park heeft gehuurd; dat kan alleen maar om Matthew gaan. Hij wist dat ik op een verlaten park zat, hij wist van de stroomstoring, hij wist dat ik gestrand was met mijn auto. Waarschijnlijk heeft hij mij vanaf het moment dat ik hier aankwam al in de gaten gehouden.

Woedend open ik mijn hand; het kan niet anders dan dat dit briefje van hem komt. Wie zou mij anders een appje kunnen sturen over waar mijn moeder verblijft? Ik stop de simkaart en het kluissleuteltje terug in de envelop en been het tuinpad af. Hoewel alles in mij schreeuwt dat ik niet alleen naar dat chalet achter in het park moet gaan, open ik vastberaden het tuinhekje en stap naar buiten.

Daar staat Sjouk.

'Aan de kant,' roep ik als ze blijft staan en de doorgang blokkeert.

'Lynn, wat zie je bleek, is er iets gebeurd? Je gaat toch geen gekke dingen doen, hè?'

'Sjouk, dit gaat je niet aan, dit is tussen mij en mijn man. Ik weet waar hij is, ik weet wat hij gedaan heeft. Het moet nu stoppen; hij moet stoppen.'

Mijn ademhaling verraadt mijn angst voor Sjouks bemoeienis; ik kan haar hier niet bij betrekken. Als ze haar hand op mijn schouder legt, krimp ik in elkaar. Bijna laat ik de envelop uit mijn hand vallen.

'Kom,' zegt Sjouk, en ze geeft me een zetje in de richting van haar tuin. 'Het is niet verstandig om nu overhaaste beslissingen te nemen. Daar ben je veel te zwak voor. Ben je vergeten hoe je gisteren bent toegetakeld?'

Ik schokschouder; ik stop de envelop weg en zou willen dat Sjouk geen gelijk gehad.

'Laat me je helpen, laten we samen een plan maken,' vervolgt ze kordaat als ze mijn aarzeling voelt.

Ze pakt me bij mijn arm en trekt me mee. Even doet ze me denken aan mijn moeder. Mijn arme moeder die pas vrijkomt als ik het geld van Bella in een kluis achterlaat. Een nieuwe golf van woede slaat over me heen. Ik moet iets doen!

'Ik heb een en ander ontdekt dat niet alleen naar Matthew leidt, maar ook naar iets anders,' zegt Sjouk overtuigd. Ze laat een stilte vallen en kijkt me indringend aan. 'En daar heb ik jouw hulp bij nodig, Lynn. Alleen jij kunt dit oplossen.'

Drenthe

Eén dag voor de vermissing van Bella

De schrik slaat haar om het hart. Wat doet Matthew hier? De laatste avond dat ze samen waren had ze hem de sjaal gegeven. Ze ziet de verrassing op zijn gezicht weer voor zich. Ze weet nog hoe hij haar aankeek; ze kon die blik niet goed plaatsen, durfde hem niets te vragen.

Aanvankelijk keek hij blij, maar nadat hij de sjaal uit het folie had gehaald en hem openvouwde, veranderde zijn blik en keek hij haar met zoveel verontwaardiging, ja, bijna afschuw aan, dat ze dacht dat hij haar iets zou aandoen.

Matthew propte de sjaal terug in het folie en alsof er vanaf dat moment een diepe kloof tussen hen ontstond, leek ze ineens onbereikbaar voor hem. Ze had spijt gekregen van haar eerlijkheid. Want toen ze daarna afscheid van elkaar namen, bleef die vreemde spanning rondom Matthew in de lucht hangen.

Zijn auto stopt voor de deur. Matthew stapt uit. Met grote stappen komt hij op haar af. Iets in zijn tred verraadt een zekere gejaagdheid. Is hij vorige keer iets vergeten? Heeft hij iets ontdekt wat zij over het hoofd heeft gezien? Zou er iets gebeurd zijn met Lynn?

Bella trekt de voordeur open. Gespannen kijkt ze op haar horloge. Ze denkt aan de taxi die hier binnen een kwartier zal zijn. Haar vlucht kan ze niet missen, Matthew zal snel moeten vertellen wat eraan schort. Seconden lijken minuten als Bella tegenover Matthew in de hal staat. De uitdrukking op zijn gezicht belooft weinig goeds; zijn blik verhardt als zij hem vragend aankijkt, meewarig schudt hij zijn hoofd.

'Verdomme, Bella, ik dacht dat wij elkaar vertrouwden; waarom heb je tegen me gelogen over die sjaal?'

Net als ze haar mond opent om te vragen wat hij bedoelt, laat Matthew een van zijn jaspanden losvallen. Hij steekt zijn hand naar binnen alsof hij iets uit zijn binnenzak gaat pakken. Met ingehouden adem volgt Bella de handeling, die ze onwillekeurig associeert met het gebaar van iemand die naar een wapen grijpt. Ze sluit haar mond en voelt hoe ze begint te trillen. Ze begrijpt er niets van. Hoe kan Matthew erachter zijn gekomen dat zij niet zijn eigen sjaal heeft teruggegeven?

Met bonzend hart kijkt ze naar Matthews hand die langzaam uit de jas tevoorschijn komt.

Zonder af te wachten pakt ze een van de golfclubs die onder de kapstok staan en houdt hem omhoog om zich te verdedigen.

Te laat.

63

Buiten zet de schemering al vroeg in. Langgerekte wolken trekken samen, het lijkt erop dat het gaat regenen. Sjouk vult voor de derde keer mijn theekopje. Volgens haar is het een recept van Bella, een van haar kruidenmengsels uit eigen tuin. Om rustig van te worden en om de pijn in mijn ledematen te verzachten.

Terwijl ik opnieuw van het groene brouwsel nip, voel ik me inderdaad minder gespannen.

Ik heb Sjouk inmiddels verteld over alles wat er gebeurd is in haar afwezigheid. Onsamenhangend en zeker niet in de juiste volgorde, heb ik niets meer voor me gehouden en alle dingen stuk voor stuk opgesomd. Dingen die Sjouk zo nu en dan met een ernstig gezicht herhaalt en noteert in een blocnote. Om het daarna, zoals je van een goed rechercheur verwacht, hardop peinzend in kaart te brengen.

Ook hebben we de simkaart geactiveerd en naar het filmpje van mijn moeder gekeken. Het was heel confronterend om haar in een niet-herkenbare ruimte vastgebonden op een stoel te zien zitten. Wit lamplicht bescheen haar van boven. Haar grijze haardos waaierde als een schaduw uit over haar gezicht. Ze had donkere kringen onder haar ogen en ingevallen wangen; ze zag eruit als iemand die in geen dagen had gegeten en geslapen. Haar mond was afgeplakt met ducttape en haar handen zaten vastgebonden met kabelbinders. Op de achtergrond was het geluid van schuivende voeten te horen. Iemand, waarvan alleen de gehandschoende handen zichtbaar waren, hield een krant van gisteren omhoog. Daarna was er een klik van de camera. Het filmpje duurde hooguit een halve minuut, maar had het effect van een urenlange horrorfilm.

Ik kijk naar Sjouk, die naast de houtkachel zit. Haar pen krast over het papier. Ze draagt vandaag niet een van haar vertrouwde bloemetjesjurken, maar een zwarte stretchbroek met een grijze trui die haar brede schouders accentueert. Haar ademhaling gaat moeizaam. En alsof ze bang is dat haar hart het begeeft, legt ze af en toe haar pen neer om haar hand bezwerend op haar borst te leggen. Ze zegt dat ze vannacht te zwaar heeft doorgezakt met haar oud-collega Vera in Assen en dat ze dat nu moet bezuren. Ze lacht erbij; de kuiltjes verschijnen in haar wangen als ze enthousiast vertelt dat het haar goed doet om deze cold case weer op te pakken.

'Dat het mij indertijd niet lukte om de zaak-Kelly de Knecht op te lossen heeft me altijd dwarsgezeten,' zegt ze. 'Hoewel er nog vele zaken daarna volgden, bleef de dood van dit meisje aan me knagen. Zoals ik net al zei, waren er op de plek bij de vijver DNA-sporen aangetroffen die we toen niet konden identificeren. Hierdoor bleef de dader een groot mysterie.'

Ik knik; als ik eraan denk dat Matthew de dader is, voel ik mijn maag samentrekken.

'In de loop van de tijd werd dat alleen maar moeilijker,' gaat Sjouk verder. 'Na dertig jaar is de vegetatie op de plaats delict zo sterk veranderd dat het lastig wordt om nog een match te vinden. Hoewel ze tegen Bob altijd een ander verhaal had opgehangen, wist ik van Bella dat zij de politie indertijd had gebeld om Kelly als vermist op te geven. Toen Kelly uiteindelijk werd gevonden, had het dagenlang geregend. De DNA-sporen die nog op haar lichaam werden aangetroffen waren vaag. Een verkrachting werd uitgesloten. Pas later bleek uit forensisch onderzoek dat Kelly was gewurgd. Waarmee, dat bleef gissen; op haar huid werden geen vingerafdrukken gevonden. En het was niet gebeurd met de sjaal die in haar mond zat; dat was haar eigen sjaal.'

'Maar met de sjaal waarmee Matthew nu wordt gechanteerd,' zeg ik koeltjes. 'Zijn sjaal. Het moordwapen, toch, Sjouk?'

Er valt een stilte waarin Sjouk moet nadenken voordat ze antwoordt. Alsof ze er niet zeker van is of ze mij wel alles kan vertellen, kijkt ze me peinzend aan.

'Juist, dat denk ik ook,' zegt ze dan. 'En uit jouw verhaal, Lynn, maak ik op dat Bella indertijd al door Giovanni werd gechanteerd, zelfs tegen haar zin met hem trouwde, en dat hij nu nog steeds in het bezit is van die sjaal waarmee hij Matthew chanteert.'

Onderzoekend kijkt Sjouk me aan. Ik voel me steeds onzekerder worden.

'Er zijn nog zoveel dingen die ik niet begrijp,' zeg ik. 'Waarom is mijn moeder ontvoerd, wat wist zij? Welke sjaal lag er in Matthews auto als dat niet het moordwapen is geweest, en wie heeft mij een klap op mijn hoofd gegeven?'

Sjouk staat op. Ze loopt naar het raam dat uitzicht biedt op het pad dat naar de weg leidt. Ze staart naar het dak van mijn chalet dat boven de haag uitsteekt.

Hardop nadenkend noemt ze de dingen op van haar lijstje die mij hier op het park zijn overkomen. De vliegenplaag, de verdwenen brieven van Bella, de persoon in de nacht die rondom het chalet liep, de persoon die mij aanreed en neersloeg...

'Maar natuurlijk, dat ik daar niet eerder aan gedacht heb,' zegt ze met een zekere verbolgenheid in haar stem. Ze draait zich om; opgewonden kijkt ze me aan, haar ogen schitteren alsof ze zojuist het ontbrekende puzzelstukje heeft gevonden. 'Wat zei je ook alweer over een chalet daar verderop?'

'Dat het voor een jaar is verhuurd aan een buitenlandse man met een Amerikaans accent,' antwoord ik. 'Bob vertelde dat hij die man nog nooit is tegengekomen. Blijkbaar is er een andere ingang bij dat hek?'

Sjouk knikt bevestigend. Ze bijt op haar lip. Ik voel dat er iets bij haar op zijn plek valt. Iets wat ze voor mij verbergt.

'Dan kan toch alleen maar Matthew zijn, Sjouk?'

Als Sjouk bedenkelijk kijkt, word ik zenuwachtig.

'Het moet Matthew zijn, Sjouk. Dat moet. Daarom wilde ik daarnaartoe, om te kijken of hij mijn moeder in dat chalet vasthoudt en...' Mijn stem breekt.

Sjouk schudt haar hoofd. Ze loopt op me af en net zoals ze eerder deed, veegt ze ruw door mijn haar en zegt dat alles voor haar steeds duidelijker wordt. De toon in haar stem klinkt bedroefd, alsof er een onontkoombaar besef tot haar is doorgedrongen. Iets wat haar raakt tot in haar kern. 'Ik was verblind,' zegt ze schor.

Vragend kijk ik haar aan. Haar ogen glanzen, langzaam laat ze me los. Ik zie hoe ze worstelt met haar emoties en zoekt naar de juiste woorden; wat mag ik niet weten?

'Je moet nog even volhouden, Lynn, het moet,' zegt ze dwingend. 'Luister, dit is het plan: jij gaat gewoon naar huis, naar je gezin in Rotterdam. Matthew zal je niets aandoen, daar ben ik van overtuigd. Zolang jij in leven blijft, komt het geld jouw kant op. Matthew is slechts een instrument.'

'Hè? Nee! O, nee, dat kan ik niet. Als hij...?'

'Niet in paniek raken, Lynn. Helpt het als ik zeg dat ik mijn vriendin Vera om hulp heb gevraagd en dat zij op de hoogte is?'

'Nee, nee, dat had je nooit moeten doen!' roep ik. 'Matthew zal mijn moeder iets aandoen, hij...' Ik kan niet langer vechten tegen de tranen. Mijn lichaam schudt, tranen stromen over mijn gezicht. 'Hoe kon je?' vraag ik gesmoord.

'Luister, Lynn, nogmaals.' Sjouk pakt me bij mijn schouders en kijkt me streng aan. 'Jij doet precies wat de ontvoerder van je moeder wil. Je int het geld, je stopt het in die kluis en je wacht af. Ik ken je inmiddels als een sterke meid, je kunt dit. Geloof me, over een paar dagen is dit achter de rug.'

Opnieuw lijkt het alsof mijn moeder tegen me praat.

'Voordat je naar Rotterdam rijdt ga je eerst bij mijn vriendin Vera langs om je DNA af te staan. Ze weet van je komst. Hier, dit is haar adres in Assen.'

Sjouk overhandigt me een papiertje met een adres erop.

'Kom, vooruit, niet bang zijn, alles komt goed. Laat het verder over aan mij en mijn vriendin bij de politie. Beloof je dat?'

Ik slaak een diepe zucht, hef mijn kin en knik, in het belang van mijn moeder.

64

De dagen erop verlopen tot mijn verbazing bijna als alle andere dagen voor mijn burn-out. Alsof er nooit een chalet in Drenthe is geweest, alsof mijn moeder niet vermist is en Matthew niet met mij getrouwd is om mijn geld. Alsof er nooit een meisje is vermoord waarbij mijn tante, haar ex en mijn man betrokken waren. Alsof alles één grote, lange nachtmerrie is geweest waaruit ik met moeite ontwaak.

Vanaf het moment dat ik meeging in Sjouks plan om terug te gaan naar Rotterdam, heb ik me ingeprent me niet te laten leiden door angst, maar de dagen af te tellen tot het bedrag van de lijfrente vrijkomt. Hoewel het me verschrikkelijk veel moeite kost, en ik zonder de dagelijkse telefonische peptalk van Sjouk het nooit zou redden, merk ik dat mijn terugkomst in het gezin me beter afgaat dan ik had verwacht.

Mijn nieuwe, ietwat gereserveerde houding heeft een goed effect op Matthew. Hij is minder onrustig en zelfs Noa en Amber gaan op hun manier ontspannen met me om. Ze laten me tenminste met rust.

Amber was zelfs even bezorgd toen ze mijn toegetakelde gezicht zag. Noa vroeg hatelijk of mijn rijbewijs was ingenomen nadat Matthew had verteld dat ik een aanrijding had gehad en mijn auto weer bij de garage stond. Ik heb er niet op gereageerd. Het komt me des te beter uit dat ik mijn burn-out kan aanwenden voor mijn afwezige gedrag. Ik heb gezegd dat ik op doktersadvies rust nodig heb. Het is de enige manier om elkaar niet te hoeven spreken.

De meeste tijd breng ik in de slaapkamer door, het is mijn bastion geworden. Als een lepralijder vertoef ik daar, lezend, tv-kijkend en de uren aftellend tot het moment dat ik naar de bank moet om het geld weg te brengen.

Als een gehavende bokser loop ik erbij. Mijn opgezwollen oog, dat voor een deel dichtzit, heeft inmiddels alle kleuren van de regenboog. De huid eromheen jeukt en trekt maar doet geen pijn meer, het ziet er alleen afschrikwekkend uit. Alweer maak ik gebruik van het medelijden dat het oproept. Ben begreep dat ik het deze week nog kalm aan doe; als tijdverdrijf en om mijn rusteloze geest afleiding te bezorgen vroeg ik hem om wat redactiewerk. Maar eigenlijk ben ik helemaal niet in staat om te werken. Zodra ik mijn laptop opendoe, danst het woord 'deadline' in kapitalen voor mijn ogen en klap ik hem meteen weer dicht.

Matthew houdt zich bezig met de kinderen en het huis. Ik ben voorgoed afgehaakt.

Sjouk heeft me gegarandeerd dat Matthew me niets zal doen. Ze herhaalde dat hij slechts een instrument is. Wat ze daar precies mee bedoelt, is me een raadsel. Ik vermoed dat het met de macht van Giovanni te maken heeft. Na alles wat er gebeurd is, kan ik Matthew onmogelijk vertrouwen. Voordat ik ga slapen draai ik iedere avond de slaapkamerdeur op slot en barricadeer de deur daarna met een stoel en een tafel. Inslapen lukt alleen met slaappillen. Het worden er per dag meer.

Meestal sta ik tegen de middag op. Dan zijn de kinderen naar school en is Matthew op zijn werk. Hij zal de dagen ook aftellen. Ik vraag me af wat híj gaat doen als het geld er is, of hij degene is die het geld uit de kluis haalt of Giovanni. Sjouk heeft beloofd dat de politie meteen zal ingrijpen. Volgens haar houden ze vanaf nu alles scherp in de gaten. Als ik Sjouk niet had, werd ik gek.

Vanochtend kreeg ik een telefoontje van de verzekeringsmaatschappij. Ze wilden mijn gegevens checken en verzochten me op hun kantoor langs te komen met mijn legitimatie en het rekeningnummer van mijn bank. Zodra alles rond is, zal het bedrag van de lijfrentepolis aan me worden uitgekeerd. Ik heb dat Sjouk zojuist in een berichtje laten weten. We bellen elkaar op een vast tijdstip in de ochtend, middag en avond. Ondanks haar back-up blijf ik me opgejaagd voelen. Pas als mijn moeder bevrijd is en Matthew en Giovanni zijn opgepakt, zal ik rust krijgen; niet eerder.

Ik open de deur van de slaapkamer en als ik er zeker van ben dat er niemand thuis is, loop ik naar beneden. In de keuken staat nog de afwas van gisteravond. Ik schuif het opzij en zet koffie. Niets in dit huis kan me nog raken. Ik voel me bedrogen en gebruikt. Of ik nou wel of niet dat geld van Bella krijg, het belangrijkste is dat mijn moeder hier ongedeerd uitkomt en dat ik daarna de scheiding van Matthew in gang kan zetten.

Met een beker koffie in mijn hand ga ik aan de eettafel zitten. Sjouk kan ieder moment bellen. Afwachtend staar ik naar mijn telefoon.

'Hi Sjouk,' zeg ik opgewekt als haar naam op het display verschijnt.

Geen antwoord. Meteen sta ik op scherp.

'Sjouk?! Ben jij het?'

Ik hoor iemand zuchten en steunen, gekraak in de lijn en dan de hese stem van Sjouk. Fluisterend zegt ze dat ze het heeft gevonden. Het klinkt alsof ze zich met moeite voortbeweegt.

'Wat heb je gevonden, Sjouk?'

Opnieuw gesteun en een rasperige ademhaling.

'Sjouk, wat doe je, waar ben je?'

'Onder jouw chalet... ik wist het... ik heb het... alles, je had gelijk, en o, nee, geen dooie muizen maar...' Een snik klinkt door in Sjouks stem. Ik hoor haar hijgen.

'Wat heb je gevonden, Sjouk?'

Gespannen druk ik mijn oor tegen de telefoon; ik verstijf en durf bijna niet te ademen.

'Het bewijs, Lynn... Je moeder moet het ook geweten hebben... Zie je wel, die opera laatst; Manon Lescaut... ik wist het,' herhaalt ze.

Ze valt weg, even hoor ik niets meer. Dan ineens slaakt ze een ijselijke gil en hoor ik haar naar iemand roepen. Een naam... van wie? Het klinkt gesmoord, een doffe dreun volgt. Het lijkt alsof er wordt gevochten.

'Sjouk?' Mijn stem beeft.

Niets.

Stilte.

De telefoonverbinding is dood.

65

Minutenlang ijsbeer ik door de kamer. Nadat ik tevergeefs Sjouk had teruggebeld, ging ik haastig op zoek naar het telefoonnummer van Sjouks vriendin Vera. Ik ben zo stom geweest het niet op te slaan in mijn telefoon. Ik dacht het niet nodig te hebben. Als ik eindelijk het nummer heb gevonden krijg ik haar voicemail. Wat moet ik inspreken?

Ik druk de telefoon uit en ren in blinde paniek naar boven. Ik gris mijn tas van het bed, gooi er zonder na te denken wat spullen in en haast me daarop de trap af naar buiten. Het enige waaraan ik kan denken is zo snel mogelijk naar Drenthe gaan.

Ik kijk op mijn horloge; het loopt inmiddels tegen het eind van de middag. Als ik aankom bij het park is het donker. Even aarzel ik. Ik denk aan Matthew, die zich zal afvragen waar ik ben gebleven en me vast en zeker zal bellen en achterna zal komen. Ik ben geneigd om terug te rijden. Maar zonder Sjouk kan ik niets beginnen; ik moet weten wat er met haar gebeurd is.

Onderweg stop ik bij een tankstation, gooi de tank van de leenauto vol benzine en bel opnieuw met Vera. Wederom krijg ik haar niet te pakken. Woest rij ik verder, de snelweg af en de slingerweg op waarvan ik nu bijna iedere bocht kan dromen. Gevoed door adrenaline vervolg ik mijn weg, denkend aan wat er gebeurd kan zijn.

Sjouk heeft iets gevonden onder het chalet. Iemand heeft haar iets aangedaan, haar staan opwachten. Ze had het over hét bewijs. Welk bewijs? Het moordwapen? De sjaal van Matthew? Ze had het ook over dooie muizen, geen muizen maar… en toen leek het even alsof het haar te veel werd. Als een razende probeer ik vooruit te denken, verbanden te leggen, maar met wat en met wie?

Tenzij Matthew doet alsof hij in Rotterdam is, kan hij onmogelijk Sjouk iets hebben aangedaan. Hij is naar kantoor, en daarna moet hij er zijn voor de kinderen. De enige die overblijft en ook belang heeft bij het geld is Giovanni. Terwijl ik me dat probeer voor te stellen – Giovanni vechtend met Sjouk – krijg ik steeds meer het gevoel dat er iets niet klopt. Dat ik iets over het hoofd zie.

Denk, denk; wat wilde Sjouk vertellen? Ze had het over een opera, ik weet niets van opera, ze noemde mijn moeder, dat mijn moeder het wist... Wat wist?

Mijn bloed kookt. Waarom belt die Vera me niet terug? Ik grijp opnieuw mijn telefoon, die naast me ligt. Uit mijn ooghoek zie ik een appje oplichten. Matthew!

Ik minder vaart en rij de auto naar de kant. Matthew schrijft dat hij later thuis is, of ik Noa naar hockey wil brengen. Ik schiet abrupt in de lach en vloek. Wat denkt hij, dat ik gek ben?!

Mijn duimen hangen al boven het toestel om te reageren. Dan besef ik dat woede in dit geval alleen maar tegen me werkt. Ik scrol door het menu en doe iets wat ik doorgaans nooit doe, omdat ik weet dat Matthew daar een bloedhekel aan heeft: ik zoek het nummer van zijn kantoor en bel.

Een vriendelijke stem bij de receptie vraagt of ik even wil wachten. Ik zet het toestel op de luidspreker en smijt het terug op de stoel naast me. De seconden tikken weg zonder dat er iets gebeurt. Een stom jengelmuziekje dat de beller kalm moet houden fokt me nog meer op. Net als ik de auto weer de weg op draai, is de stem terug.

'Mevrouw Van Waasdorp?'

'Ja.'

'Bedankt voor het wachten, voor wie belt u?'

'Ik bel voor mijn man, Matthew Smith. Kunt u mij doorverbinden?'

'O, sorry, maar... u moet zich vergissen. Meneer Smith werkt hier niet meer.'

'Hè?! Hoezo werkt hij daar niet meer? Hij is vanochtend...'

'Het spijt me,' onderbreekt de vrouw me. 'Ik denk dat u een verkeerd nummer hebt gebeld. Nogmaals: Matthew Smith is een jaar geleden bij ons vertrokken. Zijn contract werd niet verlengd.'

'Maar...?'

'Kan ik u nog verder helpen, mevrouw?'

'Nee, nee, dank u wel.' Ik verbreek snel de verbinding.

Er knapt iets in mij, ik hap naar adem, ik gloei en ril tegelijk. Met moeite concentreer ik me op de bekende weg die voor me ligt.

Dan hoor ik mijn moeder opnieuw zeggen dat ze naar Matthews werk heeft gebeld en dat hij er niet mee wegkomt. Een steek van spijt gaat door me heen. Dat ik toen niet heb doorgevraagd, dat ik het toen nog voor Matthew opnam omdat ik mijn moeder niet geloofde... Had ze toen maar tegen me gezegd wat ze wist van Matthew. Dan was ze misschien nooit ontvoerd.

66

De avond valt; een lage spookachtige nevel hangt tussen de bomen en over de weilanden. Als ik in de buurt van het park ben, parkeer ik de auto een stukje van de weg en bel opnieuw naar Vera. Dit keer neemt ze meteen op.

'Ik was niet in de gelegenheid om te antwoorden,' voegt ze eraan toe, nadat ze beaamd heeft dat ze mijn oproep had gezien.

Mijn ademhaling versnelt, ik sta op ontploffen en moet me inhouden om niet tegen haar uit te vallen.

'Het gaat om Sjouk, er moet haar iets zijn overkomen,' roep ik paniekerig. Haastig probeer ik uit te leggen wat ik hoorde toen ik Sjouk aan de telefoon had. 'Daarna heb ik niets meer van haar vernomen,' zeg ik.

Ik hoor Vera iets mompelen wat ik niet kan verstaan. Het stelt mijn geduld nog meer op de proef.

'Waar ben je nu?' vraagt ze. Haar stem klinkt zakelijk.

Ik kijk om me heen, naar de stille weg en de donkere bomen om het huis van Bob waarachter een dun rooksliertje uit de schoorsteen kringelt.

'Ik ben in Drenthe bij het Heidepark,' antwoord ik.

'Hm, niet zo slim om daar zonder versterking naartoe te gaan.'

'Versterking? Ha, aan welke versterking had je gedacht?' roep ik kwaad.

Ik word het zat. Deze vrouw denkt in protocollen, ik denk aan mijn moeder en aan Sjouk.

'Luister, Lynn, je gaat niets overhaasts doen, hoor je me?'

Ik reageer niet.

'Lynn? Hoor je wat ik zeg? Wij doen er alles aan om erger te voorkomen. Je moet weten dat er een match was bij het verwantschapsonderzoek; je loopt dus direct gevaar als je niet doet wat ik...'

Ik druk de telefoon uit. Het is mooi geweest met deze dame en haar verwantschapsonderzoek. Waar heeft ze het over? Loop ik al niet vanaf het moment dat ik mijn jawoord gaf aan Matthew gevaar? Hoe gevaarlijk kan het worden?

Als in trance stap ik uit, rits mijn jack dicht en zet de kraag ervan omhoog. Een rilling loopt over mijn rug. Ik kijk om me heen. De nevel tussen de bomen is opgetrokken, een heldere sterrenhemel schittert boven de heidevelden. Vastberaden pak ik mijn telefoon, stop hem in mijn zak en check meteen of de sleutels van het chalet daar nog in zitten. Zachtjes sluit ik de deur van de auto en ga op weg naar de parkeerplaats.

Ik sluip langs de hefboom en zodra ik de garagedeuren van Bob ben gepasseerd, versnel ik mijn pas. Heel even floept het licht aan dat zijn erf verlicht, maar de hond blijft stil en als ik de afslag naar het chalet neem, wordt alles meteen weer donker.

Ik ken de route langs de verlaten chalets; hier en daar flakkert een zwak schijnsel van een tuinlantaarn. Als ik bij het chalet van Bella aankom, hou ik mijn pas in. Om me heen is het stil. Op mijn tenen sluip ik over het grind naar het hekje. Ik volg het tegelpad waar automatisch om mijn voeten lichtjes aanfloepen en denk aan Sjouks laatste woorden. Ze heeft iets onder het chalet gevonden. Het bewijs. Onder het chalet, maar waar dan?

Ik loop langs de veranda naar de achterkant van het chalet, waar ik een paar avonden terug nog iemand had betrapt. Ook aan deze kant ligt grind. Bij iedere stap die ik zet knerpt het zachtjes onder mijn voeten. Ik pak mijn telefoon en gebruik hem als zaklamp. Aan de ene kant van het grindpad is dichte begroeiing, aan de andere kant is de wand van het chalet. Halverwege de wand zie ik vlak bij de grond een luik openstaan.

Vrijwel meteen wordt mijn aandacht getrokken door een kat

die naast het luik ligt te slapen. Hij merkt me niet op. Zelfs als ik bijna bij hem ben, blijft hij roerloos liggen. Pas als ik mijn zaklamp op hem richt, zie ik dat het dier dood is. Ik deins achteruit en sla meteen een hand voor mijn mond vanwege de stank die om het kadaver hangt.

Ik geef het dode dier voorzichtig een zetje met mijn voet en buk me naar het luik. Terwijl ik me op mijn knieën laat vallen voor het luik zie ik hoe de grond bij de doorgang is omgewoeld. Diepe sporen wijzen erop dat hier recentelijk is gegraven, waardoor er een kruipgat is ontstaan onder het chalet. Ik zie diverse leidingen en bedrading lopen. Ik zie een viertal wielen nutteloos boven de grond hangen en op ruim een armlengte bij me vandaan steekt iets uit de bodem.

Als ik mijn lamp erop richt zie ik dat om een klein plastic bakje gaat. Ik kan niet goed zien wat erin zit, maar het lijkt op een doek of iets dergelijks.

De stank van de dooie kat negerend kruip ik via het gat onder het luik door naar binnen. Ik hou mijn adem in, maak me lang en reik naar het doosje. Net als mijn vingers het plastic omsluiten, hoor ik achter me het grind knerpen en voel ik hoe iemand me vastgrijpt bij mijn enkels. Ik slaak een gil en klap voorover tegen de koude grond. Mijn wang raakt iets hards. En terwijl ik met geweld uit het gat word weggetrokken, schuurt mijn buik pijnlijk over de grond en verlies ik mijn telefoon.

67

'Jij, achterlijke trut, waar bemoei je je toch mee?'

Trillend lig ik op mijn rug naast het kadaver van de kat en kijk in het razende gezicht van Matthew. In zijn hand houdt hij een mes; het koude metaal drukt tegen de huid van mijn keel. Alles in mij is verkrampt.

Ik sper mijn ogen wagenwijd open en kijk naar de man die nog steeds mijn echtgenoot is. Ik ruik zijn bekende geur, ik voel de greep om mijn keel en zijn warme adem langs mijn oor glijden. 'Geen kik, hoor je? Geen kik!' fluistert hij.

Onbeweeglijk blijf ik liggen, overgeleverd aan de man van wie ik dacht dat hij van me hield. Ik sluit mijn ogen, een ongekende kou neemt bezit van me. Tranen stromen over mijn wangen. Het zoute traanvocht prikt in de geschaafde huid onder mijn ogen.

'Hou op met grienen. Je doet vanaf nu precies wat ik zeg, hoor je?'

Ik knik en hap naar adem.

De greep op mijn keel verslapt; een zucht verlaat mijn mond als Matthew zijn knipmes sluit. Hij trekt hardhandig aan mijn haar en zegt dat ik moet gaan staan. Ik kom overeind. Alles doet pijn, maar ik geef geen krimp. Zelfs niet als Matthew mijn arm hardhandig omdraait en me een harde duw tussen mijn schouderbladen geeft. Voor een seconde beneemt me dat de adem. Hoestend krom ik mijn rug.

'Lopen!' snauwt Matthew. Zijn stem trilt. 'Lopen!'

Met moeite doe ik een stap naar voren, om me heen is het donker. Ik weet niet waar ik heen moet. Matthew richt een zaklamp op het struikgewas en een nauwe doorgang wordt zichtbaar. Hij kent de weg, hij was hier eerder. Die nacht dat ik iemand hoorde rommelen naast het raam en zag verdwijnen tussen de struiken bevestigt dat het Matthew was.

Ik laat me meevoeren naar een langgerekt bospad; de grond is zacht onder mijn voeten, aan weerszijden van het pad is een stekelige begroeiing. Ontsnappen is onmogelijk. Ik kan alleen nog maar vooruit.

'Wat ga je met me doen?' vraag ik. Mijn stem klinkt schril en bibberig.

'Hou je mond, doorlopen.'

Een duw in mijn rug. Het geluid van het knipmes; mijn adem stokt. Behalve het geluid van onze voetstappen is het doodstil om ons heen, er is niemand op het park. Als ik al wil gillen, wordt niemand gealarmeerd. Zelfs Bob kan me hiervandaan onmogelijk horen.

We naderen een hek. Dat moet het hek zijn met de eigen ingang, het hek waarvoor ik pas nog ben gestrand. Ik herken de parkeerplaats waarop ik mijn auto keerde, ik herken de houten schuifdeur voor de tuin van het chalet waarachter ik glasgerinkel dacht te horen.

Zonder me los te laten stapt Matthew bedreven om me heen en haalt de schuifdeur van het slot. Weer een bevestiging. Bob had Matthew aan de telefoon, de buitenlander die hier tijdelijk een chalet huurt.

Terwijl Matthew de deur verder openschuift kijkt hij gespannen om zich heen. Even maken we oogcontact. Ik zie een opgejaagde blik, alsof niet ik, maar hij het slachtoffer is. Onwillekeurig denk ik weer aan de woorden van Sjouk: 'Matthew is slechts een instrument.' Van wie, van Giovanni?

Matthew richt zijn aandacht weer op de schuifdeur; hij geeft me een zetje en duwt me erdoor naar binnen. Meteen daarna sluit hij alles hermetisch af. Hij ademt onrustig en maakt een haastige indruk op me. Wacht Giovanni hier op hem? Ik denk aan de man in het restaurant die zich Mario noemde, een kleine, nietszeggende figuur. Hij moet een handlanger hebben om iemand als Matthew aan te kunnen. De reus Enzo?

Met zijn sleutelbos wijst Matthew in de richting van het chalet, dat hetzelfde oogt als dat van Bella. Het is bijna even groot, niet van hout maar van witte kunststof. De gordijnen voor de ramen zijn dicht. Naast de deur brandt een klein lampje.

Aarzelend kom ik in beweging. Nu pas voel ik dat ik al die tijd het plastic doosje in mijn hand heb vastgehouden. Terwijl ik het losmaak uit mijn vuist en in mijn jaszak laat glijden, voel ik Matthew vlak achter me aankomen. Hij merkt niets op, hij is te veel gefocust op de deur en commandeert nogmaals dat ik moet doorlopen.

Met ingehouden adem stap ik eenzelfde halletje binnen als bij Bella. Rechts is een deur naar de slaapkamer, links een ingang naar de keuken en woonkamer. Achter de slaapkamerdeur hoor ik iemand kermen. Ik hou mijn adem in en kijk verschrikt opzij.

'Sjouk?!' roep ik als ik haar stem herken.

Matthew trekt me bij de deur vandaan en duwt me de keuken in die overgaat in de woonkamer. Geschokt blijf ik in de deuropening staan.

Midden in de kamer onder het witte licht van een spotje zit mijn moeder. Grote angstogen in een bleek gezicht. Handen gebonden en gevouwen in haar schoot, haar enkels zijn met kabelbinders vastgemaakt aan de stoelpoten. Het ducttape is van haar mond gehaald.

Als ze mij ziet binnenkomen schudt ze haar hoofd en begint ze zacht te huilen.

68

Matthew heeft zijn telefoon tussen zijn schouder en oor geklemd. Ondertussen pakt hij mijn polsen beet en bindt ze met een kabelbinder aan een cv-buis. Daarna gebaart hij me te gaan zitten op een plastic klapstoel die onder een raam naast de radiator staat. Het glas in het raam is kapot, glasscherven liggen op de vloer. Wederom een bevestiging.

Hardhandig bindt Matthew mijn enkels bij elkaar. Hij luistert niet naar mijn jammerkreet maar heeft al zijn aandacht bij de telefoon.

'Ja, oké, doe ik,' zegt hij tegen degene met wie hij belt. Hij loopt de kamer uit en vervolgt zijn gesprek in het halletje. Ik vermoed dat hij met Giovanni overlegt wat hij met ons zal gaan doen. Ik kijk naar mijn moeder, naar haar gebogen gestalte, en een golf van medelijden stroomt door me heen.

'Mam? Gaat het met je?'

Mijn moeder draait haar hoofd een halve slag en knikt.

'O, mam, ik vind dit zo erg, het is allemaal mijn schuld. Ik had naar je moeten luisteren en nooit met hem...'

'Bek houden!' schreeuwt Matthew vanuit het halletje. Als hij zijn telefoongesprek voortzet ga ik op fluistertoon verder.

'Mam, jij wist van het geld van Bella, hè, jij had die polis. Wanneer wist je het van Matthew?'

Mijn moeder schudt haar hoofd; ze moet doodop zijn. Ze laat haar hoofd hangen en legt haar kin op haar borst. Haar grijze haar valt voor haar gezicht. Ze murmelt iets wat ik niet kan verstaan. Ik voel dat ik haar moet troosten, dat het mijn plicht is haar moed in te spreken.

'Mam, hij kan ons niet zomaar doden, ik moet sowieso in leven blijven om het geld te innen,' zeg ik. 'Mam, de politie weet alles, ze zullen ons... jou...'

'Nee, Lynn, het zit anders,' verzucht mijn moeder. Vermoeidheid klinkt door in haar stem. 'Matthew weet niet dat...' Onsamenhangend stoot mijn moeder de woorden uit. Ze praat zo zacht dat ik haar nauwelijks kan volgen.

Ik buig iets naar voren; het plastic van de kabelbinders snijdt meteen pijnlijk door mijn polsen. Ik slaak een kreet en richt me weer op als Matthews hoofd om de hoek van de deur verschijnt. Hij werpt een korte blik op mij en zegt dat als ik niet ophoud met klieren, hij genoodzaakt is maatregelen te treffen.

Ik ken die dreiging in zijn stem; meestal praat hij zo tegen de meiden als ze hyper zijn en doordraaien. Ik kan me bijna niet meer voorstellen dat ik een paar dagen geleden nog deel uitmaakte van dat gezinnetje. Ik kijk naar mijn moeder en opnieuw probeer ik haar op te beuren.

'Mam, ik ga ons hieruit krijgen,' fluister ik. Mijn stem klinkt niet overtuigend. Ik voel de verslagenheid van mijn moeders lichaam afstralen en zwijg.

Matthew is klaar met bellen. Hij loopt naar de koelkast en haalt er een fles water uit. Hij vult een bekertje en komt op me af.

'Hier, drinken,' zegt hij.

Als ik weiger geeft hij het bekertje door aan mijn moeder. Ze pakt het tussen haar vastgebonden handen en drinkt het in één keer leeg.

'Klootzak,' zeg ik. 'Hoe heb je me zo kunnen belazeren, me zo, zo...' Mijn stem breekt.

Matthews gezicht verhardt, kille ogen kijken me aan. Hij zegt dat het hem geen moeite kostte om mij in te palmen, dat ik vrijwillig met hem in zee ging.

'Je was een makkelijke prooi, god, zoals jij je overgaf... haha, zo romantisch. Toegegeven, je was voor een tijdje lekker. Je geloofde echt dat je geschikt was als pleegmoeder voor mijn kinderen, hè? Totdat je met Noa te maken kreeg. Van mij had ze je veel harder mogen aanpakken.'

Ik krimp ineen onder al die hatelijke woorden; ze wakkeren mijn vechtlust nog meer aan.

'Wat ga je hierna met ons doen?' vraag ik. Mijn stem klinkt kordaat. 'Niet erg handig van je om Sjouk te pakken te nemen. Ze werkt samen met de politie, wist je dat niet? Ze hebben een DNA-onderzoek lopen. Zo meteen hang je.'

Matthew fronst zijn wenkbrauwen.

'Een DNA-onderzoek? Waarvoor?' Een zelfverzekerde grijns krult zijn lippen.

Ik ken Matthew inmiddels; dat zelfverzekerde lachje is niet echt, dat heeft hij zichzelf ooit aangemeten om moeilijke situaties het hoofd te bieden. Eén keer heeft hij zich dat per ongeluk laten ontvallen. Dat hij precies weet hoe hij moet grijnzen om indruk te maken.

'Voor moord,' bluf ik.

Matthew spant zijn kaken. Zweetdruppeltjes parelen op zijn voorhoofd.

'Moord?'

'Op een scoutingmeisje. Kelly heette ze, ben je dat vergeten?'

'Hoe kom je daarbij? Van wie heb je dat, van die Sjouk?' Matthew ademt snel en draait zich om. Ik zie de woede van hem afstralen. 'Sjouk dus, een beetje leugens over mij verspreiden,' zegt hij en hij wendt zich met een ruk naar het halletje.

'Lynn, wat doe je nu?' zegt mijn moeder bangig.

'Mam, ik heb het bewijs hier in mijn zak,' sis ik en ik hou abrupt mijn mond als er vanuit het halletje rumoer klinkt. Een deur scharniert en klapt daarna hard dicht. Gestommel. Geschuifel van voeten.

Stilte.

Ik bijt op mijn lip en kijk naar mijn moeder. Op fluistertoon probeer ik opnieuw haar aandacht vast te houden. 'Mam, Matthew heeft hier in de buurt ooit een meisje omgebracht. Bella wist daarvan, Giovanni ook. Mam, Matthew is gevaarlijk. Het gaat hem niet alleen om het geld van Bella, ook om een sjaal, we moeten voorkomen dat hij...'

Een oorverdovende knal doorklieft opeens de stilte. Ik zie een lichtflits uit het halletje komen en verstijf. Mijn oren fluiten.

Weer een knal.

De zijwand trilt, er valt iets op de grond. Ik hoor Matthew schreeuwen.

'Sjouk?' roep ik stemloos.

Nog een knal.

Mijn hoofd tolt. Ik krom mijn rug en maak me klein om mezelf te beschermen. Trillend kijk ik naar mijn moeder. Ze heft haar hoofd en trekt haar gezicht in een frons. Ze opent haar mond.

'Ze is terug,' prevelt ze.

69

Roerloos staar ik naar de deuropening. Vanuit het halletje stapt een lange vrouw naar binnen. Ze heeft een pet op, waaronder sterk geblondeerd haar tot op haar schouders valt. Ze draagt een gele jurk onder een zwarte leren jas. In haar hand houdt ze een pistool. Ze komt recht op me af.

'Dag nichtje van me,' zegt ze, en ze buigt zich tot vlak naast mijn gezicht.

Ik ruik een kruitlucht en parfum. Haar lippen beroeren mijn wang. Ik voel een schok.

'Dat is lang geleden,' vervolgt ze. Haar stem klinkt donker. Heel anders dan op tv. Het verwart me.

'Tante Bella?'

Ze knikt en lacht.

Met open mond staar ik naar het wapen dat ze in haar hand houdt.

De vrouw in de gele jurk, de persoon met de pet die met Matthew ruziede in mijn auto.

'Herken je me nog?' Kalm strelen de vingers van haar vrije hand door mijn haar. 'Ik was vergeten hoe sterk je op Hester lijkt.'

Ik tril nu over mijn hele lichaam.

'Bella, je moet stoppen,' zegt mijn moeder. 'Het is genoeg geweest.'

Mijn moeders stem klinkt zwak, toch doet dat niet onder voor haar strijdlust. Bewonderend kijk ik opzij. Ze mag dan halfdood zijn, als een leeuwin zal ze haar jong beschermen.

'Jammer, Hester, maar dat gaat niet meer. Daarvoor is het te laat.'

Ik kijk weer naar Bella.

'Waar is Matthew?' vraag ik hees en ik gebaar met mijn hoofd naar het halletje.

Bella recht haar rug. Ze loopt naar de tafel, legt haar wapen neer en trekt de pet van haar hoofd. Met haar rug naar me toe blijft ze staan. Ze schudt haar haren los en werpt haar hoofd in haar nek; ik zie hoe de spieren tussen haar schouderbladen zich aanspannen.

'Matthew, ach, ja; we zijn allebei voor hem gevallen, nietwaar?' zegt ze op fluwelige toon en draait zich langzaam om. Ze lacht een beetje.

'Bella, maak ons los,' zegt mijn moeder streng.

'Ik dacht dat hij van me hield. Aanvankelijk wel, denk ik. Maar later ging het louter om geld, net als bij Giovanni. Ze zijn allemaal hetzelfde, die kerels. Lafbekken zijn het. Ik heb wel eens gedacht dat als ik Matthew indertijd zijn eigen sjaal had teruggegeven, dit alles misschien niet was gebeurd. In dat opzicht spijt het me. Maar ik wilde Matthew aan me binden; ik had zo mijn redenen om hem een kopie van de sjaal te geven. Wat ik alleen niet wist, was dat in Matthews eigen sjaal zijn initialen stonden. M.S., Matthew Smith. Toen hij erachter kwam dat de sjaal vals was, kwam hij later in Wassenaar verhaal halen en wierp de sjaal voor mijn voeten. Ik schopte een scène en deed hem geloven dat ik niet wist waar de echte sjaal was; ik vroeg hem of dat nog belangrijk was nu hij straks over heel veel geld zou beschikken. Ik voelde toen dat er nog iets anders speelde, iets wat ik over het hoofd had gezien, en er knapte iets in mij,' zegt ze zacht. 'Waar ik al die tijd bang voor was geweest, gebeurde: het ging Matthew niet alleen om de sjaal of om het geld, maar... tja, ik had me dus vergist. Ik wist ineens dat hij het al die tijd geweten moest hebben...'

Bella wacht even; ze veegt langs haar neus en snuift. Haar ogen glanzen, een droge snik klinkt door in haar stem. Dan heft ze haar hoofd om de draad weer op te pakken.

'We legden het bij. Matthew ging weer mee in het plan om met jou te trouwen, en je wilt niet weten hoeveel pijn me dat op dat moment nog deed: Matthew afstaan aan een andere vrouw, een jongere vrouw, aan jou, mijn eigen nichtje.'

De toon in Bella's stem wordt wrang.

'Ik verdween, zoals we hadden afgesproken, naar het buitenland. En al die tijd zorgde ik ervoor dat Matthew genoeg geld kreeg. Meneer kocht een Tesla, speelde golf en deed het voorkomen dat zijn boeken bestsellers waren. Hij maakte jou wijs dat hij uit een steenrijke familie kwam. Haha, de bedrieger. Matthew was van huis uit niet onbemiddeld, maar de succesvolle zakenman die hij pretendeerde te zijn was hij ook niet. Dus toen hij schulden kreeg en zonder baan kwam te zitten, was mijn geld en jouw toekomstige geld hem zeer welkom.'

In Bella's stem klinkt zoveel verbittering door dat het me nog banger maakt.

'Een klein halfjaar geleden kwam ik terug,' gaat ze kalm verder. 'Op mijn advies huurde Matthew dit chalet, zodat hij tegen jou kon zeggen dat hij op zakenreis was en wij elkaar rustig konden zien en spreken. Ik ken dit park, het is een prima plek om niet op te vallen. Het vuur tussen ons was nog niet helemaal gedoofd, en met een vermogen in het vooruitzicht zal Matthew het niet erg gevonden hebben om tijdelijk mijn minnaar te spelen. Kreeg hij wel genoeg liefde en warmte van jou, Lynn?'

Ik kijk van haar weg en slik.

'Ik wist dat Giovanni al een tijdje als Mario door het leven ging. Hij werkte hier in het restaurant van zijn familie. Ik vermoed zelfs dat hij hier ooit was neergestreken om mij alsnog aan te pakken. Jammer voor hem dat ik vermist raakte.'

Bella lacht.

'Het was zo leuk om Matthew te doen geloven dat Giovanni zijn sjaal had. Je begrijpt wel waar ik het over heb, hè, Lynn? Ik schreef dreigbriefjes op briefpapier dat ik nog uit Italië had uit de tijd dat Giovanni het familiebedrijf Casabella doopte. Jou wel bekend. Niemand kent hier een Giovanni, en op de dinsdagen had Mario zijn vrije avond in het restaurant. Heb jij op dinsdag geen yoga, Lynn?'

Er valt een korte stilte waarin ik het gevoel krijg dat mijn hoofd ieder moment kan ontploffen.

'Uit naam van Giovanni liet ik Matthew op een aantal dinsdagen naar Drenthe komen. Ik gaf hem zelfs een telefoonnummer waar jij nog een keer naartoe belde; mijn nummer. Een nummer dat bij een ander prepaid toestel hoorde. Arme Matthew, hij had het op het laatst zo moeilijk met jouw overspannen gedrag dat hij zelfs nog een nieuwe agenda moest aanleggen om jou te doen geloven dat je aan waanbeelden leed. Je kunt niet veel hebben, hè?'

Ik wist het.

'Matthew nam de kopie van de sjaal mee om aan Giovanni te laten zien; hij zou zich niet nog eens laten bedriegen. De sukkel.'

De sjaal in de Tesla.

'Matthew kwam uiteraard voor niets. Hij was daar heel verbolgen over en ik luisterde naar zijn klaagzang; tenslotte ging het om de sjaal waarmee Kelly vermoord was.'

Matthew heeft dat meisje vermoord.

Bella lacht opnieuw. Ze moet aan me zien hoeveel pijn die opmerking me doet. Ik krimp in elkaar onder de hatelijke toon in haar stem als ze verdergaat.

'Matthew wilde niet alleen van je scheiden, Lynn, hij wilde voorgoed van je af, zodat hij ál het geld zou erven. Ik beloofde dat ik hem daarbij zou helpen. Aha, ik zie dat je schrikt, Lynn.'

'Jij was het die me aanreed en neersloeg,' zeg ik.

Bella knikt ontspannen. Ze begint over witte sneakers en verwarring zaaien.

'Ik deed dat om Matthew te pesten. Hij was in alle staten. Jij mocht vooral niet doodgaan voordat het geld er was.'

'De ruzie in mijn auto,' mompel ik.

Bella kijkt me even verrast aan.

'Tja, eigenlijk ging alles goed, totdat die Bob jou ineens ging bellen en jij zo nodig hier in mijn chalet moest uitrusten en vriendjes werd met Sjouk,' vervolgt Bella. 'Matthew was zo stom om zijn agenda te laten slingeren en de dreigbrieven niet te onderscheppen; daardoor kostte het hem extra veel moeite om jou te doen geloven dat je langzaam gek werd.'

Ze vloekt en legt haar handpalmen bezwerend tegen haar slapen alsof het haar allemaal ineens te veel wordt.

'Niet alleen Sjouk werd gevaarlijk, ook jij Hester.'

Bella laat haar armen zakken en wendt zich nu tot mijn moeder.

Ik voel een schok door me heen gaan als ik besef dat het Bella geweest is die mijn moeder heeft ontvoerd.

'Ik ging met je mee, maar niet zonder me te verzetten,' antwoordt mijn moeder bits.

'Ja, ja, we zijn een strijdvaardig stel vrouwen, Lynn,' zegt Bella. 'Het zit in de familie. Oké, er vloeide misschien wat bloed bij mijn bezoekje, maar ik bleek net iets sterker dan jij, hè, grote zus?'

'Wat zou jij doen als er een wapen op je gericht wordt?' bijt mijn moeder Bella toe. Ze schudt haar hoofd; hardop vraagt ze zich af hoe haar zusje zo geworden is.

'Dat staat allemaal in de brieven, Hester,' reageert Bella fel. 'Brieven die ik jou na die vreselijke nacht daar aan het ven heb geschreven. Brieven waarin ik schrijf over mijn daad, over dat ene moment, die ene seconde van wanhoop.' Ze wacht even en hapt naar adem. 'En waartoe de wanhoop mij dreef. Daardoor is jouw lieve zusje geworden wie ze nu is.'

Bella laat zich met een zucht op een stoel naast de tafel vallen. Ze kijkt ons vanonder haar wimpers stuurs aan.

'Waar heb je het over?' vraagt mijn moeder.

Er valt een stilte.

Ik kan nu over de brieven beginnen en zeggen dat ze in mijn bezit zijn. Maar dan lieg ik...

'Ik heb de brieven nooit verstuurd; het had mijn leven nog verder kunnen ontwrichten,' zegt Bella. 'Nee, ik heb ze bewaard als opsteker voor mezelf, om mezelf in te prenten me nooit meer zo te laten gaan voor een man. Wat me bij nader inzien niet écht lukte, hè?'

Mijn moeder huilt. Zachte snikken vullen de ruimte.

'Wat heb je gedaan, Bella? Waarom...' prevelt ze.

Haar stem sterft weg als Bella haar met een ongeduldige handbeweging ineens tot zwijgen maant. Ze wijst naar het raam en drukt op de lichtschakelaar. Meteen wordt alles donker.

Ik hoor buiten iets stommelen, het lijken voetstappen. Het geluid klinkt zwaar en doet me denken aan de eerste nacht die ik hier doorbracht. Toen Sjouk een stapel hout onder mijn slaapkamerraam had gelegd.

Ik hou mijn adem in en klamp me vast aan de cv-buis. Er schuurt iets langs de wand. Nog meer gestommel. Er klinkt een harde dreun tegen de voordeur. Zou Matthew daar nog zijn?

Een lichtbundel schijnt door het raam naar binnen. Ik hoor een zware mannenstem iets commanderen.

Bella heeft zich naast de deur tegen de wand geperst. Haar pistool houdt ze omhoog, klaar om te schieten.

'Help! Help!' schreeuw ik zo hard ik kan. 'Ze heeft een wapen!'

Bella draait zich om. Trillend richt ze haar pistool op mij en schreeuwt dat ik mijn kop moet houden. Buiten wordt het acuut stil. Zo stil dat ik bang ben dat degene die bij de deur stond, is omgekeerd.

Seconden tikken voorbij. Doodsbang staar ik naar Bella. Ik zie dat ze nerveus wordt. Even lijkt er niets meer te gebeuren, dan is er opeens zo'n harde dreun dat het voelt alsof het hele chalet wordt opgeblazen.

Bella springt weg van de deur. Blind richt ze haar wapen op het halletje en schiet.

Ik duik in elkaar, knijp mijn ogen dicht en voel een hevige druk op mijn oren. Om mij heen klinkt glasgerinkel. Iemand werkt zich door een raam naar binnen en loopt achter me langs. Ik durf niet te kijken.

Weer klinkt er een knal; ik open abrupt mijn ogen en zie hoe Bella naar de grond duikt. Terwijl ze valt laat ze haar pistool los, het wapen rolt naar me toe. In een reflex trek ik mijn benen op en klap met stoel en al tegen de kachel.

Vanuit het donker komen twee mensen binnen. Eentje schijnt met een zaklamp midden in mijn gezicht. Ik knipper met mijn ogen en zie nog net hoe een forse gestalte zich bukt naar Bella. Hij draagt een helm en een kogelvrij vest, heeft een wapen in zijn hand en zegt iets in een microfoontje dat onder de helm uitsteekt.

Uit het halletje dringen stemmen door naar binnen. Iemand roept om een ambulance.

Ik werp een blik op mijn moeder. Het is te donker om haar goed te kunnen zien. Voorovergebogen hangt ze in haar stoel. Ze beweegt niet. Een angstgolf spoelt over me heen.

'Mam?' fluister ik.

Geen reactie.

Ik ril en huil, ik roep om hulp. Het plastic van de kabelbinders snijdt dwars door de huid van mijn polsen. De pijn is ondraaglijk.

De persoon met de zaklamp komt op me af en knielt naast me neer. Het is een politievrouw; als ze haar helm afzet, zie ik dat ze kort blond haar heeft. Ze legt haar hand op mijn schouder en vraagt of het gaat. Ik knik.

'Mama,' zeg ik gesmoord. Ik gebaar met mijn hoofd naar de stoel waarop mijn moeder zit. 'Ze mag niet dood zijn.'

70

Daarna gaat alles opeens heel snel; ik ben nauwelijks in staat om te beseffen wat er gebeurt. Nadat de politievrouw de kabelbinders om mijn polsen en enkels heeft doorgeknipt vraagt ze of ik kan staan. Als ik knik vraagt ze me mee te lopen. Aarzelend kom ik in beweging.

De kleine woonkamer heeft zich opeens gevuld met nog meer mensen in uniform. Om me heen wordt druk overlegd. Commando's klinken uit een portofoon. Bella wordt geboeid afgevoerd.

Twee politiemensen ontfermen zich over mijn moeder. Als ik haar hoor klagen over pijn in haar rug en benen, adem ik opgelucht uit. Ondertussen volg ik de blonde vrouw. Als we bij het halletje aankomen, moet ik wachten.

Zwak lamplicht verlicht de ruimte. Het ruikt naar urine en bloed. Onwillekeurig werp ik een blik op de vloer, waar een grote plas bloed ligt. De deur naar de slaapkamer staat open. De wand ernaast zit onder de spetters; alsof er een verfbom is ontploft zoveel bloed zit er op de muur.

Ik sla een hand voor mijn mond en moet kokhalzen.

Meteen pakt de politievrouw me bij mijn onderarm en leidt me door een gat naast de voordeur naar buiten. De voordeur zelf hangt scheef in zijn scharnieren.

Buiten in de tuin zijn zwaailichten en klinken opgewonden stemmen. Alles komt heel onwerkelijk op me over, alsof ik een acteur ben in een film waar ieder moment iemand 'cut' kan roepen.

De schuifdeur van de poort staat wagenwijd open. Als we erdoor lopen naar de weg zie ik nog net hoe een brancard in een van de ambulances wordt geschoven. Het valt me op dat er geen haast wordt gemaakt. Pas als ik nog wat dichterbij kom, zie ik dat er iemand in een dichtgeritste zak op de brancard ligt. Ik kijk om me heen; nergens zie ik Sjouk of Matthew.

Ik hou mijn pas in. Mijn adem stokt.

'Wie?' stoot ik uit.

'We hebben hem helaas niet kunnen redden,' zegt de politievrouw.

'Hem?! Toch niet...?'

'Kende u het slachtoffer?'

Ik verstijf; roerloos staar ik naar de ambulance.

Ik schokschouder. Een aarzelend 'ja' komt naar buiten. Ongeloof klinkt door in mijn stem. 'Matthew, mijn man,' mompel ik.

De vrouw antwoordt niet. Ze leidt me naar de politieauto's, waar een stevige vrouw tegen een van de auto's geleund staat. Ze rookt een sigaret en kijkt op haar telefoon. Als ze opkijkt en mij ziet aankomen, maakt ze zich los van de auto. Het is Vera.

'Waar is Sjouk?' vraag ik haastig als ik bij haar ben. Ik werp een blik in de auto, waarin alleen een bestuurder zit.

'Ze is voor onderzoek naar het ziekenhuis,' antwoordt Vera. 'Sjouk heeft een zwak hart, ze was uitgeput doordat ze al die tijd was gekneveld.'

Ik slaak een vloek. 'Matthew, hoe kon hij?'

'Sjouk is een taaie, hoor. Maak je geen zorgen, die is in goede handen,' stelt Vera me gerust. Met een glimlachje kijkt ze op haar horloge en haalt iets uit haar zak. Als ze het aan me overhandigt, wordt haar gezicht weer ernstig.

'Dit moest ik van Sjouk aan jou geven; je was het kwijt, had ze gezegd. Ze had nog meer gevonden, zei ze, maar dat wilde ze later met je bespreken.'

Ik kijk in de plastic zak die Vera in mijn handen drukt. Ik voel aan het bundeltje dat het om de brieven van Bella gaat.

Maakt het nog iets uit of ik ze lees, nu ik de afloop al ken?

Als Vera aanstalten maakt om in haar auto te stappen hou ik haar tegen.

'Kun je me zeggen waar ik dat DNA-onderzoek voor moest doen?' vraag ik.

Traag draait Vera zich om; ze lijkt even te aarzelen of ze haar kennis met mij wil delen.

'Het ging om je tante. Er waren bloedsporen gevonden in het huis van je moeder. Aanvankelijk gingen we ervan uit dat die van Matthew waren en dat hij je moeder iets had aangedaan – we wisten toen niet dat Bella nog in leven was – maar na enkele aanwijzingen van jou vertrouwde Sjouk het niet. Ze vermoedde dat je moeder niet voor Matthew had opengedaan, maar voor Bella. Dat konden we alleen achterhalen door een DNA-test. Doorgaans duurt zo'n verwantschapsonderzoek weken, nu hadden we haast. Je moeder was ontvoerd en jij liep direct gevaar.'

Ik laat mijn hoofd hangen.

'Jullie ontdekten dat het Bella was,' verzucht ik. 'Waarom heb ik dáár niet aan gedacht?'

Er valt een lange stilte waarin Vera me even een klopje op mijn schouder geeft.

'Maar nu is het voorbij,' zegt ze. 'Bella is opgepakt. Er wacht haar een proces en daarna gevangenschap. Je kunt weer rustig gaan slapen.'

Ik kijk op en forceer een glimlach. Ik wil zeggen dat ik aan chronisch slaapgebrek lijd, dat ik zojuist weduwe ben geworden en dat er twee onmogelijke pubers thuis op mij zitten te wachten. Wie gaat ze straks vertellen dat hun vader is omgekomen bij een schietpartij?

Vera moet aan me zien dat het me te veel wordt. Zachtjes duwt ze me in de richting van een andere politieauto.

'Kom,' zegt ze. 'Mijn collega's regelen alles. Ik heb begrepen dat je bij je moeder logeert? Kijk, ze is bijna klaar.'

'Bij mijn moeder?'

Ik werp een blik op mijn moeder, die in een deken gewikkeld

in de ambulance zit. Iemand neemt haar bloeddruk op en onderzoekt haar op kneuzingen. Ik zie dat ze alweer lacht, ik hoor haar grapjes maken.

Als ik naast haar plaatsneem in de ambulance omhelzen we elkaar. Ik kan me niet herinneren ooit zo lang en zo innig tegen mijn moeder aan te hebben gezeten. Als ze zich van me losmaakt, begin ik me meteen weer te verontschuldigen. Mijn moeder schudt haar hoofd.

'Het is goed, Lynn,' zegt ze. Ze veegt door mijn haar en geeft me een kus op mijn voorhoofd. 'Het is voorbij, we gaan naar huis.'

71

Drenthe, een paar maanden later

Het is een ongekend mooie dag voor februari. Men spreekt over lenteachtige temperaturen die nooit eerder in dit jaargetijde door de meteorologische wereld zijn gemeten.

Onwennig parkeer ik mijn auto op de oprit voor het chalet. Het voelt raar om weer terug te zijn op de plek waarvan ik aanvankelijk dacht dat ik er nooit meer zou terugkeren. Voordat ik uitstap kijk ik om me heen of er niemand is die me staat op te wachten. Geen Bob, geen Sjouk. Gelukkig.

Ik open het portier van de auto en meteen wordt mijn aandacht getrokken door het bord van de makelaar dat naast het tuinpad staat. Nadat de politie het chalet vrijgaf, liet Bella's advocaat aan Bob weten dat het chalet, inclusief de spullen die daarin stonden, in de verkoop kon.

Bob vroeg mij om het zo snel mogelijk te regelen. Ik had daar uiteraard iemand voor kunnen inhuren, maar ik bedacht dat het beter was om het zelf te doen. Hoewel ik me sinds een paar maanden vermogend kan noemen, heb ik daar nog maar nauwelijks bij stilgestaan. Mijn moeders accountant heeft de zorg voor mijn financiën op zich genomen. Hij had het over investeringen in vastgoed. Ik ga daar pas serieus over nadenken als Bella voorgoed achter de tralies zit en ik me niet langer door haar bedreigd hoef te voelen.

Met de kinderen van Matthew heb ik slechts eenmaal telefonisch contact gehad. Noa was ontroostbaar en vol wrok naar mij toe – ik had niet anders verwacht – en Amber weigerde te accepteren dat haar vader dood was. Ze voelde zich door hem in de steek gelaten en bedrogen. Met haar had ik nog wel een keer willen afspreken, maar door tussenkomst van Matthews moeder – die alles regelde – maakte ik geen schijn van kans. Ze deed het voorkomen dat haar zoon niets te verwijten viel; integendeel, Matthew trof geen enkele blaam. Niet ik, maar hij was het slachtoffer van bedrog. Het nog lopende politieonderzoek naar Matthews betrokkenheid bij de moord op Kelly en de ontvoering van mijn moeder deed ze af als onzin. Hij zou gemanipuleerd zijn door mijn tante.

Ik ben niet op Matthews uitvaart geweest en voorlopig ben ik even gestopt met mijn werk. Ben stuurde me een boeket bloemen met een het-ga-je-goed-kaartje eraan waaruit ik kon opmaken dat hij me niet meer terug verwacht bij de uitgeverij.

Ik open de deur van het chalet. Alles lijkt onveranderd. Er zijn wat meubels verschoven en de kasten zijn overhoop gehaald, maar verder is alles nog intact.

Niet veel later stop ik snel en systematisch de meeste huisraad van Bella in dozen. Alle meubels en keukenspullen staan klaar om opgehaald te worden door de kringloopwinkel. De boeken gaan naar een antiquariaat. Het overige verdwijnt bij het grofvuil.

Tevreden kijk ik na een tijdje naar de onttakelde ruimte; ik open de schuifdeuren naar het terras en voorzie het zitje buiten van kussens. Ik heb inmiddels thee gezet en om niet te veel af te koelen heb ik een vuurkorf aangestoken. Het hout knettert zachtjes en verwarmt mijn benen.

Ik nip van de hete thee en sluit voor een moment mijn ogen. Bijna is het zover. Terwijl ik me koester in de lage zonnestralen bereid ik me in gedachten voor op het komende moment. Een ongekende opwinding maakt zich van me meester. Ik open mijn ogen en kijk naar de tuintafel waarop een grote schoenendoos staat. In de doos zitten Bella's brieven en Matthews sjaal.

Wat heb ik uitgekeken naar dit moment waarop ik afscheid ga

nemen van mijn leven met Matthew. Zonder mijn moeder erbij en zonder Sjouks of Vera's goedkeuring. Na alles wat ik heb meegemaakt, komt me dat toe, vind ik.

Mijn handen beven als ik de deksel van de doos haal en de sjaal eruit pak. Het is de eerste keer dat ik hem echt goed durf te bekijken. De stof voelt zacht en alsof er spanning op de sjaal heeft gestaan, is hij vervormd en uit elkaar getrokken. De blauwe strepen zijn hier en daar vervaagd in het verschoten bruin. Langs de rafelige randen duiden roestkleurige vlekken op opgedroogd bloed.

Ik stel me de ongeschonden sjaal voor om Matthews hals. Zijn lange haar dat er speels overheen valt. Zijn sterke nek waarvan de spieren zich aanspannen als hij houthakt voor een kampvuur. Een jonge Matthew; mooi en geliefd bij de scoutingmeisjes.

Mijn Matthew, die er niet voor terugdeinsde om mij te verleiden en met me te trouwen vanwege Bella's geld. Me daarvoor zelfs had willen vermoorden. Matthew die mijn moeder knevelde, Matthew die een meisje wurgde, Matthew die mijn tante neukte...

De hand waarin de sjaal ligt balt zich tot een vuist. Ik voel de adrenaline door mijn lichaam stromen. Ik kijk naar de vuurkorf, open mijn hand en spuug op de sjaal. Luidkeels vervloek ik Matthew en werp de sjaal in het vuur.

De droge lap stof krult zich onmiddellijk tot een fakkel. Het vuurtje laait vliegensvlug op. Het duurt maar kort; snel schroeit de sjaal uit tot een restje zwartgeblakerde as.

Gespannen richt ik me nu op de stapeltjes met brieven. Ik trek er een aantal naar me toe, en als bij een ceremonieel afscheid hef ik mijn hoofd en ga rechtop voor de vuurkorf staan.

Eén voor één werp ik de brieven in het vuur. Na iedere brief roep ik de naam van Bella of Matthew en voeg daar dan aan toe: 'Branden zul je!'

Naarmate de stapel slinkt, neemt ook het volume van mijn stem af en voel ik de spanning langzaam uit mijn lichaam wegebben.

Het laatste stapeltje brieven ligt klaar. Juist als ik ze allemaal tegelijk in het vuur wil gooien, wordt mijn aandacht door iets bekends getrokken. In tegenstelling tot de rest van de post zit er een blanco envelop bij met het logo van Casabella erop. Hij is niet geadresseerd aan mijn moeder en er zit geen postzegel op.

Met enige aarzeling scheur ik de envelop open. Mijn vingers trillen als ik het briefpapier openvouw. Er staat geen aanhef boven en ook geen datum. En alsof Bella de brief als een biecht aan zichzelf schreef, begint hij met een uiting van spijt.

… toch denk ik dat als Matthew niet zo laf was geweest, ik me nooit geroepen had gevoeld om het af te maken.

Tijdens het gevecht met Giovanni werd Matthew bang. Kelly had ook flinke klappen opgelopen en was op de grond gevallen. Ze bewoog niet meer. Haar hoofd bloedde hevig, haar mond stond open en Matthews sjaal hing eruit. Tijdens het gevecht had hij die in Kelly's mond gestopt om het schreeuwen tegen te gaan.

Alle drie bogen we ons over haar lichaam en gingen ervan uit dat Kelly was gestikt in de sjaal. Ik zei dat we iets moesten doen, iets om haar te reanimeren, maar Matthew bukte zich haastig naar zijn kleren en zei dat we ervandoor moesten gaan. Op dat moment had Giovanni zich al uit de voeten gemaakt.

Stelletje lafaards.

En terwijl Matthew zich vlug aankleedde, sleepte ik het lichaam van Kelly naar de bosjes bij de vijver om haar in het water te leggen. Het zou dan lijken alsof ze was verdronken.

Maar eenmaal bij de oever opende Kelly opeens haar ogen; ze greep naar haar keel en begon hevig te hoesten. Vlug haalde ik Matthews sjaal uit haar mond.

Kelly hapte naar adem. Vol triomf keek ze me aan.

'Stom wijf,' mompelde ze nadat ze was uitgehoest. 'Dacht je dat ik dood was?'

Belletjes van speeksel zaten op haar beugel en door de opwinding was haar neus opnieuw gaan bloeden. Ik zei dat ze stil moest zijn en probeerde haar tot bedaren te brengen. Maar Kelly luisterde niet.

'Je weet toch dat ik ben gekozen tot ploegleider? Wat zal de rest van de troep zeggen als ik ze vertel wat jij en jouw vriendjes mij hebben aangedaan?'

Ik was met stomheid geslagen.

Kelly begon hard te lachen. Die snerpende, alles doordringende lach van haar. In een reflex legde ik mijn hand op haar mond. Ik hoorde Matthew naar me roepen. Ik voelde de lippen van Kelly onder mijn hand bewegen en voordat ik het wist rukte ik Kelly's eigen scoutingsjaal van haar hals en duwde die tussen haar tanden zodat Matthew haar niet zou horen.

Kelly verzette zich. Maar ik was groter, fitter en sterker dan zij. Ik hield haar tegen de grond gedrukt. Ik zei opnieuw dat ze haar mond moest houden en dat het haar eigen schuld was dat ze door de jongens was aangepakt.

Kelly lachte nog steeds. Ze keek me aan met die brutale ogen die zeiden dat ze nooit zou zwijgen. Dat ze alles zou doorvertellen aan de leiding en dat ik voorgoed uit de troep zou worden gezet. Het was gedaan met mijn carrière bij de scouting, misschien wel met alles: mijn school, mijn studie, Matthew...

Ik raakte in paniek.

Ik greep de sjaal van Matthew, die nog op de grond lag. Als in trance legde ik hem om Kelly's keel, en daarna trok ik zo hard aan de punten dat het leek alsof ik mijn schoenveters bij elkaar bond.

Het volgende moment veranderde de spot in Kelly's

ogen in doodsangst. Ongeloof tekende zich af op haar gezicht, haar handen gleden om mijn schouders, opnieuw bood ze verzet. Maar hoe harder zij vocht, hoe harder ik trok.

Toen was er écht geen weg meer terug.

Ik voelde haar borstkas onder me zwoegen, ik zag hoe haar gezicht begon te gloeien en voelde haar greep op mijn schouders verslappen. Pas toen ze uiteindelijk het laatste beetje lucht uit haar longen blies, trok ik de sjaal van haar keel en stopte hem in mijn zak.

Giovanni wist niet beter dan dat Kelly gestikt was. Zelfs later, toen Matthew allang weer in Amerika zat en bekend werd dat Kelly was gewurgd, ging Giovanni ervan uit dat Matthew de dader was en dat ik hem had beschermd door de sjaal in Kelly's mond te verwisselen.

Uit woede over mijn bedrog chanteerde hij mij als medeplichtige. Pas nadat Matthews sjaal weer in mijn bezit kwam en Giovanni geen enkel bewijs meer tegen mij en Matthew had, hield hij ermee op om me af te persen.

Van Giovanni was ik verlost, maar hoe zat dat met Matthew? Hij wist dat hij Kelly niet had gewurgd, wanneer zou hij bij me langskomen om zijn sjaal op te halen? Hoe groot waren zijn loyaliteit en liefde voor mij nog?

'Nee!'

Een schok gaat door me heen. Hoewel de brief nog verdergaat, hoef ik niet alles te lezen om te beseffen dat niet Matthew, maar Bella de moord op Kelly heeft gepleegd.

Matthew moet dat geweten hebben. Daarom wilde hij de sjaal terug, hij wilde gerechtigheid en Bella nagelen, hij wilde haar geld...

Ik staar naar de brief in mijn hand. Matthew is dood en tegen Bella loopt een proces. Zij zal straks worden veroordeeld voor de ontvoering van mijn moeder en de moord op Matthew. Wat maakt het nog uit of daar deze bekentenis van dertig jaar geleden bij komt? Bella ontloopt haar straf sowieso niet, dus...

De zoemer van mijn telefoon haalt me uit mijn gepeins.

Ik verwacht dat het de man van de kringloopwinkel is. Hij zou me tien minuten voor zijn komst bellen. Ik kijk op het display en zie dat het Sjouk is.

'Ha meid, en...? Ben je bijna klaar?'

'Ik eh... ja, ik verwacht de kringloop hier ieder moment.'

'Mooi, dan kun je daarna meteen aan de wijn. Ik heb een heerlijk stoofpotje op het gas staan.'

'O, maar...'

'Niks "maar", je zult toch moeten eten vandaag. Bovendien hebben we elkaar heel lang niet gezien.'

Sjouk heeft gelijk. Afgezien van een paar telefoontjes heb ik nauwelijks contact met haar gehad. Ik wilde eerst dit afronden.

'En ben je niet benieuwd naar de voortgang van Bella's proces?' vraagt ze met opwinding in haar stem. 'Ik heb nieuwe informatie.'

Ik antwoord bevestigend. We spreken een tijd af, en met de brief van Bella nog in mijn hand verbreek ik de verbinding. De woorden van Sjouk echoën na in mijn hoofd: 'De voortgang van Bella's proces...'

Nadenkend over Matthews moeder en haar beschuldigingen jegens mijn familie, voel ik de brief in mijn hand branden. Krijgt dat mens toch nog gelijk. Tenzij... Laat de politie maar lekker denken dat Matthew die moord op Kelly heeft gepleegd. Ik gun hem postuum nog deze beschuldiging.

En om mijn moeder te beschermen – heeft ze al niet genoeg ellende doorstaan met haar zusje – neem ik een besluit. Ik loop terug naar de vuurkorf en werp de schuldbekentenis van Bella in de vlammen. Genoegzaam wrijf ik daarna in mijn handen.

'Adieu Matthew, de groeten aan Kelly,' zeg ik.

72

'Was je een vuurtje aan het stoken?' vraagt Sjouk iets later.

Ze heeft een fles wijn ontkurkt en schenkt twee glazen tot aan de rand toe vol. Hoewel ik me had voorgenomen geen alcohol te drinken, laat ik me toch verleiden. Misschien komt het doordat het chalet nu leeg is en ik dat hoofdstuk heb afgesloten, of doordat ik me eindelijk heb ontdaan van Matthews sjaal en Bella's brieven, maar mijn hoofd voelt voor het eerst sinds tijden leeg.

'Lynn?'

'Eh, ja, ja, ik had een vuurkorfje aangemaakt,' antwoord ik verstrooid.

Onwillekeurig moet ik glimlachen als Sjouk me de wijn aanreikt. Onderzoekend kijkt ze me aan; ze moet eens weten wat ik zojuist heb opgestookt.

'Komt mijn hout toch nog van pas,' zegt ze met een lach in haar stem.

Ze keert zich om naar het fornuis en tilt de deksel van de pan. Ik ruik vlees en kruiden en krijg trek.

'Ik ben blij dat het beter met je gaat,' vervolgt Sjouk. Ze neemt een slokje wijn. 'Heb je al plannen gemaakt voor de toekomst?'

Ik schokschouder. Mijn gedachten zijn nog bij die laatste brief van Bella. Ik voel de neiging opkomen om Sjouk te vertellen wat ik nu weet. Sjouk interpreteert mijn aarzeling blijkbaar als een verzoek om advies en begint me raad te geven.

'Luister, jij moet door met je leven, Lynn. Je hebt genoeg geld om ergens op een mooie plek een villa te kopen. Je kunt ook een wereldreisje maken en mij meevragen.' Sjouk knipoogt. 'Je kunt je moeder verrassen met een leuk flatje, je kunt gaan daten met een man die wél oké is... van je eigen leeftijd is, zonder kinderen en die je niet uitzoekt om je geld...' Sjouk begint te hoesten. Haar buik schudt, ze legt haar hand tegen haar borst.

Verschrikt vraag ik of het gaat.

'Och, kind, kom eens hier.'

Ze loopt op me af en geeft me knuffel. Ik schiet vol als ik haar warme lichaam tegen het mijne voel drukken.

'Met mij gaat het prima, hopelijk ook nog na de uitspraak van de rechter,' zegt ze als ze me weer loslaat.

Ik veeg door mijn haar en frons.

'O, hoezo? Ben je ergens bang voor?'

'Wil je het er nu over hebben?'

'Tuurlijk!' zeg ik.

Sjouk gaat zitten. Haar gezicht wordt ernstig.

'Vera vertelde dat er nog wat haken en ogen aan het onderzoek zitten. Zoals je weet hadden we jouw DNA nodig voor het verwantschapsonderzoek dat ons naar Bella leidde. Maar dat onderzoek hebben we niet alleen gedaan om te bewijzen dat Bella jouw moeder had ontvoerd. Nee, het reikte verder. Wij hoopten met de match te kunnen aantonen dat Bella indertijd Kelly heeft vermoord.'

Ik voel mijn middenrif acuut samentrekken. Mijn adem stokt. Een warme gloed stijgt naar mijn wangen.

'Maar dat was toch... Matthew? Het was... toch zijn sjaal...?' zeg ik.

'Ja, ja, Matthews sjaal, uiteraard. Die we nog steeds niet gevonden hebben. Na de ontvoering van je moeder, waarbij Bella betrokken was, veranderde onze kijk op de mogelijke dader. Weet je nog dat ik onder het chalet van Bella zat en jou belde?'

Ik knik.

'Toen vond ik niet alleen mijn arme Doerak...' Sjouk wacht even; verdrietig staart ze in haar wijnglas nu ze aan haar dode kat denkt. '... en de verdwenen brieven – die ik goddank meteen onder mijn jas verstopte en die jij later van Vera terugkreeg – maar ook iets anders.'

Weer wacht Sjouk. In de stilte die valt kijkt ze me onderzoekend aan, alsof ze hoopt dat ik ga zeggen dat ik de sjaal daar heb weggehaald.

'Het was een plastic, doorschijnend doosje dat ik daar zag liggen. En net op het moment dat ik het wilde pakken, werd ik door Matthew overmeesterd.'

'O?'

'Ja, en daarna nam hij me mee en sloot hij me op. In dat doosje moet de sjaal van Matthew hebben gezeten. Maar weet je wat zo gek is? Ondanks het feit dat de politie de hele boel na Bella's arrestatie daar heeft uitgekamd, hebben ze nooit een doosje of iets dergelijks gevonden.'

'O, maar...' Ik bijt op mijn wang. Ik proef bloed.

'Nadat Matthew mij had afgevoerd, moet iemand het doosje daar hebben weggehaald. Dat kan alleen Bella geweest zijn. Zij was de enige die wist dat het daar lag. Zij moet ook de brieven waaraan jij was begonnen uit het chalet hebben weggehaald en daar hebben verstopt. Net als het muizengif waar Doerak aan is bezweken.'

Ik kijk van Sjouk weg. Mijn hart bonst zo hevig in mijn borstkas dat ik bang ben dat het ieder moment zal stoppen met slaan.

'Kan... maakt het nog iets uit of die sjaal er is?' vraag ik bijna stemloos. 'Bella is toch opgepakt? De politie weet dat zij achter de ontvoering zat, zij heeft in naam van Giovanni dreigbrieven naar Matthew gestuurd, hem willen afpersen en in koelen bloede neergeschoten. Mijn moeder en ik waren daarvan getuige, wij hoorden haar binnenkomen, wij hoorden haar schieten.'

Sjouk geeft een aarzelend knikje.

'Zeker, Bella is opgepakt voor alles wat jij opnoemt. Maar in het onderzoek naar haar betrokkenheid bij de moord op Kelly, is het niet zo simpel. Zonder bewijs, zonder die sjaal, kunnen wij niet aantonen wie de dader was. Tot nu toe ontkent Bella elke betrokkenheid bij de moord op Kelly en zegt ze dat Matthew het gedaan heeft. Je begrijpt dat er na dertig jaar ook geen sporen meer zijn die dat kunnen weerleggen. Vandaar dat we zoveel belang aan die sjaal hechten en dat verwantschapsonderzoek gedaan hebben met jou. Om uit te sluiten dat het Matthew was die de moord heeft gepleegd.'

Ik slik moeizaam.

'Bella heeft een goede advocaat,' vervolgt Sjouk. 'Misschien wel de beste strafrechtadvocaat van Nederland. Die zal bij die schietpartij waarbij Matthew om het leven kwam pleiten voor zelfverdediging.'

'Zelfverdediging?!' roep ik. 'Maar dat kan niet...'

'Jawel, volgens Bella had Matthew een mes bij zich en viel hij haar daarmee aan. Dat mes heeft de politie inderdaad gevonden. Bella handelde aanvankelijk uit noodweer. Begrijp je? Dat ze daarna bijna haar hele wapen op Matthew leegschoot, zal men uitleggen als noodweerexces; een buitensporige reactie op een doodsbedreiging. Bovendien waren jij en je moeder geen ooggetuigen; jullie hebben Bella alleen hóren schieten, toch?'

Mijn mond valt open, vol ongeloof staar ik naar Sjouk.

'Zolang we die sjaal niet vinden, is het enige waarvoor Bella kan worden aangeklaagd de betrokkenheid bij de ontvoering op je moeder. Het ligt aan de rechter welke straf ze hiervoor krijgt. Reken er maar op dat het een milde straf wordt, gezien de omstandigheden. Bella weet alles zo te draaien dat ze Matthew zal beschuldigen van het aanzetten tot de ontvoering op haar eigen zus. Ze zal zeggen dat hij achter jouw geld aanzat, wat niet geheel onwaar is. Matthew had schulden, geen baan en loog over zijn financiën, toch?'

Ik knik.

'Daarom verwacht ik dat Bella hooguit twee jaar de lik ingaat voor ontvoering.'

'O, nee, nee...' Ik grijp naar mijn hoofd. 'Dat kan niet, dat mag niet... het was Bella...'

'Wat, Lynn? Wat wil je zeggen?'

'Niets, ik...'

'Hou je iets voor me verborgen? Lynn?'

Er trekt een waas voor mijn ogen als ik naar Sjouk kijk. Terwijl ik mezelf herpak voel ik mijn telefoon in mijn broekzak trillen. Haast dankbaar voor het intermezzo trek ik hem tevoorschijn. Een afgeschermd nummer verschijnt op het display.

'Met Lynn.'

Stilte.

'Lynn, hoe gaat het?'

'Bella?!'

Sjouk maakt een driftig gebaar naar de telefoon en sist dat ik hem op de luidspreker moet zetten. Hoewel ik aarzel, doe ik wat ze zegt.

'Ja, ja, nichtje, ik ben het. Het leek me wel fijn voor je om te weten dat het goed met me gaat. In afwachting van het proces zit ik nog vast, maar ik verwacht dat ik word vrijgesproken.'

'Vrijgesproken?' Ik ben sneller gaan ademen.

'Goede advocaat, geen ooggetuigen, geen bewijs...' Bella gniffelt.

Mijn hart klopt in mijn keel. Ik durf Sjouk niet meer aan te kijken.

'Ik wil je even bedanken.'

'Bedanken?'

'Ja, je weet best wat ik bedoel. Ik ben blij dat jij het chalet hebt leeggehaald en je over mijn spulletjes ontfermt, dan blijft alles binnen de familie.'

'Spulletjes? Ik...'

'Hoor eens, Lynn, ze hebben hier toegestaan dat ik even met een familielid mag bellen, dus laten we het leuk houden, de muren hebben oren. Ga nu niet het domme blondje uithangen. Jij hebt iets van mij in bewaring dat ik later terug wil en daarom...'

Ik zie dat Sjouk op het punt staat in te grijpen. Ik leg mijn hand op de telefoon en gebaar in haar richting dat ze moet zwijgen. Bella valt even stil.

'... want weet je, Lynn,' gaat ze verder. 'Ik moet steeds aan die arme kinderen van Matthew denken, die door jouw schuld zonder vader zitten.'

'Hè? Hoezo, mijn schuld, ik...'

'Dat geld, Lynn,' onderbreekt Bella mij. 'Dat geld dat je van mij hebt gekregen; daar kun je best wat van missen, lijkt me. Noa en Amber hebben daar recht op, vind je ook niet? Matthew heeft ons beiden bedrogen, maar die meiden kunnen daar niets aan doen en daarom zul jij als hun stiefmoeder... Zeg, je bekommert je toch wel om hen?'

'Wat heb jij daarmee te maken? Waarom ben je ineens zo in ze geïnteresseerd?'

'Omdat het me raakt en ik het erg vind dat ik uit noodweer hun vader heb moeten neerschieten.'

'Wij hebben geen contact meer,' zeg ik.

'Och, wat jammer, Lynn, dat wist ik niet. Goed, dan stel ik het volgende voor: als jij na het proces zorgt dat mijn spulletjes veilig zijn, dan zorg ik voor die meiden.'

'Maar ik heb helemaal geen spulletjes van jou,' roep ik. Paniek grijpt me naar de keel. Mijn stem breekt.

Bella zucht.

Sjouk fronst; ik zie aan de blik in haar ogen dat ze beseft wat er speelt. Ze schudt vertwijfeld haar hoofd. 'De vuurkorf,' mompelt ze zachtjes voor zich uit. 'De sjaal, het bewijs...'

Ik verstijf en zeg nogmaals tegen Bella dat ik niet begrijp waar ze het over heeft.

'Lief nichtje, bedankt dat je zo goed bent om erop te passen,' antwoordt ze, en dan verbreekt ze de verbinding.

Ik luister naar de ingesprektoon. Ik staar naar Sjouk, bij wie de verslagenheid van haar gezicht is af te lezen.

'Die Bella,' zegt ze spijtig. 'Is ze me toch nog te slim af geweest.'

'Ik... wat moet ik nu doen?' vraag ik vertwijfeld.

Sjouk zucht en schudt haar hoofd. 'Ik vrees dat Bella niet zal rusten voordat ze ervan overtuigd is dat jij Matthews sjaal niet in je bezit hebt.'

Ik kijk naar Sjouk. Hoe zal ze reageren als ze weet dat ik niet alleen de sjaal verbrand heb maar ook Bella's schuldbekentenis? Bella moet die hebben geschreven in de tijd dat ze erachter kwam dat Matthew op haar geld uit was. Ik besef dat ze op deze manier wraak wilde nemen op hem. Mocht haar iets overkomen, dan zou alles in de richting van Matthew wijzen.

'Je moet zorgen dat Bella je niet vindt,' zegt Sjouk. 'Je bent kwetsbaar, Lynn. Zorg dat je niks overkomt.'

Met tranen in mijn ogen neem ik afscheid van Sjouk. Nadat ze me er nogmaals op heeft gewezen dat ik Bella niet moet onderschatten, zegt ze dat ons contact hierna ook stopt. Ze klinkt vermoeid. 'Bella heeft ons allemaal zand in de ogen gestrooid,' zegt ze. 'Sorry, ik heb gefaald.'

Niet veel later sta ik buiten bij mijn auto. Peinzend kijk ik naar het chalet van Bella. Ik ruik de geur van verbrand hout en neem een besluit.

73

Italië, Montepulciano
Twee jaar later

De dag was warm, voor mij iets te warm. Ik heb er de laatste tijd extra veel last van; dan snak ik naar de avond die verkoeling brengt. Hoewel ik niet verwacht dat het aan mijn huidige conditie ligt – ik heb me nog nooit zo goed gevoeld als nu – slaap ik doorgaans weer slecht.

Ik heb zojuist de tafel gedekt en een wijnfles ontkurkt. De wijn is straks voor de gasten. Zelf drink ik al maanden geen druppel alcohol meer. Ik had iets te vieren, vond ik, en nodigde de familie van Bruno uit. Zijn ouders, zijn zusje en zijn aangetrouwde oom wiens vrouw kortgeleden is overleden.

Vanuit het steegje dat langs de patio loopt, bereikt mij het geluid van voetstappen. Iemand met een puffende ademhaling heeft moeite om de steile trappetjes die naar dit huis leiden te beklimmen. Onwillekeurig werp ik een blik op de muur met bougainville waarachter het geluid zich manifesteert en vraag me af wie daar omhoog klautert. Het etentje is pas over een halfuur. Italianen zijn nooit te vroeg voor hun afspraak. Integendeel, doorgaans komen ze pas een uur later op hun dooie gemak en zonder excuses binnenvallen. *Piano, piano*, is hun levensmotto. Dat heb ik hier de afgelopen twee jaar wel geleerd: om niet de haastige weg te volgen, maar de kalme. Twee hele jaren, die voor mijn gevoel zijn omgevlogen.

Ik weet nog hoe nerveus ik was toen ik die bewuste avond bij

Sjouk wegging. Ik besloot mijn auto te laten staan en belde een taxi. Daarmee liet ik me naar het nabijgelegen dorp rijden, en toen de auto bij Casabella stopte, vroeg ik de taxibestuurder op mij te wachten.

Ik weet nog hoe ik net als de eerste keer dat ik er was op de bar af liep; ditmaal was er geen meisje met een blond staartje, maar stond ik meteen oog in oog met Mario.

Met dat typische, spottende lachje op zijn gezicht keek hij me aan. Hij had het plaatselijke nieuws gevolgd en wist wat zich had afgespeeld op het vakantiepark. Hoewel hij volhield dat Giovanni niet meer leefde, was hij dit keer toeschietelijker toen ik over Bella begon. Hij zei dat hij Bella ooit ontmoet had op een familiefeest, maar dat hij liever niet aan haar herinnerd wilde worden. Hij praatte over haar met zoveel verbittering in zijn stem, dat mij dat aanmoedigde. Uit zijn woorden kon ik opmaken dat vrouwen als Bella nooit opgeven. Hij vergeleek haar met een haai. 'Als ze eenmaal bloed ruikt, is het mis; ze slaat toe en laat niets van je over,' zei hij.

Op dat moment sloeg ik toe. Ik vroeg hem of hij ook gehoord had dat de politie de moordzaak op het scoutingmeisje Kelly had heropend. Ik zei dat het maar goed was dat Bella's ex, Giovanni, niet meer leefde, anders zou de politie hem misschien nog aan de tand hebben gevoeld.

De schrik op Mario's gezicht zei me genoeg.

Ik zei dat ik er heel veel geld voor overhad om Bella voorgoed uit te schakelen, maar dat ik geen idee had hoe ik dat moest doen. Mario hoefde niet lang na te denken. Al snel werden we het eens over een bedrag. Wanneer en hoe het zou gebeuren, hoefde ik niet te weten. Ik zorgde voor het geld, hij voor de afrekening.

Daarna gaf hij me een adres in Italië waar ik veilig zou zijn. Het leek hem verstandig om even niet door het beeld van Bella te lopen – waarmee hij natuurlijk zichzelf bedoelde – de politie mocht geen verband zoeken met mij, zei hij. Als ik alles maar gewoon aan hem overliet, zou het vanzelf goedkomen.

Aanvankelijk aarzelde ik nog om weg te gaan uit Nederland, maar achteraf heb ik geen seconde spijt gehad van mijn besluit. Zeker niet nu mijn wachten is beloond. Een week geleden las ik het bericht op een Nederlandse nieuwssite:

BELLA B., DE BEKENDE TV-KOK DIE VASTZAT VOOR ONTVOERING, IS DIRECT NA HAAR VRIJLATING VOOR HET HUIS VAN BEWARING NEERGESCHOTEN; DE POLITIE IS EEN ONDERZOEK GESTART.

Ik hoefde niet verder te lezen om te weten dat het voorbij was. Dat Bella mij en mijn moeder voorgoed met rust zou laten. Mijn moeder, die ik al die tijd in het ongewisse moest laten over mijn plannen.

Twee jaar lang heb ik op dit moment gewacht. Twee jaar heb ik bijna dagelijks in spanning gezeten, vertrouwend op Mario, die men hier kent als Giovanni. Ik voelde me gesteund door zijn vrienden en leerde Bruno kennen. Tegen alle voornemens in liet ik me opnieuw verleiden door een charmante, donkerharige man, die dit keer niets wist van mijn geld.

Daar zijn ze weer, de voetstappen. Nu dichterbij. De deur naar onze patio gaat open. Een langgerekte schaduw valt over het trappetje dat naar de ingang van het huis leidt. Ik hou mijn adem in, ik vertrouw het niet. Automatisch pak ik mijn telefoon om Bruno te bellen, die zich boven aan het omkleden is.

'Godallemachtig, wat een steile heuvel, geen wonder dat niemand jou hier kan vinden...'

'Mam?!' Mijn ogen schieten vol, mijn hart loopt over als ik mijn moeder zie binnenkomen. 'Maar hoe wist je...?'

Mijn moeder zet haar koffer neer. Ze veegt een sliert haar uit haar gezicht. Zweetdruppeltjes parelen op haar voorhoofd.

'Kind, je denkt toch niet dat Bruno voor mij verborgen zou houden dat ik oma word?'

Mijn mond valt open.

'Toen jij een paar jaar geleden naar Italië vertrok en mij niet wilde zeggen waar je zat, zocht ik Giovanni op in Drenthe,' zegt mijn moeder. Ze trekt een stoel naar zich toe en begint meteen te vertellen. 'Zoals je weet werkte Giovanni in een restaurant onder de naam Mario. Ik was al eerder bij hem langs geweest, toen om opheldering te vragen over Matthew, maar net als toen zweeg hij als het graf. Maar je kent mij, ik laat me niet afpoeieren. Toen ik hoorde wat er speelde, heb ik nog getwijfeld of ik daar iets tegen kon doen. Bella was wel mijn kleine zusje... Maar toen vertelde jij me aan de telefoon over Bruno en wat je voor hem voelde. Ik was heel blij voor jou en in jouw belang legde ik me neer bij het lot van Bella. Ze was niet te vertrouwen en pas nadat zij was uitgeschakeld kon ik eindelijk op reis naar jou en mijn kleinkind.'

Ik lach door mijn tranen heen als mijn moeder over mijn buik wrijft en vraagt wanneer de kleine komt.

'Ieder moment, mam; deze kleine bambino kan ieder moment geboren worden,' antwoord ik hees. Ik wrijf over mijn buik en voel me ineens heel sterk nu mijn moeder er is. Zelf ben ik straks ook weer moeder. Dit keer van mijn eigen kind.

Even doemt er een spookbeeld op van Noa. Ik vraag me af hoe diep haar wrok zit naar mij toe en of Bella daar gebruik van heeft gemaakt...

Maar als Bruno zich bij ons voegt en zich vol trots aan mijn moeder voorstelt, verwerp ik snel alle gedachten aan nare pubers die mij hier iets zouden kunnen aandoen. Bruno en mijn moeder, ze mogen elkaar meteen. Glimlachend leg ik beide handen op mijn buik.

Als de twee buiten gehoorafstand zijn en Bruno mijn moeders koffer meeneemt naar binnen, kijk ik ze dankbaar na en prevel zoete woorden tegen mijn ongeboren kind:

'Jij en ik zijn sterk, kleintje, niemand die jou iets aandoet, hoor je? Niemand, daar zorg ik voor, niemand, nooit: basta!'

Lees ook van Karakter Uitgevers B.V.

JET VAN VUUREN

De minnaar

Niet haar liefde wil hij, maar haar geld…

Als het levenloze lichaam van Charlie Meijer onder aan de trap van haar woning in Amsterdam wordt gevonden, wijst niets op een onnatuurlijke dood. Er wordt verondersteld dat Charlie na een duizeling van de trap is gevallen. Haar kleindochter Dottie denkt daar echter anders over. Zij kan zich niet voorstellen dat haar levenslustige oma zomaar onwel is geworden en vermoedt dat er sprake is van een misdrijf. Daarin blijkt Dottie de enige. Totdat ze op de uitvaart geheimzinnige mensen uit het verleden van Charlie ontmoet.

Als Dottie en haar moeder Alma daarna niet het verwachte familiegeld maar een forse schuld erven, vertrekt Dottie naar Kreta om op zoek te gaan naar de Griekse minnaar en oplichter van haar oma. Daar ontmoet ze Julia, een oude vriendin van Charlie, en stuit ze op geheimen die rechtstreeks met het verleden van haar eigen moeder te maken hebben.

Hoe dichter Dottie bij de waarheid komt, hoe dieper ze zelf in dat web verstrikt raakt.

'Jet van Vuuren ziet elke keer weer kans om een sterk verhaal op te bouwen.' – *Margriet*

ISBN 978 90 452 1586 0 | ISBN e-book 978 90 452 1377 4

Lees ook van Karakter Uitgevers B.V.

JET VAN VUUREN

Liegbeest

Wat als *niemand* de waarheid spreekt...?

Jochem Nijhoff, een succesvol en vermogend advocaat, verheugt zich op een weekend in zijn buitenhuis, waar hij met oud-jaargenoten van het Utrechts studentencorps hun vijfde lustrum zal vieren. Toch verloopt niet alles even feestelijk als gepland.

Vlak voor het lustrum valt een van Jochems studievrienden van zijn paard en komt te overlijden. De politie twijfelt over de doodsoorzaak en er volgt een onderzoek. Kort daarna wordt Jochem met de dood bedreigd en krijgen ook de andere jaargenoten vreemde appjes waaruit blijkt dat iedereen het volgende slachtoffer kan zijn.

Jochem roept bij zijn secretaresse hulp in voor het weekend. Zij komt met Hannah, een betrouwbare vriendin die de rotzooi opruimt en haar mond kan houden. Maar spreekt Hannah wel de waarheid als ze zegt discreet te zijn? Hoe oprecht is Jochems secretaresse? En hoe zit het met de leugens van Jochem en zijn vrienden als ze stuk voor stuk iets voor elkaar te verbergen hebben?

'Jet van Vuuren ziet elke keer weer kans om een sterk verhaal op te bouwen.' – Margriet

'Jet van Vuuren houdt je als lezer vast vanaf de eerste pagina.' – vrouwenthrillers.nl

ISBN 978 90 452 1871 7 | ISBN e-book 978 452 90 1881 6

Lees ook van Karakter Uitgevers B.V.

JET VAN VUUREN

Misstap

Soms kun je maar beter niet weten wat je buren doen...

Den Haag wordt tijdens een hittegolf opgeschrikt door een aantal moorden. Jonge vrouwen zijn het slachtoffer geworden van een seriemoordenaar die volgens de politie zeer waarschijnlijk een psychopaat is. Al snel blijkt dat deze vrouwen allemaal op Tinder zaten en vermoedelijk kort na hun date met de dader in de duinen bij Scheveningen door hem zijn gedumpt. In de pers duikt een schokkend detail op: bij alle vrouwen zijn beide handen verwijderd.

Britt van Dijk, die in de buurt van Den Haag is komen wonen, probeert haar vriendin Anja, die rechercheur bij de politie is, te helpen bij het opsporen van de dader. Tijdens het onderzoek van Anja wijst alles erop dat er vreemde dingen gebeuren in de zo keurige wijk Benoordenhout, dingen waar ook Britt mee te maken krijgt als zij bij haar onderzoek naar een van de bewoners zelf in de val loopt. Wordt zij het volgende slachtoffer van de krankzinnige moordenaar?

ISBN 978 90 452 1365 1 | ISBN e-book 978 90 452 1375 0